青少年经典故事阅读

典藏版

侠客义士卷

Xiake Yishi Juan

（修订版）

主　编　贺登昆

分册主编　贺登川　张慧敏

兰州大学出版社

图书在版编目(CIP)数据

青少年经典故事阅读.侠客义士卷／贺登昆主编；
贺登川,张慧敏分册主编.—兰州:兰州大学出版社,
2013.6

ISBN 978-7-311-04148-9

Ⅰ.①青… Ⅱ.①贺… ②贺… ③张… Ⅲ.①故事—
作品集—世界 Ⅳ.①I14

中国版本图书馆 CIP 数据核字(2013)第 128270 号

责任编辑　王曦莹
封面设计　管军伟

书　　名　**青少年经典故事阅读·侠客义士卷(修订版)**
作　　者　贺登昆　主编
　　　　　贺登川　张慧敏　分册主编
出版发行　兰州大学出版社　(地址:兰州市天水南路 222 号　730000)
电　　话　0931-8912613(总编办公室)　0931-8617156(营销中心)
　　　　　0931-8914298(读者服务部)
网　　址　http://www.onbook.com.cn
电子信箱　press@lzu.edu.cn
印　　刷　兰州人民印刷厂
开　　本　710 mm×1020 mm　1/16
印　　张　12.5
字　　数　177 千
版　　次　2013 年 6 月第 2 版
印　　次　2015 年 8 月第 4 次印刷
书　　号　ISBN 978-7-311-04148-9
定　　价　25.00 元

(图书若有破损、缺页、掉页可随时与本社联系)

再版前言

在中华民族辉煌灿烂的五千年的历史上，涌现出了许许多多可歌可泣的人物。在这些人物之中，侠客义士犹如暗夜中的星星，显得格外耀眼明亮。侠客们大多侠骨仁心，言必信、行必果，急人之难，锄强扶弱；义士们往往恪守大义，忠义无双，坚贞不二，义薄云天。他们中的一些人建立了丰功伟绩，彪炳史册；另一些人则惨遭失败、折戟沉沙，被历史的风尘渐渐掩埋。但不论成败与否，他们都共同为后人留下了宝贵的精神财富。

一介屠夫的朱亥、毁身报主的豫让、敢作敢为的王著、慷慨赴难的谭嗣同、全身是胆的吴樾……他们的献身精神与坚韧的毅力，终将久久驻留我们心中，定格成某一个时代的剪影。

侠客们身手不凡、来去无踪的故事，令人神往。义士们以天下为己任，坚贞不屈，九死不悔。侠客往往具有义士风骨，义士往往具有侠客气度。侠义精神正是中国人崇仰的一种民族精神。

在法制建设日趋完善的今天，我们反对我们的孩子们再去仿效这些历史上的侠客为报仇（自己的仇、别人的仇抑或国家的仇）搞人身攻击、人身伤害甚至"恐怖主义"；我们也并不鼓励我们的孩子们事事皆以"义"字为先，肆意妄为。我们真正该学的应该是古代侠客义士身上的那种勇敢、真诚、隐忍、坚毅、无私的品格和精神。

中国历史上的侠客数不胜数，若只为一己之私，侠客与刺客没有太大区

别；为大义、正义慷慨赴死，方为侠之大者。本书中，我们只选那些可以称之为"大侠"的人物。同样，"义"有夫妻之义、兄弟之义、朋友之义，也有国家大义、民族大义。本书中，我们选的绝大多数义士乃大义之士。

本书是《青少年经典故事阅读》的分册之一。书中精选了中国历史上有代表性的、有历史记录的侠客义士故事101个，展现了他们为人称道的英雄事迹，歌颂了他们的崇高精神。

我们想借这本书让青少年朋友略略了解历史，拂去这些历史人物身上的尘埃，让他们的形象重新鲜活起来；让这些历史人物可歌可泣的事迹浸润孩子的心灵，让他们从小领会做人的道理，不断完善自己，创造非凡人生。

本书2012年9月出版发行后，受到了青少年朋友的普遍欢迎，短短三个月，初版售罄。为满足广大读者的要求，我们修正了初版错漏，并增补了大量内容，使本书臻于完善。

由于编者的水平有限等其他原因，书中错误和纰漏肯定不少，欢迎广大读者提出批评意见。

编　者

2013年6月

序　言

　　青少年是国家的希望；青少年教育，直接关系着民族的未来。作为家长、学校、社会，不能单纯地重视文化知识的传授，更要重视健康心态和良好素质的培养。"不以规矩，不成方圆。"教会青少年从小懂得做人的道理，养成良好的行为习惯，是培养人的基础工作。事实证明，凡是有所成就的人，其美德、智慧、意志和毅力都是从小养成的。

　　一个人，一生中要完成三种教育，一是生活教育，通过家庭与社会来完成；二是知识教育，一般由学校来完成；三是心灵教育，主要通过人文教育来完成，往往需要一生的时间，算是终身教育。如果青少年的问题更多地发生在心灵方面，说明我们的人文教育是不完善的，或者说是有缺陷的。怎样才能使得青少年人格更加健全，心灵更加广阔，人性更加美好，精神更加独立和自由呢？阅读至少是一种有效的途径。寓教育于阅读的过程，是潜移默化的渗透教育过程，是"润物细无声"。

　　与大多数人一样，自儿时起，我就沉醉于历史故事、寓言故事、战争故事等各种故事的百花园中。浩瀚如云、耐人寻味的古今中外故事，无一不对我的成长和人生产生过影响。如今，不论是在工作时间，还是闲暇消遣，我总是关注这方面的书籍。或许是缘分使然，前一个月，我的案头摆放了这部即将出版的"青少年经典故事阅读"系列丛书，作者让我提提意见，修改修改，写篇序。我在翻阅了《神话传说卷》、《成语典故卷》、《民间故事卷》、《战争战役卷》、《童话寓言卷》、《侠客义士卷》、《亲情感恩卷》和《幽默笑话卷》八卷书稿后,不由得为作者们对国学、对中国传统文化、对一些影响较大的国外故事的理解和热爱以及为青少年朋友整理改编经典故事的爱心所折服。我认为,这套系列丛书,有着如下特质:

首先,作者的人文理念值得赞赏。丛书以国学和中国传统文化为根基,以青少年朋友为读者群,精选了中国文化的经典篇目,这不仅彰显了中国传统文化的博大精深,更体现了"文化传承"、"从娃娃抓起"、"从教育做起"的理念和作者"安德立言"的责任心。

其次,丛书的出版是对中外文化的大力传承。丛书结集八册,统一在分册中对各个故事分类分主题编辑,并以时间或音序先后为序排列,对文中的冷僻字、多音字作了注音和注释,既方便阅读、消化和吸收,又实现了古今故事的大集结,有利于中外文化传承与传播。

第三,原创性插图使丛书图文并茂。丛书为近三分之一的故事配图,使内容与插图完美统一,从而激发青少年朋友的阅读爱好和求知兴趣。

第四,所选故事经典精粹,适合青少年阅读。丛书编写团队由熟悉青少年教育工作或富有教学实践经验的大、中、小学一线教师组成,他们精心选编的故事符合青少年朋友的认知水平和阅读习惯,避免了青少年朋友在阅读故事、启发智慧、积累知识过程中可能要走的弯路。

我知道,作者们为写作是尽了心力的,但限于主客观种种因素,本套丛书尚存在一些不尽如人意之处,期待读者加以纠正。

彭岚嘉

2013 年 5 月于兰州

(本文作者为兰州大学文学院教授、博士生导师,兰州大学西部文化发展研究中心主任)

目 录

003

七、国士无双类侠客义士

八、节义千秋类侠客义士

典藏版

一、侠肝义胆类侠客义士

千秋侠客首称曹——曹　沫

朋友们,这本书讲的是侠客与义士的故事,那些重大义的刺客当然也在侠客义士之列了。但要问你哪位刺客堪称刺客之祖,你就未必知道了。其实,中国历史上公认的刺客之首是曹沫。

曹沫是春秋时期(前770—前476年)鲁国(在今天山东省境内)人。鲁国和齐国是邻国,但其国家实力远远不如齐国。所以这两个国家之间的战争,往往是鲁国败多胜少。不过也有例外,鲁庄公在位的时候,就取得了像长勺之战那样著名的以少胜多、以智取胜的战役的胜利,还留下了"一鼓作气"这样的成语。据后人研究,担任长勺之战指挥官的曹刿(guì)其实就是我们这篇故事的主人公曹沫。长勺之战后,鲁庄公任命他担任鲁国将军,和齐国交战。鲁国的实力明显弱于齐国,曹沫领兵作战败多胜少,鲁庄公非常害怕,就进献鲁国遂邑(今山东省肥城县南)的土地来求和。

当时齐国的国君便是历史上著名的春秋五霸之首的齐桓公(另四位霸主是楚庄王、宋襄公、晋文公、秦穆公;另一说有吴王阖闾(Helú)、越王勾践,无宋襄公、秦穆公)。齐桓公亲率大军进攻鲁国,一直攻到鲁国国都之下,要逼迫鲁庄公签订城下之盟(在敌方兵临城下时被迫签订的屈服的和约)。鲁庄公被迫答应齐桓公在柯邑(yì)(今山东省阳谷县阿城镇西北)会盟。

曹沫对鲁庄公说:"齐国进攻我国的军队已到城下。现在大军压境,城池

即将被攻破,您不打算保卫鲁国吗?"面对强大的齐国军队,鲁庄公丧气地说:"唉!还是和齐国签盟约吧!我这样活着真不如死了啊!"曹沫说:"既然这样,大王您就交给我来对付吧!"

齐桓公和鲁庄公在坛上会盟后,曹沫拿着匕首劫持了齐桓公,齐桓公的左右没人敢动。齐桓公问道:"你想要什么?"曹沫说:"齐国强大,鲁国弱小,但齐国依仗强大的实力夺走了我们鲁国的土地,这也太过分了。希望你将这些土地还给鲁国。"看看架在脖子上的匕首,齐桓公只好答应全部归还被他们侵占的鲁国土地。听到齐桓公答应了,曹沫才扔下匕首,走了下去,站在群臣的阶位,脸色不变,谈吐如故。

齐桓公气坏了,想撕毁约定,管仲说:"不可以,这样就要在诸侯面前丧失威信,失去天下人的援助。既然答应了,就还给鲁国吧。"于是齐桓公就将侵占的鲁国的土地全部归还给鲁国。

曹沫以其超凡的勇气和三寸不烂之舌,既要回了土地,又保全了性命,真是功绩卓著,名垂青史。

(选自《史记·刺客列传》,有改动)

曹沫

触槐侠义世无双——鉏　麑

　　春秋时期,晋国有一个人,名叫鉏麑(Chúní),他不仅非常勇敢,而且深明大义。

　　当时晋国的国君晋灵公是一个彻头彻尾的昏君加暴君。他昏庸残暴到什么程度了呢?据史书记载,他喜欢站在高台上,用弹弓之类的东西去射击台下的过路人,看着他们忙不迭地躲闪弹丸或者很不幸地被砸得鼻青脸肿,他就会很快乐;更恐怖的是,他还残忍地将自己的一名厨子给杀害了——仅仅因为可怜的厨子给主子做的熊掌不熟。

　　面对如此的昏君,大臣们大都不敢进谏。只有一个人除外,他就是赵盾。有一天,赵盾准备去觐(jìn)见灵公,途中看到几个宫女抬着个簸箕,外面露出一只手。一问,才知道是晋灵公又在草菅(jiān)人命。赵盾便劝晋灵公要勤政爱民。因为赵盾是前朝大臣,晋灵公多少还有所顾忌,便连连点头称是,但过后他就把赵盾的话全忘了。这之后赵盾又多次劝诫晋灵公,晋灵公很讨厌他,于是就差了鉏麑去行刺。

　　君命难违,鉏麑便在一个三更天出发了。他轻轻松松、悄无声息地潜入了

鉏　麑

赵盾的府邸(dǐ)。在全面观察了赵府的布局后,他终于在正厅找到了刺杀目标——赵盾。于是,鉏麑悄悄地倚在窗户边上,通过漏缝向内窥视情况,准备伺机而动。

可是他无意看了一眼,转念一想:不对呀! 这大半夜的,赵盾为什么不到卧榻上安眠,却在正厅里打盹? 于是他仔细再一打量,只见赵盾穿戴整齐,准备上朝。此时,天还未亮,上朝的时间远远未到。很明显,赵盾是为了不失臣子礼仪风范,也丝毫不耽误时间。目睹此情此景,鉏麑不禁为之感动——无疑,赵盾的勤勉深深地打动了他。

鉏麑心想:"我若杀了这位忠臣,那就是不忠于江山社稷(jì)呀! 堂堂男子汉大丈夫,岂能做不知是非的不忠之徒? 对,不能杀他!"但他转念一想:"还是不对啊! 我不杀他是可以保全自己忠义的节操,可是我对晋灵公的承诺信约呢? 承诺过却又不去做,我岂不成了与畜生无异的无信之人? 无论我怎么做,不忠、不信的耻辱恶名我都要背负其一! 看来,只有死才能捍卫我的尊严与气节了!"说罢,鉏麑瞅准了院中一棵粗壮的老槐树,便毅然决然地一头撞了过去……

有些人不认为鉏麑是刺客,因为他根本没有行刺,用现在的话说是犯罪中止。但鉏麑的历史身份的确是刺客,尽管如此,他却具备更多的侠义品质。他深明大义,舍生取义,确实是大侠。若他行刺成功,一定会背上千古骂名。正是由于他这次主动放弃行刺,才能够名垂青史。

(选自《左传·宣公二年》,有改动)

救孤存忠美名传——程 婴

2010年,有一部电影非常火爆,名叫《赵氏孤儿》,由大导演陈凯歌执导,葛优、范冰冰、黄晓明、王学圻(qí)、张丰毅等大牌明星出演。这部电影是根据历史事实改编的,讲的是程婴救孤的故事。

程婴,春秋时晋国人,相传他是少梁邑(古地名,今陕西省韩城市南庄)人,是晋卿(古时高级长官或爵位的称谓)赵盾及其子赵朔的友人。

　　晋景公三年(前597年),司寇(官名,西周始置,位次三公,与六卿相当,与司马、司空、司士、司徒并称五官,掌管刑狱、纠察等事)屠岸贾(gǔ)追究致使晋灵公暴死的主谋,便把罪名强加在赵朔的父亲赵盾身上,要将赵朔一家灭族(灭族是古代的一种严酷刑法,是指一人犯死罪而牵连其父母妻子等整个家族被杀)。因为赵朔的妻子是晋成公的姐姐,当时在宫中避祸,所以幸免于难。赵朔被杀时,他的妻子已有身孕。因此,保全赵氏和灭绝赵氏的两方力量,都盯住了这个尚未出生的孩子。

　　程婴与另外一名大臣公孙杵臼(chǔjiù)心意相通,为保全赵氏后代结成了生死之交。

　　不久,赵朔的妻子生下一个男孩。屠岸贾听说后,带人闯入宫中搜查。赵朔的妻子把婴儿藏在裤子里面,多亏婴儿没有啼哭,才躲过了一劫。为了找个万全之策,程婴找到公孙杵臼商量办法。公孙杵臼先问了一个问题:"一个人去死难呢,还是抚养孤儿难?"程婴回答道:"一个人去死容易,扶持孤儿却很难。"于是,公孙杵臼说出一番计划,请程婴看在赵朔对他的情分上,担当起养育孤儿的艰难之事,自己则选择去赴死。

　　商议好后,他俩用一个婴儿(后世广为流传的说法是:程婴当时献出的是他自己的亲生儿子)包上华贵的襁褓(qiǎngbǎo),带到山里,藏了起来。然后程

程　婴

婴出来自首,说只要给他千金他就说出赵氏孤儿的藏身之处。告密获准,程婴带着人去捉拿公孙杵臼和那个婴儿。公孙杵臼见了程婴,装得义愤填膺(yīng),大骂他是无耻小人,不能为朋友而死也就罢了,还要出卖朋友的遗孤。最后,公孙杵臼和那个婴儿都被屠岸贾所杀。程婴和公孙杵臼的调包计成功了,人们都以为赵氏最后一脉已被彻底灭绝,屠岸贾以为从此再也不会有人找他复仇了。

程婴背着卖友求荣的恶名,忍辱负重、苟且偷生,设法把真正的赵氏孤儿带到了山里,隐姓埋名,抚养成人。

十五年以后,晋景公问赵氏还有没有后人,大将韩厥(jué)提起程婴保护的赵氏孤儿。于是赵氏孤儿被召入宫中,他此时已是一名翩翩少年,名叫赵武。晋景公命令赵武拜见群臣,并让他承袭了赵家的爵位,列为卿士。程婴、赵武带人讨伐屠岸贾,诛灭了他的全族。

赵武二十岁那年,举行冠礼(是古代中国汉族男性的成年礼)。程婴觉得自己已经完成了夙(sù)愿。为了了却对公孙杵臼早死的歉疚之情,任凭赵武啼泣磕头劝阻,程婴还是自杀了。赵武为此服孝三年。

程婴和公孙杵臼的事迹,后世广为传颂,并且被编成戏剧,出现在舞台上,甚至流传到海外。他们那种舍己救人、矢志不渝的精神,一直为人们所钦敬。

(选自《史记·赵世家》,有改动)

锤击晋鄙智勇全——朱　亥

这个故事讲的是一名屠夫出身的侠客,他叫朱亥。

朱亥本是一位屠夫,因勇武过人,被魏国的信陵君(战国四公子之一,另三位是齐国的孟尝君、赵国的平原君和楚国的春申君)聘为食客(古代寄食于贵族官僚家里,为主人策划、奔走的人称之为食客)。

信陵君能礼贤下士,举贤用能。魏国有一位隐士名叫侯嬴(yíng),七十岁了,做的是大梁城看守东门的小吏,是朱亥的朋友。信陵君专门为侯嬴摆下宴席,侯嬴以探望朱亥为名考验信陵君,看出信陵君的确能谦恭下士。侯嬴对信陵君说:"我拜访的那个屠户朱亥,是个有才能的人,一般人不了解他,因此才

埋没在屠户中间。"

信陵君几次去拜访朱亥,朱亥故意不回拜。信陵君觉得很奇怪。

魏安釐(xī)王二十年(前256年),秦昭王已经攻破了赵国在长平的驻军,又进兵围攻邯郸(Hándān)。信陵君的姐姐是赵惠文王弟弟平原君的夫人,平原君几次派人送信给魏王和信陵君,向魏国请救。魏王派将军晋鄙率领十万大军去救赵。秦王遣使者告诉魏王说:"我攻打赵国,很快就要攻下;诸侯有敢救赵国的,待我取了赵国,一定调动兵力先进攻他。"魏王害怕了,派人去阻止晋鄙,叫他停止进军,驻军在邺(yè)地(今河北省临漳县西南)。

平原君派出的使者络绎不绝地到魏国来,责备信陵君不讲义气。信陵君不愿背负不义之名,就自己筹集了车马,带着门客们前去援赵。经过城门的时候,侯嬴唤他止步,面授机宜,让魏王的宠姬(jī)如姬去偷魏王的兵符。如姬果然盗得兵符交给信陵君。

信陵君出发前,侯嬴让朱亥同信陵君一道去,并说朱亥是大力士,晋鄙若听从,当然很好,如果不听,可以让朱亥击毙他。于是信陵君邀请朱亥,朱亥笑

朱亥

着说："我不过是市井中一个宰杀牲畜的人,公子却屡次亲自慰问我。之所以不谢您,是因为小的礼节没有什么大用。现在公子有急事,这正是我为您出力的时候。"于是就跟信陵君同行。

到了邺地,信陵君假传魏王的命令代替晋鄙。晋鄙合对上兵符,但心中怀疑这件事,想要不听从。朱亥用袖中四十斤(古制的一斤约相当于现在的六两)重的铁锤,击杀了晋鄙。信陵君就统率了晋鄙的军队,约束兵士,进兵攻击秦军,秦军撤退了。

整个计划环环相扣,缜(zhěn)密有序,是一个绝佳的策划案。这件事情成就了战国四公子之一的信陵君的盖世英名。后来,信陵君派遣朱亥出使秦国。秦王不让朱亥返回,要求他为秦国效力,并许以高官厚禄。朱亥坚决不同意。秦王就把朱亥关进一个装有老虎的大铁笼子里,威胁朱亥。老虎看见有人被投进笼子,就猛扑过去。朱亥大叫一声:"畜生,你敢!"那老虎吓得趴在朱亥的脚下,动也不敢动。秦王无法,只好将朱亥囚禁起来。朱亥见回去无望,就用头撞柱子,柱断而不死,于是用手扼(è)喉,喉断而死。

(选自《史记·魏公子列传》,有改动)

风萧萧兮易水寒——荆 轲

故事还得从秦王嬴(yíng)政统一天下讲起。

秦王嬴政一心想统一中原,不断向各国进攻。他拆散了燕(yān)国和赵国的联盟,使燕国丢了好几座城池。

燕国的太子丹曾在秦国当人质,他见秦王嬴政决心兼并列国,又夺去了燕国的大片土地,就偷偷地逃回燕国,一心想要替燕国报仇。但他既不操练兵马,也不打算联络诸侯共同抗秦,而把燕国的命运寄托在刺客身上。他把家产全拿出来,找寻能刺杀秦王的人。

后来,太子丹物色到了一个很有本领的勇士,名叫荆轲(kē)。他把荆轲收在门下当上宾,把自己的车马给荆轲坐,自己的饭食、衣服和荆轲一起享用。荆轲当然非常感激太子丹。

公元前230年，秦国灭了韩国。过了两年，秦国大将王翦(jiǎn)占领了赵国都城邯郸(今河北省邯郸市)，一直向北进军，逼近燕国。

燕太子丹十分焦急，就去找荆轲。太子丹说："拿兵力去对付秦国，简直像拿鸡蛋去砸石头。要联合各国合力抗秦，看来也办不到了。我想派一位勇士，打扮成使者去见秦王，挨近秦王身边，逼他退还诸侯的土地。秦王要是答应了最好，要是不答应，就把他刺死。您看行不行？"

荆轲说："行是行，但要挨近秦王身边，必定得先叫他相信我们是向他求和去的。听说秦王早就想得到燕国最肥沃的土地督亢(Dūkàng)(今河北省涿州市一带)。秦国将军樊(fán)於期，现在流亡在燕国，秦王正在悬赏通缉他。我要是能拿着樊将军的头和督亢的地图去献给秦王，他一定会接见我。这样，我就可以对付他了。"

太子丹感到为难，说："督亢的地图好办，樊将军受秦国迫害来投奔我，我怎么忍心伤害他呢？"

荆轲知道太子丹心里不忍，就私下去找樊於期，跟樊於期说："我有一个主意，能帮助燕国解除祸患，还能替将军报仇，可就是说不出口。"樊於期连忙说："什么主意，你快说啊！"荆轲说："我决定去行刺，怕的就是见不到秦王的

荆 轲

面。现在秦王正在悬赏通缉你，如果我能够带着你的头颅去献给他，他准能接见我。"樊於期说："好，你就拿去吧！"说着，就拔出宝剑，自刎了。

太子丹事前准备了一把锋利的匕首，叫工匠用毒药煮炼过。无论谁，只要被这把匕首刺出一滴血，就会立刻气绝身亡。他把这把匕首送给荆轲，作为行刺的武器，又派了个才十三岁便已经能杀人的勇士秦舞阳做荆轲的副手。

公元前227年，荆轲从燕国出发到咸阳，太子丹和少数宾客穿上白衣白帽，到易水（今河北省易县）边送别。临行的时候，荆轲给大家唱了一首歌："风萧萧兮易水寒，壮士一去兮不复还。"

大家听了他悲壮的歌声，都伤心得流下眼泪。荆轲拉着秦舞阳跳上车，头也不回地走了。

荆轲到了咸阳。秦王嬴政听说燕国派使者把樊於期的头颅和督亢的地图都送来了，十分高兴，就下令在咸阳宫接见荆轲。

朝见的仪式开始了。荆轲捧着装了樊於期头颅的盒子，秦舞阳捧着督亢的地图，一步步走上秦国朝堂的台阶。

秦舞阳一见秦国朝堂那副庄严的样子，不由害怕得发起抖来。

秦王嬴政的左右侍卫一见，吆喝了一声，说："使者为什么变了脸色？"

荆轲回头一瞧，果然见秦舞阳的脸又青又白，就赔笑着对秦王说："粗野的人，从来没见过大王的威严，免不了有点害怕，请大王原谅。"

秦王嬴政毕竟有点怀疑，就对荆轲说："叫秦舞阳把地图给你，你一个人上来吧。"

荆轲从秦舞阳手里接过地图，捧着木匣上去，献给秦王嬴政。秦王嬴政打开木匣，果然是樊於期的头颅。秦王嬴政又叫荆轲拿地图来。荆轲把一卷地图在秦王嬴政面前慢慢打开，到地图全都打开时，预先卷在地图里的一把匕首就露出来了。

秦王嬴政一见，惊得跳了起来。

荆轲连忙抓起匕首，左手拉住秦王嬴政的袖子，右手握匕首直向秦王嬴政胸口刺去。

秦王嬴政使劲地向后一转身，把那只袖子挣断了。他跳过旁边的屏风，刚

010

要往外跑。荆轲拿着匕首追了上来,秦王嬴政一见跑不了,就绕着朝堂上的大铜柱子跑。

荆轲紧紧地逼着,两个人像走马灯似的直转悠。

旁边虽然有许多官员,但是都手无寸铁;台阶下的武士,按秦国的规矩,没有秦王命令是不准上殿的。大家都急得六神无主,也没有人召台下的武士。

官员中有个伺候秦王嬴政的医生,急中生智,拿起手里的药袋对准荆轲扔了过去。荆轲用手一扬,那只药袋就飞到一边去了。

就在这一眨眼的工夫,秦王嬴政往前一步,拔出宝剑,砍断了荆轲的左腿。

荆轲站立不住,倒在地上。他拿匕首直向秦王嬴政扔过去。秦王嬴政往右边一闪,那把匕首就从他耳边飞过去,打在铜柱子上,"嘣"的一声,直迸火星儿。

秦王嬴政见荆轲手里没有了武器,就又上前向荆轲砍了几剑。荆轲身上受了八处剑伤,知道自己已经失败,苦笑着说:"我没有早下手,本是想先逼你退还燕国的土地。"

这时候,侍从的武士已经一起赶上殿来,结果了荆轲的性命。台阶下的那个秦舞阳,也早就给武士们杀了。

秦王吓得很长时间都头晕目眩。

"风萧萧兮易水寒,壮士一去兮不复还。"这样的慷慨悲歌至今读来仍然让人动容。易水,也因燕国太子丹送荆轲刺秦于此诀别而名扬天下。初唐诗人骆宾王曾有一首《于易水送人》:"此地别燕丹,壮士发冲冠。昔时人已没,今日水犹寒。"

(选自《战国策·燕策三》,有改动)

行侠仗义走天下——郭　解

郭解长得短小精悍(hàn),貌不惊人,性格沉静而悍勇,不爱饮酒。他年少时阴狠暴躁,稍有不快,就动武杀人,被他伤害的人很多。他还藏匿亡命之徒、策划参与抢劫盗窃活动、铸假钱、掘坟墓,无所不为,其劣迹可以说不可胜数。

等到郭解长大成人，便开始反省改过，进行自我约束，对仇怨报以仁德，乐善好施而又不求回报。他行侠仗义，救人于危难之中，许多人都深受他的恩惠。大家都希望能回报他，可他却毫不在意，做善事也从不留名。许多少年仰慕他的品行，所以也学他铤(tǐng)而走险，复仇伤人，但郭解本人却无从得知这些事。

成年后的郭解处世恭俭，在本县从不乘车。到邻郡为人办事，也是能办则办，不能办则不办，从不为难人家。因此，大家争着求他办事，那些亡命之徒也大多归附他。城中的少年以及旁县的贤士富绅，也经常把大车送到郭解家，以备投奔郭解的人来使用。

西汉元朔二年(前127年)，为了充实京师，汉武帝下令各郡国资财超过三百万的富户迁往茂陵居住。郭解虽然并没有达到这个标准，但是，他属于需要加强控制的豪杰大侠，又是一个令当地县官们头疼的不安定因素。所以，他也在迁移之列。大将军卫青曾为此向汉武帝求情，但汉武帝说："一个百姓的权势竟能使大将军替他说话，可见他并不贫穷。"

郭解终于被迁移到了关中，为他送行的豪客们送给他的礼金就达一千余万，这远远超过了迁移标准的好几倍。

轵(zhǐ)县(今河南省济源市南)人杨季主的儿子任县里的属吏，阻止相送的众人，郭解兄长的儿子竟把他给杀死了，还取了其首级。本乡人又杀了杨季主，杨季主的家人上书告状又被杀了。这一系列血案也最终促使汉武帝亲自

郭解

下令拘捕郭解。郭解将老母安置在夏阳(今陕西省韩城市)后,孤身来到临晋(今陕西省大荔县)。面对天下英雄仰慕的郭解,素昧平生的临晋大侠籍少公帮助他出关,逃亡到了太原。当追踪而来的官吏找到籍少公时,籍少公已经慨然自尽。

轵县有一位儒生招待查办郭解的使者,有客人在席间赞扬郭解,儒生便说:"郭解专门干违法乱纪的事情,怎么能算是贤人?"郭解的手下随后便杀掉了这个人,并将他的舌头割下。官府追究此事,郭解并不知道杀人的事,凶手也没查出来。御史大夫公孙弘得知后说:"郭解作为平民,玩弄权诈之术,仅凭他的眼色就能置人于死地,他虽然对案件并不知情,但这种犯罪行为比他亲自杀人还严重!应以大逆不道论处。"于是郭解被满门抄斩。

其实,郭解被杀的根本原因,是汉武帝要铲除有势力的游侠集团。郭解的名气很大,交往面很广,很多人都佩服他、愿意跟从他,在社会上形成一股很大的势力,自然在被铲除的名单之内。但郭解的侠义精神仍令后人仰慕。

(选自《汉书·游侠传》,有改动)

013

壮志未酬身先死——施 全

杭州城十五奎(kuí)巷之中有座施将军庙,供奉的是南宋殿前司小校(殿前司:官名,与侍卫司分统禁军;小校:职位低级的军官)施全。

施全是东平人士,是岳飞的结义兄弟。南宋初年,天下动乱,施全曾与吉青(后来也成为岳家军将领)等人做过拦路抢劫的盗贼。岳飞听闻前去比武,结果岳飞胜了施全,施全心悦诚服,甘心鞍前马后地跟随岳飞,岳飞看出施全是个难得的人才,于是和他拜为异姓兄弟。施全的武艺虽然不高,但是非常忠诚勇猛。

岳飞连破金军,使得南宋主和派秦桧寝食难安。于是秦桧制造冤案,杀害岳飞于风波亭。这激起了全国人民的极大愤慨。

南宋绍兴二十五年(1156年)正月的一天,秦桧退朝后,坐着轿子回相府。秦桧的府邸在今杭州新宫桥一带。当秦桧一行途经望仙桥附近时,只见埋伏在桥脚边的一位壮士，手拿马刀猛地扑上前来，对准轿子一刀砍去。只听"咔嚓"一声，由于用劲过猛，刀一下子砍进了桥栏。壮士见没砍着秦桧，想举刀再砍，却抽不出刀。这时，秦桧身边的护卫兵已经蜂拥而来，将这位壮士团团围住，由于寡不敌众，壮士最终被擒。坐在轿内的秦桧虽然没有受伤，但早已吓得魂飞魄散，战栗(lì)不已。

回到家里，秦桧马上坐堂审问刺客。当壮士被押上堂后，秦桧喝问道："你是什么人？谁指派你来行刺的？只要你如实招供，我可以饶你不死。"

壮士厉声喝骂道："秦桧，你这个奸臣，害死岳将军、欺君卖国、祸国殃民，我恨不得吃你的肉，剥你的皮！你问我是谁，我行不更姓、坐不改名，我就是施全，是殿前司的军人。今天是为了替岳将军报仇、替天下人除害，算你命大，没把你砍死，但最终有一天，天下人会找你算账！"

施全这一顿痛骂，气得秦桧浑身发抖，慌忙命令卫士把施全打入死牢。第二天就在众安桥刑场把施全凌迟处死了。

在杀害施全的这一天，众安桥四周挤满了人，有的流着眼泪，有的暗暗叹息。

经过这次惊吓之后，秦桧患上了精神恍惚症，一闭上眼睛，就好像施全举刀要杀他。他成天心神不宁，没过几年，就一命呜呼了。

施全刺杀秦桧的事迹，一直在杭州人民中间流传着。后来为了纪念这位为民族正气而献身的勇士，人们在他就义处——众安桥南堍东侧，建立了一座将军庙，1993年扩建庆春路时，将军庙虽被拆除，但至今遗迹犹存。后人在河南省汤阴县岳飞庙山门对面，建立施全祠，明万历年间，彰德府推官张应登又铸施全铜像立于岳飞庙堂中央。铜像高六尺，头戴兜鍪(móu)，身穿铠(kǎi)甲，手执利剑，怒目握拳，直指祠前秦桧等奸党跪像。

(选自《宋史·秦桧传》，有改动)

为民请命诛奸臣——郑虎臣

福建漳州有个木棉庵，庵前的石亭中有一方石碑，上刻"宋郑虎臣诛贾似

道于此"。这是明朝抗倭名将俞大猷(yóu)所立并亲书。明代王肇(zhào)衡也就郑虎臣诛杀贾似道一事写诗云:"当年误国岂堪论,窜逐遐(xiá)方暴日奔。谁道虎臣成劲节,木棉千古一碑存。"

故事还得从头说起。

南宋开庆元年(1259年),势力逐步强大的元军大举南侵,贾似道以右丞相的身份领兵来救鄂州(今湖北省武昌市)。贾似道贪生怕死,不去研究御敌办法,却私下向元军主帅忽必烈求和,答应割地纳贡。

南宋德祐元年(1275年),元军再度南侵,攻陷鄂州。贾似道被迫出兵,结果鲁港(今安徽省芜湖市西南一带)一战大败,宋军水陆主力全部被歼,贾似道乘船逃走。朝野一片哗然,朝臣纷纷上奏章弹劾贾似道,请求处斩他。虽经皇太后几番包庇袒护,但贾似道实在是罪大恶极,朝野人心不服,朝廷只好把他降职为广东高州团练副使(武官名,类似于民间的自卫队副队长),并查抄了他的家,把他贬到循州(今广东省龙川县)安置。

按照律法,朝廷要派一个监押官押送贾似道到循州。郑虎臣的父亲曾遭贾似道陷害,流放至死。此时,他正担任会稽(jī)(今浙江省绍兴市)县尉(官名,主管治安),他觉得为父报仇、为天下锄奸的时机到了,就主动请求担任监押官。这一请求很快得到了朝廷的批准。

贾似道在建宁府等待惩处时,他的身边尚有几十个侍奉他的人,珠宝财物更是不计其数。在起解前,郑虎臣把侍奉贾似道的人员全部遣散,然后把财物也全部分发给了老百姓。

押解途中,正是农历七月,三伏天气。郑虎臣故意去掉车篷,让贾似道在毒日头下曝晒;又在车子前插上旗子,上书"奉旨监押安置循州误国奸臣贾似道"。郑虎臣还把贾似道的罪行丑事,编成杭州曲调,教轿夫们唱,嬉笑怒骂,冷嘲热讽。轿夫们越唱越高兴,越骂越过瘾,贾似道只能龟缩在轿里挨骂,连走路也不敢抬头,只是掩面而行。其实,郑虎臣如此羞辱贾似道,是希望他能自尽来谢罪天下。可无论他如何羞辱,贾似道只是唯唯诺诺,毫无自尽谢罪之意。

眼看着车子将行至漳州境内,郑虎臣知道漳州知府正是贾似道的门生,

如果不在此时除掉这个巨奸，就再也没有机会了。

一日，郑虎臣又命令贾似道下轿步行。当行至漳州木棉庵时，郑虎臣故意领他到庵内歇脚。趁贾似道更衣时解下皇太后赐予的免死金牌之际，郑虎臣拔出剑来，怒目圆睁，指着贾似道说道："贾团练，事到如今，你还舍不得一死以谢罪天下吗？"贾似道一听"死"字便魂飞魄散，讷讷地说："我有免死金牌，皇太后答应我不死，如果有皇帝诏书赐我一死，我怎敢不死？"郑虎臣一听，怒火冲天，大声喝道："太后保你不死，万民却恨不能吃你的肉，寝你的皮，你这祸国殃民的狗官，竟如此贪生怕死，我郑虎臣今天只好替天行道了。"听闻此言，贾似道吓得在地上爬行，双手直摇，哀求道："郑监押，郑天使，你，你杀不得我，杀了我，你也不免获罪，你就饶了我吧！"郑虎臣咬牙切齿地说："我替天行道，为民除害，虽死何憾！"说罢提起贾似道，一剑穿心，结果了这个千夫所指、万民痛恨的奸贼狗官的性命。

第二年，贾似道的同伙陈宜中逃至福州，拥立赵昰(shì)为帝，捕杀了郑虎臣。可惜一代义士惨遭毒手。

郑虎臣遭到杀害后，葬于南山村的馆园旁，乡人及他的后裔在村前建祠纪念他，郑氏祠堂在今天福建省福安市溪柄镇榕头村。祠堂正殿右侧墙基旁立着一面石碑，记载郑虎臣为民除奸的事迹。左侧墙上嵌有一面石碑，刻的是明朝大学士李东阳的诗句："多宝阁下欢不足，木棉庵前新鬼哭。袭胸拉胁安足识，天下苍生已无肉。君王不诛监押诛，父仇国愤一时摅(shū)。监押虽死名不灭，元城使者空呕血。"历史是公正的，民心不可欺，善恶忠奸自有公论。不知后世那些混迹于官场的奸佞(nìng)小人读了李东阳这首诗，将作何感想。

郑虎臣的忠义品格，郑虎臣的气节豪情，不知激励了身后的多少英雄豪杰！

（选自《宋史·列传第二百三十三》，有改动）

敢作敢为真豪杰——王　著

王著，元代侠客，益都（今山东省青州市）人。至元元年（1264年），色目人

阿合马因善于理财深受忽必烈的器重,被任命为中书平章政事(官名,专商议国家大事),兼诸路都转运使。随后几年,阿合马凭借权势,无恶不作,采用各种手段聚敛民财,谋取私利,并勾结亲属和色目人为党羽,左右朝政,先后陷害众多忠臣,势力逐渐膨胀。百姓无不唾(tuò)骂,却又因惧怕他的权势而无能为力。

至元十九年(1282年)三月,元世祖忽必烈赴上都(今内蒙古自治区正蓝旗五一牧场境内,滦(luán)河上游的闪电河北岸)避暑,真金皇太子跟从,阿合马留守大都。益都千户王著,是一个平日里疾恶如仇的人,他密铸大铜锤,会同僧人高和尚,合谋要刺杀阿合马。

奸人不除,举国不安。时不我待,王著等人迅速密谋好计划事宜。一日,他们诈称皇太子为做佛事要返回大都,召集八十余人假扮成太子回京的队伍,夜深时入城。早晨王著派遣两位僧人到中书省传达命令,命令中书省采购佛事用的物品。中书省心存怀疑,便暂且搁置此事。中午,王著又派遣崔总管假传圣旨,让枢(shū)密副使张易发兵若干,当夜赶到东宫前。张易没有发觉事有蹊跷(qī·qiao),命令指挥使颜义带兵前往。王著骑马到阿合马面前,谎说太子马上就到,命令省官全部在东宫等候,阿合马派右司郎中脱欢察儿等数骑出关。王著随后让人冒充太子杀掉脱欢察儿等人,进入健德门(大致位于今天的北京土城西路和八达岭高速公路相接处)。

没人敢怀疑这一行人,不一会儿,众人到了东宫,全部下马,只有冒充太子的人骑在马上指挥,叫阿合马到马前回话,并佯装生气,怒斥阿合马办事不力。趁当时气氛紧张,众人因胆寒而未注意事态变化的时候,王著立即赶上,用袖子里的铜锤砸烂阿合马的脑袋,阿合马当场身亡。假太子继续叫左丞相郝祯(Hǎozhēn)到马前,王著一并杀之,同时囚禁右丞相张惠。这时尚书张九思在宫中大呼有诈,留守的达鲁花赤博敦,持梃(tǐng)赶到马前,把冒充太子的人打下马来。内侍卫军弓矢乱发,众人溃逃,多数被捉。高和尚等人出逃,只有王著面不改色,从容被捕。

中丞相也先帖木儿奏报元世祖,元世祖听后大怒,当天就回到上都,命令枢密副使孛(bó)罗、司徒和礼霍孙、参政阿里等赶回大都讨乱。王著最终

被杀。

王著临刑之前,狂风大作,苍天悲鸣。毫不畏惧、淡定自若的王著高声大呼:"我王著为天下除害,虽然今天死了,但是后世有一天一定会有人为我写这件事的。"

雨后天晴,奸臣已除。阿合马被刺的消息传出后,平民百姓纷纷奔走相告,买酒庆贺,大都的酒三天就卖空了。只是壮士已死,人们扼(è)腕叹息的同时更钦佩他舍生取义的精神。真金太子对这时入朝的汉人儒臣们说:"你们学孔子之道,今始得用,宜尽平生所学,力行之。"

当初,元世祖以为汉人谋反,且又被阿合马蒙蔽已久,还不完全知道阿合马的奸佞。后来询问孛罗才知道阿合马的十恶不赦,大怒道:"王著杀阿合马,没错!"于是命人刨开阿合马的墓,劈烂了他的棺木,并在通玄门外戮(lù)尸,放狗吃阿合马的尸体。上至官吏、下至百姓,围观的人无不拍手称快。

奸佞之人终被铲除,勇武之人却已经殉国。王著,一代侠客,用自己的坚毅和果敢,为百姓除害,为朝廷惩恶。因此后世广为称颂,成为元史的一段传奇,流芳百世。

(选自《元史》卷一百九十三,有改动)

少林义士洪拳祖——洪熙官

洪熙官,籍贯广东省花县(今广州市花都区),他是少林弟子,也是洪拳的创始人。

广东是著名的武术之乡,蔡九仪就是一名广东籍的著名拳师。蔡九仪籍贯肇(zhào)庆,明末清初人,曾随洪承畴(chóu)部队驻守辽东,任军令承宣尉(武官名)。清崇德七年(1642年),洪承畴兵败降清之后,蔡九仪愤然离职,投奔河南嵩山少林寺,学习少林武功。经过八年的苦苦练习和一贯禅师的精心教授,蔡九仪学得少林绝世武功。顺治七年(1650年),他返回肇庆,并带回了师傅赠与的《少林拳术秘史》一书。他开始暗中收徒,传授少林武功,以图东山再起,继续从事反清复明的斗争。

洪熙官在亲戚的引荐下拜蔡九仪为师学习少林武功。同时拜师的还有方世玉、方孝玉、方美玉兄弟及梁亚松等人，他们后来被称作"少林十虎"。承师傅精心传授，加上天资聪慧、勤学苦练，洪熙官不但练得一身硬功夫，还习得深厚的少林内功心法。短短几年，洪熙官便领悟了少林功夫的精髓，且功力造诣高深。为了对抗清廷，也为了提高徒弟武功，康熙七年(1668年)，蔡九仪又带领少年洪熙官、方世玉等人拜福建莆田南少林寺方丈为师修习南少林武功。悟性极高的洪熙官将南北少林武功贯通一气，内外兼修，拳脚并用，练就刚柔相济的少林绝学。同时，他们秘密从事反清复明活动。

康熙十一年(1672年)，朝廷派重兵围剿泉州少林寺。刀光剑影之下，洪熙官、方世玉等寡不敌众，最终失败，寺僧星散，寺院被毁。洪熙官、方世玉等凭借高强的少林武功，逃过清兵鹰犬的抓捕，秘密潜回广东。后来，在清兵四处追杀下，洪熙官遁(dùn)迹于广州，藏匿在大佛寺，继续修习少林功夫。

康熙十二年(1673年)三月，平南王尚可喜上书朝廷请求告老还乡；八月，康熙诏令平西王吴三桂和靖南王耿精忠撤藩；十一月，吴三桂起兵抗令，"三藩之乱"爆发。吴三桂秘密联络尚之信参与叛乱，派人潜入广东地区，以作呼应。山雨欲来，各种势力明争暗斗，此消彼长，广州城内一时气氛诡异，乱象丛生。洪熙官正好利用这种大乱时机，广纳反清志士，建立地下武装。

洪熙官等人为了实现尊师蔡九仪"反清复明"的遗愿，除了聚集大佛寺外，还在广州城外西禅寺成立活动据点，由方世玉师弟负责。方家是经营丝绸生意的大老板，方氏兄弟正好利用西郊打工的"西房仔"(纺织工人)笼络人才。但入门把关不严，致使弟子跟带有帮会性质的"机房仔"屡屡斗殴，最终形迹暴露，被清朝巡捕觉察。清廷派人拘捕，好些人当场毙命，方世玉等人逃回肇庆。

此时洪熙官也潜回了肇庆。洪熙官与方世玉商议，把反清基地设在隐蔽的肇庆鼎湖山的庆云寺内。他们暗中招收门徒，传授少林武功；广纳贤才，共谋反清大事。却不料不久后被叛徒出卖，清兵包围了庆云寺，想一网打尽反清志士。洪熙官凭借少林武功绝学，挥拳出击，杀出重重包围，从此隐姓埋名，浪迹山野。

洪熙官吸收百家武功精华,再将少林武功融入其中,自创洪拳,游走四方。除精通拳脚外,他还擅长少林棍法。他每走一地,都要秘密授徒,这样,洪拳的影响力愈来愈大。他创制的洪拳自成体系,拳法凌厉多异,招式浑厚有力,在全国广大武术爱好者中具有广泛影响,成为南方功夫的代表。如今,经过影视剧的不断渲染,洪熙官及其师弟方世玉的义士形象已经家喻户晓,深入人心。

奋力一掷全是胆——吴 樾

吴樾(yuè),安徽桐城人。他出身于清贫之家,年少失怙(hù),由兄长抚养成人。自幼聪慧,性格早熟,博览群书,青少年时代就已经遍阅诸子百家,作得一手极好的诗词。

在浙江、上海闯荡几年后,吴樾进入保定高等学堂学习。正是在那里,他接触到了指引他走上革命之路的书籍——《革命军》《警世钟》《自由血》《扬州十日记》《嘉定屠城纪略》。这些书籍,或讴歌自由,或揭示清朝入关暴行,或导引革命。由此,一位本来倾向于君主立宪的青年,一变而成为坚定不移的革命志士,并结识了大量志同道合的伙伴,其中包括陈天华、秋瑾、陈独秀等人。

不久,二十六岁的吴樾加入光复会,担任“北方暗杀团”的支部长。光绪二十九年四月初三(1903年4月29日),由于昏庸腐败的清朝政府暗中与沙俄签订卖国密约,吴樾带领群众组织“拒俄义勇队”,与黄兴、陈天华等一起去东北抗俄。清政府获知此事后,认定这些人为革命军,与日本政府私下交易,就地弹压运动。被日本政府强行解散后,“拒俄义勇队”改称“军国民教育会”。这次弹压不但没有打消他们的反清热潮,反而更加鼓舞了他们的斗志。于是,在秘密聘请俄国、日本武师教习他们格斗、爆炸、刺杀技能的同时,“军国民教育会”又派出数路人马回到国内,在各地组织革命暗杀团体。

当时,清政府内外上下,立宪呼声高昂,不少人沉迷于此,幻想清廷能发愤图强。但吴樾等一批爱国志士十分激进,也十分清醒。他们认清了清廷的花招,决定刺杀起义。

吴樾在保定高等学堂学业期满后,放弃接受显示“出身”的毕业文凭的机

会,与比他小六岁的张榕等人沿途密议,准备寻机入京师行刺。在京期间,写下了他著名的《暗杀时代》。他断言道:"……今日为我同志诸君之暗杀时代,他年则为我汉族之革命时代!欲得他年之果,必种今日之因。我同志诸君,勿趋前,勿步后,勿涉猎,勿趑趄。时哉不可失,时乎不再来。手提三尺剑,割尽满人头!此日,正其时也!……欲思排外(洋人),则不得不先排满。欲先排满,则不得不出以革命!革命!革命!我同胞今日之事业,孰有大于此乎!"

光绪三十一年(1905年)九月二十四日,清朝的镇国公载泽、兵部侍郎徐世昌、户部侍郎戴鸿慈、湖南巡抚端方、商部右丞绍英五人,准备出国考察,时称"出洋五大臣"。在此前一天,吴樾通过秘密渠道得到了五大臣行程的详细情报,决定在前门火车站用炸弹行刺。当晚,他和几个好友聚在一起,欢歌慷慨,言笑从容潇洒,英气如云。但是,他们不免有一些别离的惆怅,一个个涨红了脸,举杯畅饮,誓死保卫家园。九月二十四日清晨,吴樾毫不迟疑地走向了车站。火车预定十点出发,可八点一过,人们就络绎而来。清朝官员讲排场,除五大臣以外,前来送行的大小官员,站满了站台,一大片红顶子。吴樾本来穿着学堂操衣上站台,被衙役拦下。他只得匆匆出站,临时买了一套类似随行仆役的号衣穿上。黑色靴子、棉布长袍、红色帽子,凭借这身服装,吴樾得以混杂在五大臣随员中上了火车。同行的张榕原本想随之上车,但人群涌动,把他挤到了送行人群的后面。

行刺心切,吴樾怀揣炸弹,试图往五大臣的花车里面闯。在他即将入得花车时,被通道内卫兵拦截盘问,吴樾解释自己是五大臣手下的随从。他不说话倒好,一说话,露出了很浓的安徽口音,于是卫兵开始怀疑。因为五大臣的随从都应该是一口京腔才对。怀疑之下,卫士们把吴樾拦住,七手八脚,准备扭送他下车。

见此情景,吴樾大叫一声,忽然掏出炸弹砸向花车。火花闪过,轰然一声巨响,血肉横飞,吴樾本人当场牺牲。卫士、衙役被炸死数十人,车厢内顿时一片狼藉。

五大臣中,绍英受伤较重,流血不少。其他四个则惊慌失措,或躺或趴,个个摸着自己脖子上的脑袋……

慈禧听说此事后,又惊又怕又恨,立刻下旨让肃亲王耆(qí)善亲自主持侦察工作,并加强她所在的颐和园的警戒,生怕有人把炸弹从墙外扔入。

当时,吴樾本人遭受炸弹碎片重创,虽身体血肉淋漓,但头颅完好无损,刚毅的面庞上依旧怒目圆睁。

之后,清政府马上派人前往大街小巷搜寻吴樾同党,最后在吴樾住房的枕头下找到了大英雄的绝笔。在信中,他详尽说明行刺乃他一人所为,好汉做事好汉当,为此避免了牵连许多安徽老乡入案。吴樾的未婚妻听闻心上人殉国消息后,立时自刎殉夫。

吴樾死时,年仅二十七岁。

一弹可当百万师——彭家珍

彭家珍,1888年出生于四川金堂县姚渡(今青白江区)。从启蒙教育开始,他的父亲就教他西方近代科学知识。十四岁时,他到成都尊经书院读书。在省城,他的视野不断扩大,直接感受到国家的衰败、官府的贪污和人民的痛苦,这促使他对改良道路渐渐产生了怀疑,思想日趋激进。

1903年,彭家珍考入成都武备学堂,希望用军事振兴国家民族。他在习武以外,还阅读了邹容、陈天华等人的革命著作,思考国家民族的前途命运。

1906年,彭家珍以最优等成绩被派往日本军事考察。在日本,他秘密参加同盟会,接受孙中山布置的任务,并携带一批革命书籍返回四川。最初他在四川高等军事研究所实习,不久便被派到清新军任排长,驻扎在成都城外北凤凰山。

1907年,同盟会在四川的骨干分子准备在成都密谋起义。一切都部署完毕后,却被奸细告密。当日,四川总督赵尔丰下令全城戒严,并调新军入城搜捕革命党人。彭家珍趁入城之机,设法通知革命党人,并掩护他们转移。事后,他被当局列入怀疑对象,但被他机智沉着地应付了过去。1909年4月,他担任左队队官(连长)。

1909年夏天,彭家珍先去了云南,后来听说东北革命风潮涌动,便毅然去

了沈阳。在沈阳,他任奉天讲武堂附属学兵营前队队官,借机吸收革命党人入队,并发展学员加入同盟会。他所联系和指挥的人,在武昌起义以后便成为东北起义的骨干力量,这是后话。

1911年,彭家珍预感全国革命风暴将至,便利用职务之便,为革命军筹备了大量军火。后来事情泄露,他被清廷通缉。同年12月下旬,彭家珍在上海得到孙中山接见,受到鼓励,更加意气风发。他总结了北方起义失败的原因,认为主要是敌人力量强大。他认为,诛灭魁首是当务之急。

1912年1月中旬,彭家珍参与京津同盟会骨干商议铲除袁世凯、良弼、载泽三人的决策。但是1912年1月6日刺杀袁世凯并没有成功,还被捕一百多人,牺牲三人,但是革命党人并未退缩。在清政府全力搜捕革命党人的时候,彭家珍挺身而出,勇担刺杀良弼的任务。

1月26日晚,彭家珍得到情报,良弼等人将于次日商议用军事来对付南方革命力量。晚上11时许,他返回寓所,并嘱咐仆人次日凌晨离开北平(即北京)前往天津。然后他换上军官服,藏好武器,出门雇车。为了防备敌人密探,他并没有直奔良弼家,而是到了金台旅馆,拿着良弼在沈阳的心腹崇恭的名片登记住宿,声称有紧急军务去见良大人。然后换乘金台旅馆马车到良弼的新家。

他等候良弼久久未归,便打算驱车前往耆善府,没有走多远正好碰上良弼回家。彭家珍于是先把车堵在良弼家门口。良弼到了以后,彭家珍求见。良弼刚伸腿下车,就看见来人身材不如崇恭高大,连忙惊呼"不好"!彭家珍随手扔出一枚炸弹,把良弼炸成重伤。不幸的是,一块弹片飞进了彭家珍的后脑,他当场壮烈牺牲。两天后良弼也因伤重而死。据传,良弼死前曾说:"知我炸我,我实钦佩,好英雄也!"

1912年1月12日,隆裕太后携年幼的清帝溥仪退位,中国两千多年的封建王朝时代就此终结。
民国首任大总统孙中山高度评价了彭家珍的功绩,称他的行动为"我老彭收功弹丸",并追赠他为陆军大将军,下令修建忠烈祠。中华人民共和国成立后,毛泽东主席还给彭家珍家属颁发了"永垂不朽"的烈士光荣证。

023

二、知恩图报类侠客义士

鱼腹藏剑　英勇无畏——专　诸

专诸,吴国堂邑(今南京市六合区西北)人,屠户出身,长得目深口大,虎背熊腰,英武有力。

楚国大将伍子胥(xū)(名伍员,字子胥),因父亲伍奢、兄长伍尚皆被楚平王枉杀,因此背负着血海深仇逃亡到吴国。到吴国后,伍子胥得知公子光打算杀掉吴王僚后,认为自己只有帮助公子光继承王位,才能攻打楚国,为父兄报仇。

公子光的父亲是吴王诸樊。诸樊有三个弟弟:大弟余祭,二弟夷眛,三弟季子札。诸樊知道三弟季子札贤德,所以不立太子,想把王位依次传给三个弟

专　诸

弟,那么,最后把国家就能传到季子札手里。诸樊死后,传位给余祭;余祭死后,传位给夷眜;夷眜死后,应当传位给季子札。但是,季子札不但不肯接受王位,而且还隐匿起来不知去向,夷眜便立自己的儿子僚为吴王。公子光说:"假若按照兄弟的先后次序,那么季子札当立为王;假如按照儿子的先后次序,则我公子光是继承人,当立为王。"因此便偷偷地蓄养谋臣勇士,伺机夺取王位。那个时候的天下,是诸侯逐鹿的天下,也是刺客盛行的时代,王公贵族的较量,除了战场上面对面的拼杀,还充斥着大量的暗杀。这个时候的公子光,还不具备和吴王僚正面抗争的实力,他急需一名英勇无畏的刺客。于是,伍子胥便把专诸推荐给公子光。

公子光得到专诸以后,即以上宾的礼遇对待专诸,并且对专诸的母亲也非常恭敬。专诸虽然感动于公子光的厚待而决心以死相报,但是却牵挂自己的母亲。母亲知道了儿子的心事后,告诉专诸,大丈夫立于天地之间,应当做名垂青史之事,不要因为家庭小事而抱憾终生。随后她对儿子说自己口渴,要专诸去取水来喝,等专诸取来水后,发现母亲已经吊死在后堂了。他的母亲以死来断绝儿子的顾虑。

四月的一天,公子光在家中的地下室里埋伏下武士,准备好酒席宴请吴王僚。吴王僚派兵从宫中一直列队到公子光的家,门户台阶左右都是吴王僚的亲信。他们夹道侍立,手持长刀。酒兴酣畅后,公子光假装脚疼,进入地下室,派专诸把匕首放入烧熟的鱼肚子里,然后把它端上去。到吴王僚面前后,专诸分开鱼,拿出藏在鱼腹中的匕首刺向吴王僚的胸口,吴王僚当场毙命,吴王僚的侍卫也乘乱杀死了专诸。公子光下令埋伏的武士进攻吴王僚的部下,把他们全都消灭了,于是公子光就自立为国君,也就是吴王阖闾(Hélǘ)。

鱼腹藏剑刺吴王僚的故事在后世一直广为流传,还被改编成戏剧和影视剧搬上了舞台和银幕。同学们还可以记住一点饮食文化,因为专诸曾在太湖边学烧鱼之术,后人遂把他奉为"厨师之祖"。

(选自《史记·刺客列传》,有改动)

断臂行刺 功成自刎——要 离

话说吴王阖闾登上王位后,吴王僚的儿子庆忌便逃往卫国。庆忌这个人力大无穷,有万夫不当之勇,在吴国号称第一勇士。他逃到卫国后,便在卫国大肆招兵买马,伺机为父报仇。阖闾获知这件事后,茶饭不思,日夜寻思着如何除去这个心头大患。他打算找一位侠士为他除去庆忌。不久,果然找到了,这个人就是要(yāo)离。

要离,春秋时吴国人,是有记载的第一个姓要的人。他身材瘦小,仅五尺(春秋一尺合今23.1厘米)多,腰围细得就如同一束草,而且丑陋无比。但这个人却是当地有名的剑客。

吴王阖闾和要离合演了一出苦肉计(自己伤害自己,以蒙骗他人,从而达到预先设计好的目标,这种做法,称为苦肉计)。要离先用语言激怒阖闾,阖闾怒不可遏,命令大殿上的武士砍掉要离的右臂,然后把他投入监狱,还把要离的妻子抓了起来。后来,伍子胥设计让要离越狱逃走,吴王再次"震怒",下令杀死要离的妻子,并焚烧、弃尸于闹市。

要离得知庆忌在卫国避难,于是就到卫国去投奔他。庆忌了解到要离是

要 离

从吴国投奔他的,看他的右臂真的断了,并打听到他的妻子也是被吴王阖闾所杀的,就相信了他。后来把他当成心腹,命令他每日训练士卒,建造舟舰,准备讨伐吴国。

公子庆忌率兵乘船伐吴,要离对庆忌说:"公子您应该亲自坐在战舰的船头,这样既可以鼓舞士气,又便于指挥船队前进。"庆忌听从了要离的建议,就在船头坐定,要离手执短矛在一旁侍立。

大军浩浩荡荡向前进发,忽然江面刮来一阵强风,庆忌的战船被风刮得摇晃不定,庆忌也随着船体的摇晃而坐立不稳。要离抓住这个千载难逢的机会,借着颠簸摇晃之势以短矛刺中庆忌,短矛直入心窝,刺穿其后背而出。身受重伤的庆忌此刻才醒悟要离断臂的真正目的。但是他不愧为天下第一勇士,他忍着剧痛,单手提起要离,把他的头沉溺于水中,反复三次,然后又把淹得半死的要离横放到自己的膝盖上,大笑着对他说:"天下居然有像你这样的勇士,竟然能用这种苦肉计来刺杀我啊!"庆忌身边的侍卫冲上来要把要离碎尸万段,庆忌摆了摆手说:"这个人是天下少有的勇士,我们怎么可以杀死天下勇士呢!"庆忌伤势太重,渐渐觉得体力不支,撑不了多久,便让侍卫释放要离回吴国,自己用手抽出刺穿身体的短矛,当场血流不止而死。

庆忌的侍卫们遵照他的遗命并没有为难要离,要放要离回去。但是,要离想到自己从此就不能被世人所包容了,便要举身投水自杀,却被庆忌手下的侍卫们捞了上来。大家劝他快回吴国领赏,要离却说:"我受吴王知遇之恩,为了刺杀庆忌,我连自己的身体都不爱惜,甚至连妻子的性命都搭上了,难道我还会在乎什么钱财和爵位吗?你们把我的尸体送到吴国,吴王一定会重赏你们的。"说完,他猛地从侍卫手中夺得佩剑,先砍断自己的双足,后又自刎而死。

（选自《吴越春秋·阖闾内传》卷四,有改动）

志士报恩　凭一剑酬——豫　让

豫让是晋国人,过去曾经服侍过范氏及中行氏(都是晋国卿大夫,并不知

名)。离开他们后又服侍智伯(晋国卿大夫),智伯非常尊重宠信他。等到智伯讨伐赵襄子(战国时期赵国的创始人),赵襄子与韩氏、魏氏合谋消灭了智伯之后,又把他的土地分成三份。赵襄子最恨智伯,就把他的头盖骨涂上漆后,做成了酒杯。

豫让逃到了山中,说:"唉!士为知己者死,女为悦己者容(男人愿意为赏识自己、了解自己的人献身,女人愿意为欣赏自己、喜欢自己的人精心打扮)。过去智伯赏识我,我一定要替他报仇后再死,来报答智伯。那么,我也就死而无憾了。"于是他改名换姓,伪装成服刑的人,潜入赵襄子的宫中刷厕所,衣服里藏着匕首,想用来刺杀赵襄子。赵襄子上厕所时,有所觉察,便抓起来询问刷厕所的犯人。问过之后知道此人正是豫让,见他身上还携带着匕首,赵襄子的左右侍卫想杀了他。赵襄子说:"他是个有情义的人,我小心躲着他罢了。况且智伯死了也没有后代,他的家臣想为他报仇,这是天下的贤人呀。"便把豫让放了。

过了一段时间,豫让又在身上涂上漆,长成了癞疮(chuāng),吞炭使嗓子变哑,以致面目全非,在市上行乞,就连他的妻子也不认识他。路上遇见了他的朋友,他的朋友认出了他,说:"你不是豫让么?"豫让说:"是我啊。"他的朋友感动得哭了,说:"凭您的才能,委身去臣事赵襄子,赵襄子一定会亲近、宠信您。这样,能做您想做的事,难道还不容易吗?为什么要摧残身体、丑化面目,想靠这样去报复赵襄子,这不是很难吗?"豫让说:"我所做的事情是很难,但是我之所以要这么做,是为了使天下那些怀着二心来服侍他们君主的人感到羞愧罢了。"

过了不久,赵襄子在园林游猎,豫让埋伏在他要经过的桥下。赵襄子转到桥边的时候,坐骑直往后退,不肯前进。青荓(píng)是陪乘,赵襄子就命令他说:"你去桥下看看,好像有人。"青荓到桥下一看,原来是豫让躲在角落里躺着装死。豫让见青荓来了,就呵斥说:"滚!我还有事。"青荓忙说:"打小我就和你相好,如今你要做大事,我要是说出来,就违背了交友之道;可是你要杀害我的君主,我要是不说出来,就违反了为臣之道。看样子,我只有一死了之。"说完就退开几步,自杀了。青荓并不是乐于去死,而是更看重作为臣子的

028

节操不能丢,更痛恨作为朋友的情谊被抛弃了。青荓也是一位重情重义的侠义之士。

赵襄子就责问豫让说:"你不是还曾服侍过范氏、中行氏吗?智伯把他们都消灭了,可你不替他们报仇,反而委身于智伯,向他臣服。现在,智伯也死了,可你为什么单单要替他报仇呢?"豫让说:"我侍奉范氏、中行氏时,他们都对我像一般人,因而,我也像一般人那样报答他们。至于智伯,他把我当做一国之中最杰出的人来看待,因而我也要像一国之中最杰出的人那样去报答他。"赵襄子感慨叹息而流泪道:"哎呀,豫让先生!你为智伯报仇,名声已经成就了,我赦免你,也已经够了。你应该替自己考虑一下,我不可能再次赦免你了!"于是派兵包围了他。豫让说:"我听说贤明的君主不掩盖别人的美名,忠臣有为名节而死的义气。前次君王已经宽赦了我,天下人没有不称道您的贤明的。今天的事,我本应该服罪受到诛杀,可是,我希望拿您的衣服去砍击几下,就以此实现我的报仇心愿,那我就死而无憾了!"赵襄子非常赞赏他的义气,就派臣下将自己的衣服给了豫让。豫让拔出剑跳起来多次砍击衣服,说:"我可以报答智伯了!"于是自刎而死。

豫让死的那天,整个赵国的侠士,都为他痛哭流涕。

(选自《史记·刺客列传》,有改动)

棠棣之花　姐弟情义——聂　政

聂政,战国时侠客,韩国轵人,为战国时期四大刺客(要离、专诸、聂政、荆轲)之一。聂政年轻侠义,因除害杀了人要躲避仇人,便和母亲、姐姐逃到了齐国,以屠宰为业。

韩国大夫严仲子因为受到韩哀侯的宠信而遭到宰相侠累的嫉恨。严仲子害怕被侠累所害,逃离韩国,开始游历各地,想寻找一名侠士为自己报离乡之仇。到了齐国,听说聂政是个勇士,便多次拜访。两人喝酒喝到酣畅时,严仲子捧着黄金百镒(yì,古代重量单位,一镒为二十两,一说二十四两)为聂政的母亲祝寿。聂政坚决谢绝严仲子的厚礼,而严仲子坚持要献,并趁机对聂政说:

"我有个仇人,为了寻访可为我报仇的人,我已经到过很多国家了,我听说您义气很高,所以进献百金,用此作您母亲的粗粮费用,能凭此和您交好,哪敢再有所指望呢!"聂政说:"我隐居在市井屠夫中间的原因,只为能幸运地来奉养老母,老母活着,我自己不敢为别人去献身。"

后来,聂政的母亲去世了。安葬完后,丧期已满,聂政打算报答严仲子的知遇之恩。于是,他就西行到濮阳(Púyáng,河南省东北部),对严仲子说:"前些年没有答应仲子,只是因为母亲还健在。现在母亲死了,您想报仇的人是谁?请让我为您办这件事吧!"严仲子告诉他说:"我的仇人是韩国宰相侠累,侠累又是韩国国君的叔父,宗族很多,住的地方护卫也很森严,我想派人刺杀他,一直没能成功。现在幸好您不嫌弃,让我多派些车马壮士做您的辅助吧!"聂政说:"韩国和卫国,中间相距不太远,现在要刺杀别国的宰相,宰相又是国君的亲戚,这样的形势不宜多派人。多派人不能不生是非,生是非要泄露消息,泄露了消息,韩国全国都与您为敌,岂不危险!"于是谢绝了车辆人马,独自前往。

聂政带着剑到了韩国都城。韩国宰相侠累正端坐于府中,周围拿着兵器的侍卫很多。聂政直接闯入,走上台阶刺杀侠累,左右侍卫大乱。聂政大声喊

聂　政

叫,奋力砍杀了几十人,乘机自己毁容,然后自杀了。韩国人将聂政暴尸街头,悬赏千金查找,但没人知道是谁。

聂政的姐姐聂荣听说有人刺杀韩国的宰相,凶手不知是谁,国人也不知他的姓名,已将其暴尸街头悬赏千金,就呜咽(yè)着说:"大概是我弟弟吧?"于是马上起身到韩国去,来到街市,死者果然是聂政。聂荣伏尸痛哭,极其哀伤,说:"这是韩国人所说的聂政啊。"街上的行人都说:"他刺杀了我国的宰相,大王悬赏千金询查他的姓名,夫人没听说吗?为何还敢来认领呢?"聂荣回答说:"听说了。可是聂政之所以甘受屈辱隐身于商贩之间,是因为老母还健在,我还没有出嫁。现在母亲已经死了,我已经嫁夫,严仲子从穷困低贱的环境中发现了我弟弟,并和他结交,恩泽深厚啊,此深厚知遇之恩怎可不报?士为知己者死。聂政却因为我还活着,他才残害自己的身体,以免被辨认出来牵连与我。可是我又怎能害怕遭受杀身之祸,就埋没我弟弟的名声呢!"这些话使整个街市上的人非常震惊。

说完此番话后,聂荣连呼三声"天哪!"随即因为过度哀伤而死在了聂政的身旁。

(选自《史记·刺客列传》,有改动)

031

一饭之恩　千金回报——韩　信

韩信,秦末淮阴(今江苏省淮安市)人,他出身楚国贵族。楚国灭亡后,韩信潦倒不堪,而母亲的去世使得韩信生活更加艰难,他不仅失去了唯一的亲人,也丧失了生活的来源。他从小就很少与人交往,所以没能当上个小官吏。他又不愿务农、做工或经商,所以,他只好过着流浪乞讨的生活,在邻里熟人处混饭度日。那时候,谁家的日子都不好过,自己家的人都吃不饱,哪有多余的食物给别人吃啊!所以日子不长,邻里熟人就开始讨厌他了。

在他家不远处有一个南昌亭,南昌亭亭长(乡官名,秦、汉时在乡村每十里设一亭)看出韩信不是一个平凡的人,将来或许有发达之日,所以对韩信还不错,他也就常去南昌亭亭长家蹭(cèng)饭。可是,没有几个月的时间,这位

亭长的妻子就不高兴了。有一天,她和丈夫想出了一个办法,第二天早上,他们一家起床特别早,在平常还在睡觉的时间,就把早饭吃过并收拾干净了。韩信早上来到亭长家,看到此种情景,一下就明白了主人的意思。他的自尊心受到极大的伤害,感到非常生气。但他又能说什么呢?因此,他立刻离开了亭长的家,头也不回地走了。

人不能没有自尊心,可是,人更不能没有饭吃。忍饥挨饿的韩信实在没有办法,只好跑到城外的河边,学姜太公的样子钓起鱼来。可是,钓到的鱼又小又少,根本无法解决温饱。离韩信钓鱼的地方不远,有很多中老年妇女在河里漂洗棉絮。其中一位老妈妈看到韩信实在是被饿得不行了,不由得动了恻(cè)隐之心,就把自己带来的饭分了一半给韩信吃。

这样,一连几十天,漂母天天分饭给韩信吃。韩信对漂母的举动非常感动,他诚恳地对漂母说:"您如今救了我的命,您对我就像我的母亲一样好,将来我一定要重重地报答您。"

漂母听完他的话,并没有显出一副高兴的样子,而是生气地对他说:"你是个男子汉,可连自己都养活不了;况且,我只是看你可怜,不忍心看到你饿死才分饭给你吃,难道我还会指望你报答吗?"韩信听了漂母的话深受震动,在心里默默地坚定要建功立业的决心。

韩信在忍受生活上煎熬的同时,还时常受到一群恶少们的无端凌辱。韩信总是佩带宝剑出行,因为他已决心将来要带兵打仗,所以时常剑不离身。一次,他佩带宝剑走在路上。可是,路上迎面来了一个恶少拦住了他,挑衅地对他说:"看你长得高高大大的,还喜欢佩剑,你以为你就是英雄呀,我看你是个胆小鬼。"韩信站在那里一言不发。小伙子一看周围围观的人多起来,更加得意,又高声对韩信说:"你不是有佩剑吗?你要不怕死的话,就拿剑来刺我,你要是怕死不敢刺的话,就从我胯下爬过去。"接着,又大声嚷嚷着:"爬呀,快爬呀!"

韩信盯着他看了很久,最后,他低下头,弯下腰,真的从这个恶少的胯下爬了过去。围观的人都哄笑着散开了,在他们的眼里,韩信真是个懦弱的胆小鬼。可他们哪里知道,这才是韩信在性格上已经真正成熟的表现。他有雄心壮

志,今日忍辱负重,他日必能出人头地。

尽管生活上有着这样那样的困难,但韩信知道要成就大事业,志大才疏是不行的,必须得有真才实学才行。于是他努力学习,发奋图强。韩信也已经感觉到暴秦的统治将要垮台了,人民处于水深火热之中,不会永远忍耐、任人宰割,只要时机一成熟,必然有人会揭竿而起。

几年后,韩信建功立业的机会终于来了。由陈胜吴广领导的大泽乡起义掀开了推翻秦朝的序幕,各地陆续发生了反秦起义。韩信辅佐刘邦,最终取得天下,并被刘邦封为楚王。

韩信衣锦还乡,找到当年的漂母,用千两黄金回报漂母当年的一饭之恩。他又找到南昌亭亭长,赏了他一百个小钱,说道:"你是个小人,做好人做不到底啊!"他还找到当年羞辱他的那个无赖子弟,那人知道韩信回来了,早已吓得浑身打战。众人想,韩信定然会杀了此人,以报当年受辱之仇。谁料韩信却说:"这人也是个壮士,没有他,我怎么会发奋上进呢?"不仅没有杀他,还任命他为中尉(武官名)。

漂母的善良美德,自然值得后人赞扬;韩信的知恩图报,也传为后世名典。李白《赠新平少年》诗云:"千金答漂母,万古共嗟称。"今人马甫平《淮阴漂母祠》诗云:"寄食生涯实苦辛,英雄沦落意难伸。曾因一语惭漂母,厚赐千金却甚真。"

(选自《史记·淮阴侯列传》,有改动)

正字立身 义字立人——缪彤

缪彤(Miàoróng),字豫公,汝南召陵(今属河南省漯河市)人。

缪彤从小失去父亲,兄弟四个人,财物家产都在一起。等到兄弟们各自娶了妻,妇人们就想各自分家过,并且多次出现争执,致使家庭不和睦。缪彤心中深深自责,愤恨叹息,他饱读诗书,当然知道"修身齐家治国平天下"的道理。于是他就关起门来,失声痛哭地打自己的头说:"缪彤啊!缪彤,你修养身心,行为谨慎,学习圣人之道,准备用来整治社会风气,为什么连自己的家都

治理不好呢?"弟弟和弟媳们听说后,都很惭愧,纷纷向缪肜磕头请罪,表示愿意团结一致,勤俭持家。一家人从此和和睦睦,再无争执。

缪肜在县府出任主簿(各级主官属下掌管文书的佐吏),正好这时县令被人诬告治罪,下属官吏们害怕受到牵连,人人自危,为了保全自己,谁也不敢出来替他说话。唯独缪肜坚持正义,证明县令无罪,他被酷吏毒打得体无完肤,甚至棒伤生蛆,虽然备受折磨,但他仍是坚贞不屈,绝不说半句假话。

后来缪肜又被转换了五个监狱。直到四年后,事情大起大落,终于真相大白,这位县令最终被宣布无罪,缪肜才被赦免。

太守梁湛是陇西(从地理方位上讲,陇西在古代是指六盘山以西的地方,又称陇右,陇右在很多情况下也指甘肃)人,看到缪肜的才华和正义,任命他担任决曹史(官名,专职司法官吏)。汉安帝初年,梁湛在官任上病逝,缪肜很重情义,亲自送梁湛的灵枢回陇西。

正在准备下葬的时候,碰上西羌(出自三苗,是羌族的别支,三代以后居于河西、赐支河和湟河之间)反叛,情况很是危急,梁湛的妻子儿女都出逃避乱,但缪肜没走,因为他要为梁湛造坟。他隐伏躲藏在井边,并把井当做地下室,白天藏起来,夜间出来背土,就这样日复一日掘墓负土,安葬梁湛。虽然贼寇来过这里好多次,但都没有发现缪肜。西羌之乱平息后,梁湛的妻子儿女回乡,回来后见到他大为震惊,感激万分,连忙跪下叩谢他。

陇西的父老乡亲都称赞传颂缪肜轻生死重友情、为了朋友行大义的事迹,并向他无私地提供车马与财物,但是缪肜婉言谢绝,告辞回到家乡。

后来缪肜被公府召用,因为成绩突出被提拔,调任中牟(今河南省中牟县)令。中牟靠近京师,权贵豪强很多,一些达官显贵到处欺诈百姓,民怨沸腾。缪肜一上任,杀掉了一百多个贪官污吏和打着豪门皇戚招牌的人,因此受到百姓的爱戴,威名大震。

过了很多年后,缪肜在任期内去世,百姓都很怀念他……

(选自《后汉书·独行列传》,有改动)

临难不苟　道义似海——楼　护

　　楼护,字君卿,齐国人。父亲是世传的医生,从小就带着他四处行医,受到父亲的影响,楼护从小就刻苦攻读,饱读诗书。亲朋好友、街坊四邻都很喜爱他,劝勉他长大去做官。楼护长大后,果然不负众望,踏上了仕途。

　　楼护最初在京城为吏。在京为吏的几年里,也正是朝政最为动荡的几年。楼护克己奉公,刚正不阿(ē),一心为公,坚持正义,赢得了很好的声誉。后来,平阿侯王仁举荐楼护为方正(所谓方正就是当时汉朝的一种选举科目)。举方正后,楼护被任命为谏大夫,工作就是出使郡国,联络关系。楼护第一次出远门去其他诸侯国,带了许多钱币和布帛,途经齐国,向齐王禀报说想去祭祖。得到齐王允许后,他拜祭了祖先,又走访了宗族亲友,并把带的钱财和布帛都分给亲友。回国后,楼护向皇上禀告了出使的情况,皇上龙颜大悦,立即任他为天水郡太守。他后来被免官,回到家乡。

　　楼护为人正直,不仅在为官的十几年里受人尊敬,即使不再做官也同样被人尊重。他的德行不但未因身份的不同而改变,反而因身份的不同而更加地严于律己、恪守正道。正是因为楼护一直保持着高风亮节,所以朋友们一直与他保持来往。但他的朋友们也是一个比一个穷,其中最贫寒的就算是吕公了。吕公没有子女,老伴又患有间歇性的痴呆病,无奈之下只得前来投靠楼护。

　　楼护把吕公夫妇安顿在家,妻子极其不满。为了方便照顾,楼护想让妻子和自己分开照顾两个老人,妻子照顾吕公的老伴,自己来照顾吕公。妻子看着痴呆的吕公老伴,气恼地带着孩子回娘家了。楼护只好无奈地同时照顾着两位老人,希望妻子能够回心转意,早日回家。吕公看到楼护因为自己而闹得家庭不和,心里非常难过,于是趁楼护不在家,带着老伴走了。

　　楼护回家看见吕公不在,懊悔不已,急忙出门寻找。正巧,这时妻子带着儿子回来了,两人话还没说上几句,楼护就急着往外走。妻子在后面恼羞成怒地喊道:“若是你走出这门,咱们夫妻情分也就没有了,以后莫想回头。”楼护强忍住心头的酸痛,夺门而出,他找遍了整个城里都没找见吕公。正在焦急之

时,他看见两个蹒跚(pánshān)的身影在不远处晃动,于是他加快脚步跟着黑影子走了几步,却见两个黑影闪进一家后院不见了。楼护急忙跟上前,却被眼前的情景惊呆了。原来,吕公带着痴呆的老伴不知道去哪里好,又怕被楼护找到,就东躲西藏,好不容易藏在别人家的后院里。这时,老伴口渴难忍,直喊要水,吕公情急之下,便去茅厕里用破碗端了一碗尿出来,百般难受的吕公正要喂老伴喝的时候,正好楼护及时赶到,这情景被他全部看到了。楼护冲到跟前,一把打翻碗,"扑通"一声跪在吕公面前,他伤心地说:"吕公,都是我照顾得不好,让您受这个罪。我们现在就回家,无论怎么样,再穷我也要养活你,只要我有一口饭吃,就不会饿死你们。"

楼护带着愧疚,把两个老人接回家。妻子见状,又大发雷霆。楼护让吕公夫妇先去睡觉。看着熟睡的吕公夫妇,楼护流着泪对妻子说:"吕公是我的故交,因为年老贫穷才投靠我。当初无论我多么艰难,吕公都一直扶持我,从不厌烦,他就是我的恩人啊!如果没有吕公,哪里有我楼护的今天?他现在受难,我怎么能置之不理呢?况且,我一直以高士自居,从道义的角度来说,我也应该奉养他啊!"妻子听完,也难过地流下了悔恨的眼泪,答应楼护,绝不嫌穷爱富,一定和他一起照顾吕公夫妇,直至将他们养老送终。

(选自《汉书·游侠传》,有改动)

功成身退　忠义无双——田　畴

初平元年(190年),董卓挟汉献帝迁都到长安。那时幽州的(辖境相当于今北京市、河北省北部、辽宁省南部及朝鲜西北部)州牧(州牧,州的行政长官)刘虞是一位德高望重的宗室。渤海太守袁绍身为诸侯盟主,欲拥立刘虞为帝。刘虞一向忠于朝廷,他斥退了袁绍所派使者后,决定派使者去向皇帝表明心迹,众人都推荐田畴(chóu)。

刘虞亲自为田畴饯(jiàn)行送别。上路以后,田畴就改道去西关,出塞外,顺着北山,直奔朔方,沿着小路赶去,走了一年多,才到达长安,完成了使命。皇帝下诏要任命他为骑都尉(官名,掌监羽林骑)。田畴认为天子现流亡

在外，不得安宁，所以不能接受君王的恩宠，坚决推辞不肯接受。朝廷高度赞扬他的节义。

田畴快马赶回去，还没到达幽州，刘虞就已经被公孙瓒(zàn)杀害了。田畴回到幽州，就去拜谒(yè)刘虞的坟墓，哭了好久才离去。公孙瓒听到这件事后大怒，抓了田畴。公孙瓒问他道："你为什么到刘虞的坟墓前哭泣？"田畴回答说："王室衰微败落，人人想当皇帝，只有刘公没有丧失忠于朝廷的节操。你已经杀死了无罪的刘虞，又仇恨坚持节义的臣子，你如果真做这样的事，那么燕、赵的士人都将要跳入东海而死，难道还会有人跟随将军吗？"公孙瓒认为他的回答豪壮有力，就给他松绑不杀，但把他拘禁在军营中，禁止他的朋友和他交往。后来有人劝公孙瓒说："田畴是个义士，您非但不能对他以礼相待，反而把他囚禁起来，恐怕会失去人心。"公孙瓒才释放了田畴。

田畴北归故乡，带领全宗族和其他依附他的数百人，在偏僻险要的地方造屋居住下来，自己耕田种地来赡养父母。许多老百姓跑来归附他，数年内达到五千多人。田畴制订各种乡约乡规，在众人当中颁布施行。袁绍多次派遣使者聘请他，还当即授予将军印，借此安抚他所统领的部众，田畴都拒绝了。袁绍死后，他的儿子袁尚又征召田畴，田畴始终没有去。

田　畴

建安十二年(207年),曹操征讨乌丸(亦作乌桓,中国古代民族之一),派人邀请田畴。曹军因水涨而不能行军,田畴献计假装撤退,实际上从卢龙要塞出兵攻击大本营,使曹操大获全胜。曹操军还入塞,论功行赏,封田畴为亭侯,田畴以自己实际是刘虞的逃兵为理由,坚决推辞,不肯接受。

袁绍战败后,辽东太守公孙康斩了袁尚的首级并给曹操送来,曹操下令:"三军(古代所说的三军是指前、中、后三军)中敢有为袁尚哭悼的人予以斩首。"田畴前去吊丧祭奠,曹操也不追究。

曹操一直想要封田畴为侯,便派夏侯惇(dūn)去田畴那里,让他用友情劝田畴接受封爵。夏侯惇来到田畴的住处,照着曹操所吩咐劝说田畴。田畴猜测到他的意图,不再说话。夏侯惇临走时,拍着田畴的背说:"田君,主公的心意恳切,你难道不能考虑一下吗?"田畴回答说:"我田畴,承蒙主公的恩惠保全了性命,已经感到非常幸运了。我怎能拿献计进军卢龙要塞作为资本,来换取封赏和俸禄呢?纵然国家偏爱我田畴,我难道心中无愧吗?将军您一向了解我的为人,可还是这样说。如果实在不能推辞,请让我用死来表明自己的心意,自刎在您面前吧!"话没说完,就流下了眼泪。夏侯惇把田畴的话转给了曹操,曹操长叹一声,知道无法强求田畴接受,最后就改授田畴一个议郎(官名,负责顾问应对)的虚衔。

田畴四十六岁去世时,曹丕即位,推崇田畴的品德节操,赐给田畴的从孙(兄弟的孙子)关内侯的爵位。

(选自《三国志·魏书十一》,有改动)

忠贞为民　抑强扶弱——王　脩

王脩(xiū),字叔治,北海郡营陵(今山东省昌乐县东南)人。

二十岁时,王脩到南阳游学,住宿在张奉家里。恰逢张奉全家人都生病无人照料,王脩亲自照顾,直到他们病好了才离开。初平年间,北海郡守孔融征召他任主簿,代理高密县令。

不久,郡中有人蓄意谋反。贼寇刚刚起事时,孔融就对左右的人说:"能冒

着危难前来帮我的,只有王脩了。"话音刚落,王脩就赶来了。

袁绍征召王脩,任命他担任即墨县令,后来又让他担任袁谭的别驾(官职名,全称为别驾从事史,也叫别驾从事。汉代设置,为州刺史的佐吏)。袁绍死后,袁谭与袁尚有矛盾。袁尚攻打袁谭,袁谭的军队战败,王脩带领官吏百姓前去救援袁谭。袁谭高兴地说:"保全我军的人,是王别驾啊!"袁谭失败后,刘询在漯(luò)阴(今山东省济阳县孙耿镇)起兵,各城全都起来响应。袁谭叹息说:"现在全州都背叛了,难道是我没有德行吗?"王脩说:"东莱(今山东省龙口市的古称)太守管统虽然在海边,但这个人决不会反叛,必定会来。"过了十多天后,太守管统果然抛下他的妻子儿女赶来投奔袁谭,袁谭改任管统为乐安太守。

袁谭又想攻打袁尚,王脩规劝说:"兄弟之间互相攻击,这走的是失败灭亡的道路。"袁谭虽不高兴,但还是尊重王脩的节操而未起兵。后来又问王脩:"有什么计策能打败他呢?"王脩规劝袁谭兄弟应和睦相处,袁谭不肯听从,还是和袁尚相互攻打,并向曹操求援。

曹操攻占冀州以后,袁谭又背叛了曹操。曹操于是带领军队攻打袁谭。王脩当时在乐安运送粮食,听说袁谭情况危急,便带着所统领的兵马和随从数十人赶去救援袁谭。到达高密时,听说袁谭死了,王脩痛苦万分。于是去见曹操,请求收殓(liàn)并埋葬袁谭的尸体,曹操想观察王脩的心意,默不作声。王脩苦苦请求,曹操被他的义气感动,同意了他的要求。后又任命王脩为督运军粮的官员,让他返回乐安。

袁谭战败后,各城都降服了,只有管统在乐安不肯服从命令。曹操命令王脩去砍下管统的首级,王脩认为管统是亡国的忠臣,不但没有杀他,反而为他松了绑,带他去见曹操。曹操赦(shè)免了管统。

曹操攻下南皮(今属河北省沧州市)后,检查王脩的家,谷物不满十斛(hú,中国旧量器名,亦是容量单位,一斛本为十斗,后来改为五斗),却有书籍数百卷。

不久,王脩因病在官任上去世。

他有两个儿子:王忠和王仪。他们品行高洁、气量恢弘、优雅正直,大有其

父遗风。

（选自《三国志·魏书十一》，有改动）

义酬知遇　忠勇护主——王　育

　　王育，字伯春，京兆(今西安及其附近地区的古称)人。

　　王育少年的时候父母双亡，家庭生活贫苦，被人雇去放羊。每当路过学堂时，一定会哭泣，为自己不能像别人一样读书而感到悲哀。一有闲暇，他便折蒲草学习写字，有时甚至会太过专心而丢失羊，因此受到主人的斥责。

　　同乡有位聪慧且知理的士人许子章，很欣赏王育，代他赔了丢失的羊，便将他接回家，与自己的儿子一同学习。王育开始广泛涉猎经史，最终成为一个博学多才的人。

　　王育身高八尺(一尺合今24.2厘米)多，胡须长三尺，容貌端庄清秀，声音婉转动听。等到王育成年的时候，许子章又把自己哥哥的女儿嫁给他，并为他们另立家业，分给他们财产。在度过一段幸福的时光后，他的妻子病死了。妻子的逝世让他很难过，前来吊孝的虽然只有三四个人，但都是乡里的名士。

　　后来太守杜宣任命王育为主簿，他很赏识王育，王育也想找机会回报他的知遇之恩。不久杜宣被降职为万年(位于江西省东北部、鄱阳湖东南岸，隶属上饶市)县令，长官杜陵命令手下人王攸(yōu)到杜宣府上传旨，但由于杜宣没有出门迎接王攸，王攸很气愤，说："杜宣你过去是俸禄两千石(州刺史和郡太守的俸禄)的官，我敬重你。但现在你我同级，你为什么不出来迎接我？"王育听后很不服气，执刀呵斥王攸说："君子受到侮辱，臣子会自尽，从来如此。我家府君(对郡相、太守的尊称)被冤降职，就好比日月侵蚀，你一个小县令竟敢这样侮辱他，你难道以为我的刀有点钝吗？"于是就冲上去要杀王攸，杜宣害怕出事，他光着脚跑出来抱住王育，这才制止了他。王育也因此出了名。

　　司徒王洪征用王育为府吏，接着又任命他担任南武阳县令。王育为政清廉俭约，因而很多盗贼都闻风而逃，后来王育升任并州督护。成都王司马颖在

邺(yè)都(今洛阳)的时候,又任用王育为振武将军,当时正值刘渊(字元海,十六国时期匈奴汉国的创立者)做了北单(chán)于(匈奴首领的称号)。刘渊与司马颖不和,于是王育对司马颖说:"如果您想让刘渊现在离开,请让我为您做这件事,否则,光惧怕又有什么用呢?"司马颖于是任命王育为破虏将军,然而王育却不幸兵败被俘,但刘渊认为他是个难得的人才,很器重他,所以让他担任了太傅。

王育虽有点晚节不保,但瑕不掩瑜,他的义举还是得到了后世的崇敬。

(选自《晋书》卷八十九,有改动)

大忠大义　士为知己——罗企生

罗企生本是豫章(古地名,今江西省南昌地区一带)之地的名人,以才艺出众而名满天下。可是天不遂人愿,这样一位才高八斗之士,却只做了个著作佐郎(官名,三国魏始置,属中书省,掌编撰国史)。他家中十分贫困,父母年迈。无奈之中,只得向上级请求担任临汝县(今江西省抚州临川区)县令一职,但刺史王凝之却担任了别驾(官职名,全称为别驾从事史,也叫别驾从事。汉代设置,为州刺史的佐吏)。罗企生心中很是不平,但依旧上任了。

过了几年,一位叫做殷仲堪的侯爷来到了江陵,这位侯爷早已听闻罗企生的大名,就推荐他担任了功曹(官名,除掌人事外,还可以参与一郡或县的政务)。短短几年间,罗企生多次升官,直至担任武陵(今湖南省常德市武陵区)太守一职。

但罗企生还未动身赴任,就听说桓玄前来攻打殷仲堪。殷仲堪无奈,只得将罗企生调任参军一职。罗企生跟随殷仲堪多年,早知他是个多疑之人,不善决断。为此,他曾对殷仲堪多次进言,可殷仲堪却总不以为意,时至今日,罗企生又为此而担心起来。

几日后,殷仲堪果然兵败。殷仲堪想要逃到他处,官吏却无一人前来相送,殷仲堪仰天笑道:"世态炎凉,我殷仲堪为官一生。竟然没有一人追随,天要亡我,天要亡我啊!"

"殷侯,企生愿送你一程。"罗企生说道。

殷仲堪与罗企生一起逃亡，路过罗企生家门时，只见罗企生的弟弟罗遵生守在门口，老远就向哥哥道："哥哥临走之日，你我兄弟应握手告别。"

罗企生哭着向罗遵生说："遵生，这次兵败，我必得死。你们奉养母亲不失为子之道。一家中有忠有孝，又有什么遗憾！"

南郡公桓玄打败荆州刺史殷仲堪以后，州里的名士均前往拜访，而只有罗企生不去，他一直照顾着殷仲堪的家人，丝毫未觉不妥。他的贴身小吏见他这样，便劝说："大人，桓玄猜忌成性，却未得到你这高才之人拜见，你若再不去，怕是有祸。"罗企生脸色冷峻，转身喝道："我是殷侯的官员，受他的国士之礼，忠臣不侍二主，你竟让我归附他人，我还有何脸面活下去呢，你滚远一些！"

桓玄听闻大怒，但他爱罗企生之才，就先派一位重臣前去告诉罗企生："如果你谢罪，一定免你一死。"

罗企生对来人说道："告诉逆臣，我是殷侯的官，殷侯出奔逃亡，生死不明，我怎么能向桓玄那个竖子(骂人的话)谢罪？要杀要剐(guǎ)，悉听尊便，再不要想让我归附之事了。"

桓玄随即拘捕了罗企生，派人问他，临死前有何要求，罗企生说道："晋文文帝(司马昭，他的儿子司马炎称帝后，追尊他为文皇帝)杀死嵇(jī)康，后嵇绍用性命保护惠帝(司马衷，西晋第二个皇帝)，成为忠臣。我只请你留遵生一条命，照看老母。"

桓玄答应了他的要求，饶恕了他的弟弟。又问他："我待你不薄，你为何背叛我？"罗企生正色说道："你在晋阳(今山西省太原市西南晋源区)起兵，驻军寻阳(今湖北省黄梅县西南)。同时起兵的人，都各回自己的镇守之处，你却起兵反叛。昔日在大堂之上歃(shà)血为盟(古人盟会时，嘴唇涂上牲畜的血，表示诚意)，嘴上血迹未干，便心生奸计，你这样的人配说我背叛你吗？我自叹力弱，不能杀你，死又何惧，我只恨自己死得太晚了。"

桓玄恼羞成怒，命手下将罗企生拖出去斩首。一代忠义之士被害，那一年，他年仅三十七岁。桓玄原先曾经送给罗企生母亲胡氏一件羔皮袍子。他的母亲听闻罗企生被害的消息后，焚烧了桓玄送来的皮衣。

(选自《晋书》卷八十九，有改动)

042

三、舍生取义类侠客义士

千古难有五百士——田　横

　　田横,秦末群雄之一,原为齐国贵族。在陈胜吴广大泽乡起义后,田横与兄田儋(dān)、田荣也反秦自立。田儋、田荣相继失败后,田横收聚齐军败散兵卒,得到好几万人,在城阳继续与楚王项羽战斗。这时汉王刘邦率领各路军队击败楚军,攻入彭城。项羽听到这一消息,便停止进攻齐国返回楚国,在彭城攻击汉军,双方在荥(xíng)阳形成对峙。由于楚、汉相争,无暇东顾,田横得以收复了齐国的城邑。他立田荣的儿子田广为齐王,然后自任相国,独揽大权,政事不论大小都由他来决断。

　　三年后,刘邦派他的大臣郦食其(Lì Yìjī)前来游说,田横为他所动。没想到刘邦的大将韩信率兵攻打齐国,田广、田横非常恼怒,以为自己被郦食其出卖,就杀死了郦食其。齐军不敌汉军,很快战败,齐王也死了。田横自立为齐王,继续迎击汉将灌婴,在嬴(今山东省莱芜市西北)战败,投奔魏国国相彭越。

　　刘邦打败项羽后登基称帝,建立西汉,封彭越为梁王。田横怕遭杀害,便和他手下五百余人逃入大海,居住在海岛上。刘邦得知这一消息,考虑到田横兄弟本来平定了齐地,齐人中有才的大多归附他们,现在逃居海岛上,若不加收服,以后恐怕会作乱,于是派使臣赦免田横的罪并召见他。

　　田横谢绝说:"我杀了陛下的使臣郦食其,现在听说他的弟弟郦商是很有才能的汉将,我很恐惧他会报复,不敢奉命,请让我做个平民,居守在海岛中

吧!"使者回来报告,刘邦便下命令给卫尉郦商说:"齐王田横如果来了,你们有谁胆敢伤害他们,马上就会招致灭门之祸!"于是又派使者带着符节,去把汉高祖刘邦下令郦商的情况告诉田横,传诏说:"田横来了,大可以封王,小可以封侯。如果不肯来,我就要派兵征讨了。"田横无奈,于是和两个门客乘坐驿车前去洛阳。

距洛阳还有三十里路,在驿站休息,田横向使者道歉说:"臣下朝见天子应先沐浴更衣。"于是便要求在驿站暂且停留。田横又对他的门客说:"我起初和汉王都曾南面称王,现在汉王做了天子,而我却沦为逃亡的人要面朝北来侍奉他,这种耻辱本来就够大了。何况我杀了别人的哥哥,还要和那人一起侍奉他的主子,纵然他慑于天子的命令,不敢害我,我难道不觉得问心有愧吗?再说陛下之所以召见我,只不过想看看我的面貌罢了。现在陛下在洛阳,如果把我的头颅割下,驱马奔驰三十里路,我的面容还不至于腐败,仍可看得清楚。"说完割颈自刎。田横的门客捧着田横的头颅,跟随使者骑快马来到了洛阳。

知道田横已死,刘邦感叹道:"唉!真有气节啊!从平民百姓起家,兄弟三人相继称王,难道不是贤人吗!"还为之落泪,并任命他的两位门客为都尉,各领兵两千人,还用国王的礼仪安葬了田横。

安葬了田横之后,两位门客在田横墓旁挖了两个洞穴,然后都自杀了,倒在坑内为田横殉死。刘邦听说后,非常吃惊,认为田横的门客也都是贤人。

刘邦听说其余五百人尚在海岛中,便派使者召他们前来。那五百人得知田横已死,也都相继跳海自杀了。由此可以看出田横兄弟能够深得士人之心。

后人为纪念田横,把五百余壮士自杀的海岛称为田横岛,并修墓建祠。田横及五百义士宁死不屈的精神,受到后人的赞扬,尤其是战乱之时或民族危亡的关键时刻,更成为激励人们奋起斗争的榜样。明代郑成功在《复台》诗中云:"田横尚有三千客,茹(rú)苦间关不忍离。"龚自珍在《咏史》诗中写道:"田横五百人安在?难道归来尽列侯。"

为激励国人的民族斗志,中国现代杰出画家徐悲鸿费时两年,绘出《田横五百壮士图》巨画。画面中田横面容萧穆地拱手向岛上的壮士们告别,在那双

炯炯(jiǒng)的眼睛里没有凄婉、悲伤，而是闪着凝重、坚毅、自信的光芒。壮士中有人沉默，有人忧伤，也有人表示愤怒和反对他离去。整鞍待发的马站在一旁，不安地扭动着头颈，浓重的白云沉郁地低垂着。整个画面呈现了强烈的悲剧气氛，表现出富贵不能淫、威武不能屈的鲜明主题。

（选自《史记·田儋列传》，有改动）

身可杀义不可辱——李 业

李业，字巨游，广汉郡梓(zǐ)潼(广汉郡是蜀中古郡名，治所设在梓潼，即今四川省梓潼县)人。他从小就在文学方面表现出极高的天赋，为世人所称颂。汉平帝元始年间(公元1—5年)，他因为出众的才华和高尚的品德被推荐为明经(被推举者须明习经学，故以"明经"为名，经指的是儒家经典)，任郎官(君主的侍从)。

当时恰逢外戚(指帝王的母族、妻族)王氏家族权倾朝野，王莽(中国历史上新朝的建立者)代皇帝处理政事，欲自立为帝。李业认为这样不合规矩，便托病拒绝上任。广汉郡太守刘咸因此而震怒，威逼李业道："我看重你的才华，想要与你共事，你却一再推脱，让我颜面扫地。你素来以贤明显名于世，想必不会躲避灾难，就像张满弓的箭向人多的地方射去，命薄的人必然先死。"于是下令将李业关进监狱，打算将他杀掉。幸得有位宾客劝说刘咸："没曾听说谁访求贤士，却用牢狱之灾加以胁迫的。"刘咸有所触动，这才放李业出来。王莽任命李业为酒官(执掌造酒及有关政令的官员)，他又以生病为由拒绝上任，后来索性躲在山谷中，过着逍遥的隐士生活，一直到王莽时代(公元8—23年)结束。

后来公孙述僭(jiàn)称天子名号，把持朝政，听说李业很有才华，想要他担任博士(古代专掌经学传授的学官)，李业还是以生病为由不从。这样过了几年，公孙述羞于不能将他召唤来，就派大鸿胪(lú)(专管朝廷庆贺吊丧赞导之礼的官员)尹融带了毒酒，捧了诏书来威逼李业从命。尹融对李业说："如果你肯答应，就授予你公侯的爵位；如果你不肯答应，就赐给你毒药。"尹融也非常欣赏李业的才华，便耐心劝说李业道："如今天下分裂，我们这些人都各为其主，您却一定要分辨谁是谁非，这又何苦呢。朝廷仰慕您的名声和德行，将官位空着，到现在已经有七年了，四季的珍贵用品每年都按时给您奉上，将您奉为座上宾，您却迟迟不去上任，您以身家性命来挑战公孙大人的底线，这样不妥啊！"李业叹了口气说："我本一介书生，恪(kè)守君子之道，有危险的国家不能去，有祸乱的国家不能住，自己无法做好的事情就不能做。遇到危险，我便献出自己的生命，以保全名节，为什么一定要用高官厚禄作为钓饵来引诱我放弃自己的志向呢？"尹融见李业字字铿锵，不肯屈从，又说："这件事，最好还是与您的家人商量商量。"言下之意，便是要拿他的妻子儿女的性命作为威胁。李业面色平静，还未等尹融作出反应，笑道："大丈夫做事自有分寸，叫妻子儿女做什么？名可成不可毁，身可杀不可辱也。"于是，拿过毒酒一饮而尽。

公孙述得知李业的死讯，十分震惊，又耻于背负杀害贤人之名，就派使者带着百匹丧布前去吊唁祭祀。李业之子李翚，年龄虽小，却也是少年英雄，避而不受其礼。

东汉光武帝刘秀灭公孙述，平定蜀郡叛乱后，为表彰李业的高尚节操，下诏书在李业家乡建造墓阙(què，古代陵墓前的石建筑，通常左右各一)，并命史官在《益部纪》中记述他为西汉王朝竭忠尽智之心。历经两千年的岁月沧桑，李业墓阙至今仍有残迹可寻。他在临死前所吟的"名可成不可毁，身可杀不可辱也"至今都广为传诵。

（选自《后汉书·独行列传》，有改动）

不为私情舍大义——赵苞

赵苞，字威豪，甘陵东武城(今山东省武城县)人，少年赵苞勇武好义，孝顺父母，在乡里享有盛誉。赵苞的堂兄赵忠，在汉灵帝时期入宫为十常侍之一。东汉时的中常侍(皇帝近臣，给事左右，职掌顾问应对)由宦官专任，负责传达皇帝诏令，掌管朝廷文书。赵忠和张让是中常侍的首领，颇受灵帝刘宏的

信任，二人沆瀣(hàngxiè)一气，把持朝政，编织关系网，贪污腐败，卖官鬻(yù)爵，无恶不作，导致民众怨声载道。当时的许多官员攀附权贵，赵苞却认为赵忠的飞黄腾达是家族的耻辱，不但不逢迎巴结，并且坚持不跟赵忠来往。

东汉时，名门望族的子弟当官才是正道，由州郡按限额举荐孝廉和茂才(即"秀才"。东汉时，为了避讳光武帝刘秀的名字，将"秀才"改为"茂才"，后来有时也称"秀才"为"茂才")。赵苞也终于因为家族关系被推举为孝廉。朝廷派他到广陵县(故址在江苏省淮安市)任县令。赵苞在广陵任职三年，当地政治清明，百姓安居乐业。他也备受百姓爱戴，州郡长官向朝廷报告了他的政绩。东汉熹平四年(175年)赵苞升任辽西郡太守。

辽西郡比秦、西汉时期面积小了许多，原辽西郡东北部被乌桓族占据。赵苞修缮(shàn)城池，训练士卒，开垦土地，百姓生活安定。北方少数民族不敢轻易进犯。

按当时的风俗习惯，地方官员到任的第二年可以接家属来住。赵苞派人到家乡去接老母和妻子。十二月，一行人到了离阳乐(今辽宁省锦州义县)不远的柳城，被侵入关内抢掠的鲜卑骑兵俘虏。鲜卑首领听说赵苞是著名的孝子，就把赵苞的母亲和妻子作为人质，带到前线去攻打阳乐城。

赵 苞

赵苞率两万士兵出城与鲜卑人对阵。鲜卑人押解着赵苞的母亲、妻子来到阵前，威胁赵苞的母亲向儿子喊话劝降。赵苞见母亲被绑忍不住哭泣，突然他精神一振，大声喊道："母亲，是做儿子的不孝！本来想做了官，将您接到身边侍奉，想不到给您老人家惹了如此灾祸。我现在是朝廷命官，当以国家为重，不能只顾母子私情而忘记了对国家的忠诚。为了保卫国家，儿子万死不辞！请母亲原谅儿子的不孝。"母亲也大声喊："威豪！每个人都有自己的命运。怎能因为母子私情而坏了忠义节操。你就尽力去做你应做的事吧！"赵苞明白母亲为自己所做的牺牲，他含泪下令进攻。鲜卑首领原以为赵苞这个孝子会为了让母亲活命而投降，根本没做打仗的准备。赵苞率军冲杀，鲜卑军队顿时阵脚大乱，节节败退。鲜卑首领在溃逃的路上，杀死了赵苞的母亲和妻子，残兵败将逃到了燕山以北。

赵苞凯旋，将母亲和妻子的尸体装殓在棺椁(guǒ，即棺材和套棺)里，泣血祭奠。他又向朝廷上奏，乞求皇帝允准自己护送母亲和妻子的棺柩(jiù，装有尸体的棺材)归葬故里。汉灵帝(刘宏，东汉第十一位皇帝)特派使臣前来吊丧和慰问，并下圣旨封赵苞为鄃(shū)侯。

赵苞回乡办完丧事，对乡亲们说："吃俸禄的官员如果因为私利而逃避职守不是忠臣，但牺牲母亲而保全忠义又可谓不孝。在忠孝不能两全的情况下，母亲为我而死，我感到非常惭愧，还有什么颜面活在人间呢？"没几天，赵苞就吐血而亡。

(选自《后汉书·独行列传》，有改动)

一心为民诛国贼——王谅

王谅，字幼成，丹阳人。他小时候聪颖好学，很是为人喜欢。等到稍微长大一点后，他父亲就让他读了许多许多书，教他如何做人，做一个有远大志向的人。

王谅在年轻的时候就有办大事的才能，他善谋略、明大义，很快就闻名乡里。他的名气越传越大，最后被王敦提拔，在官府中任职。由于王谅聪慧能干，很快就被升任为武昌太守。在任期间，王谅勤俭爱民，执法公正，很受人民爱戴。

刚开始时，新昌的太守梁硕野心勃勃，专横跋扈(hù)，鱼肉百姓。王敦任命陶咸为刺史，等到陶咸去世，王敦又任命王机为刺史。梁硕对王机非常不满，他意识到自己将受到威胁，于是发兵攻打王机，而自己兼任交趾(中国古代地名，位于今天越南)太守。为了巩固自己的利益，梁硕又让前刺史修则的儿子修湛来处理交州(交州，古地名，包括今天越南北、中部和中国广西的一部分)事务。

永兴三年，王敦任命王谅为交州刺史，希望王谅能够惩治梁硕等一干反贼。王谅受命，对梁、修二人做了充分的了解，准备了很长时间。王谅即将赴任时，王敦对他说："修湛、梁硕等人都是国贼，他们压迫人民，鱼肉百姓，所作所为都为天理所不容，你一到那儿，就捉住他们，将其斩杀。"王谅刚刚进入交州境内，修湛就意识到事情不妙，便悄悄退回到九真(在今天的越南北部)。王谅没有立即抓住修湛。

广州刺史陶侃(kǎn)遣人模拟梁硕的笔迹，给修湛写了一封信，修湛果然中计。王谅则精选了武艺高强的刀斧手，埋伏在府衙中，商定以拍手为号，等修湛一到交州官府中，王谅便命早已埋伏好的刀斧手抓住了修湛。修湛这才知道自己中计，但为时已晚。梁硕当时在座，于是为修湛求情道："修湛是过去州官的儿子，有罪可以发落，但不要杀他。"王谅说："杀他是君主的意思，我做不了主。"于是杀了修湛。梁硕看到修湛被杀，心中异常愤怒，但又不敢说什

王 谅

么，于是怒气冲冲地走了。

王谅不能像杀修湛那样杀梁硕，但梁硕又不能不杀。于是王谅暗中派刺客去杀他，但没有成功。原来梁硕看到修湛被杀，担心自己也遭到同样的下场，于是暗中找了许多武艺高强的人来保护自己。

梁硕看王谅对自己杀心已定，索性率兵力抗王谅，将王谅围困在龙编（越南古代地名，在今越南河内东，天德江北岸）。王谅四面受敌，自己也身负重伤，率领余部奋力抵抗。陶侃派军队前来营救王谅，还没等大军到，王谅就战败了，部下几乎全部战死，王谅也被俘。梁硕动用各种酷刑逼迫王谅，要王谅交出他的符节（中国古代朝廷传达命令、征调兵将以及用于各项事务的一种凭证）。王谅忍受痛苦，破口大骂："梁硕国贼，你丧尽天良，背叛朝廷，鱼肉百姓，人神共愤！"梁硕见王谅软硬都不吃，索性砍断王谅右臂。王谅神色严厉地说："我王谅行得端，做得正，忠心为国，一心为民，死都不怕，断臂又有什么！"在场的人都被王谅的这种气节所感动。

王谅就在这悲痛交加中受尽折磨，十多天后，愤恨而死。梁硕占据了交州，对百姓更加残暴，人民根本无法生活下去，全交州的人都痛恨他。陶侃听到梁硕迫害王谅的事，悲痛不已，决心为王谅报仇。于是他调集大军，一举打败梁硕。梁硕临死时对陶侃说："是我害死了我自己啊！"梁硕被斩首，首级被送到了京都。

交州人民至今都在怀念王谅。

（选自《晋书》卷八十九，有改动）

敢与贼人争曲直——易 雄

易雄，字兴长，长沙浏阳人。

年轻时，易雄便满怀壮志。他不甘心担任区区县令，耻于碌碌无为，便交付官印，毅然离职。因为易雄熟悉法律条令，广交朋友，州里人对他赞许有加。后来他到郡里为官，担任主簿。

西晋太安二年（303年）五月，新野人张昌在安陆北面的石岩山聚众起事。

张昌拘捕了太守万嗣，准备处死。将要问斩的时候，易雄据理力争，大声叱贼。张昌恼羞成怒，厉声呵斥，要将易雄拉出去斩首。易雄泰然自若，快步走出，毫无惧色。张昌见他如此淡定，心中不免诧异，又叫住他问话，易雄对答如初。这样反复三次，易雄始终如一。张昌被他的勇气折服，于是放了他，太守万嗣也免于一死。易雄由此名扬天下。

后来，易雄被举荐为孝廉，升任别驾（全称为别驾从事史，亦称别驾从事。为州官的佐吏）。他因出身寒门，又愤世嫉俗，看不惯官场的丑恶，所以辞职还家，后来出任春陵（今湖南省宁远县北）县令。

永昌元年（322年）正月，王敦在武昌[今湖北省鄂（è）州市]起兵。刺史、谯（qiáo）王司马承起兵抗拒王敦。易雄迅速响应，广布讨贼檄（xī）文，列举王敦罪恶，并在县境内招募士卒，几天之中就有上千人拿着武器背着粮食跟从他。易雄随司马承全力固守长沙，但毕竟湘州境内多年战乱，兵源不足，加之士卒训练不够，导致战事不利。王敦步步为营，增兵猛攻湘州。易雄勉励属下，坚守御敌。

烽火连天，尸横遍野，如血的残阳余晖中仿佛响起悲壮的长鸣。力气耗尽，城池陷落，易雄最终被俘。他被押送武昌后，王敦派人拿檄文给易雄看，并责问他。易雄说："确有此事，可惜我位微力弱，不能拯救国难。国家已然不存，我活着又有什么用！今日被杀，得作忠鬼，遂我心愿。"王敦被他的气势镇住了，面露畏惧之色，便释放了易雄。

举城相庆之时，易雄却笑着说："昨夜我梦见乘车，车旁挂肉。有肉必定有筋，筋就是斤，车旁有斤，我将被杀。"即使预感到自己难逃一劫，他也淡定自如。小人终究会伺机报复，不久，王敦派人杀害了易雄。

英雄慷慨赴国难，壮士一去不复返。易雄堪称人中之雄，百代流芳。

据考证，从易雄开始，易氏有了世系可循，易雄是现代易氏的确实可考的始祖。

（选自《晋书·列传第五十九》有改动）

不慕名利轻生死——李 憕

李憕(chéng)，唐并州文水(今山西省文水县)人。

李憕从小聪明伶俐，以明经(明经与进士二科为唐朝科举的基本科目，明经就是通晓经学)中举，开元(唐玄宗李隆基年号)初担任咸阳尉(古代官名，一般是武官)，李憕曾在张说手下做事。

开元九年(721年)，张说担任宰相，李憕担任长安尉。此时，监察御史(官名，负责弹劾与建言)宇文融，向唐玄宗推荐包括李憕在内的十个人，担任劝农判官(官名，农官之始)，兼监察御史，分路检查田地，增加户口。玄宗采纳了宇文融的建议。李憕同其他劝农判官协助宇文融工作，并取得了很大的成效。

李憕历任兵部、吏部官员。他为人正直，不畏权势，办事干练。开元二十八年(740年)，李憕担任河南少尹(唐代制度，凡州升为府者，其刺史称为府尹。下设少尹两人，为府尹之副职)。当时的河南府尹萧炅(jiǒng)，依仗权势胡作非为，李憕不怕得罪上司，按照法度予以纠正。当时，有个名叫孙甑(zèng)生的道士，经常以不正当的手段，假借各种动听的名义，向李憕谋求名利，并且毫无节度。李憕每次都给予严厉的拒绝。

天宝十四年(755年)，李憕任东京(今河南省洛阳市)留守。这年十一月，安禄山反叛朝廷，率二十万大军从范阳起兵南下，十二月中旬进入河南，攻城略地，直奔洛阳。安西节度使封常清抵挡不住，退至陕郡(今河南省三门峡市西)。李憕临危不惧，组织军民加固城池，安抚士卒，准备坚守抗敌。无奈兵微将寡，城池沦陷。河南府尹达奚珣(xún)投敌叛变，李憕誓死不降。士卒们遇敌四处逃散，只剩下他一人镇定自若地留守府衙。安禄山入城后，将李憕杀害。

玄宗闻知李憕的事迹后，追封他为"司徒"。至德二年(758年)，唐肃宗李亨又追封他为忠烈公。

（选自《新唐书》卷二百一十四，有改动）

舍身成仁垂青史——符令奇

有道是："一家不足以立世，一族不足以兴邦。"一人、一家、一族只有融入社会，团结各族，以国家为依托，才能出将于疆场，入相于海内，奋发有为。

符氏家族崛起于秦汉，辉煌于唐宋，代有人才，彪炳青史。符令奇的祖父符龙，官至妫(guī)州刺史。符令奇的父亲符晖，曾任游击将军颍王府左撰事典军(武官名)，赠青州刺史。符令奇刚开始担任卢龙军裨(pí)将，幽州之乱时，符令奇带领他的儿子符璘(lín)投奔昭义节度使薛嵩，薛嵩任命符令奇为昭义节度使军副。

薛嵩死后，他的属下田悦起兵叛唐。建中二年(781年)，昭义节度使李抱真与兵部尚书李抱玉在邯郸西北打败田悦的部将杨朝光，斩杀杨朝光及部下五千余人，同时打败田悦援兵。建中三年(782年)正月，马燧(suì)等人率领诸路大军南下夹击田悦，采取围点打援的战术，在洹(huán)水大败田悦，斩获两万余人，这就是著名的洹水之战。唐朝大军进逼魏城，当时符令奇与儿子符璘就在田悦军中。

一天夜里，人雪纷飞，符令奇秘密地对儿子符璘说："我经历的事已经很多了，自安禄山史思明叛乱以来，乱臣贼子太多了，但他们必定不能长久。我看田悦众叛亲离，被平定是迟早的事。我符氏满门忠良，绝不做叛臣贼子。但如今我被田悦盯着，无法脱身。你如果能投奔朝廷，报效国家，我们符氏就能扬名千秋了！"

符璘趴在地上哭泣着说："田悦是残暴的人，你和他在一起十分危险，我离开了，你怎么办？我不能离开你，要走我们一起走！"

符令奇说："不是这样啊，如今我们四面受围，我们好像砧板上的肉，随时等待别人宰割，你如今离开我去投奔唐军，建功立业，名垂青史，我死而无憾；你若不去，我也是死，但这是作为乱臣贼子被处死啊！你一定要继承父志，发奋有为啊！"符璘痛哭流涕，发誓要助朝廷平定叛乱，为父争光。

当初，田悦与淄(zī)青节度使李纳在濮阳会师时，田悦让李纳分出部分兵

卒跟随自己,现在李纳的兵要回去,田悦派符璘领三百骑兵护送他们。符璘和父亲咬臂而别,泪水打湿了衣襟。父亲矗立在寒风中,目光坚毅。于是,符璘率部卒投奔马燧(suì),马燧命符璘为军副,从此唐军日益强盛,而叛军开始衰弱。

田悦听闻符璘投奔马燧后十分震怒,于是责问符令奇。

符令奇立于堂上大骂:"你背主逆亲,众叛亲离,在旦夕之间就要灭亡,我叫我儿效忠朝廷顺从天命,建功立业,有什么罪责?我虽然就要死了,但我的忠义将会光照千秋!"

田悦大怒,拔剑而起。符令奇从容不屈,视死如归,最终被杀。

宋代杰出的民族英雄文天祥曾作《题符令奇先贤》悼念英雄符令奇,诗云:

当时愁业著萧门,沧海桑田不复论。

数百年来遗像在,符公喜有侍郎孙。

现在安阳市西北三十五公里清凉山东南麓修定寺旧址上,屹立着一座华丽壮观的古塔,俗称"唐塔",又名"修定寺塔"。门楣上镌(juān)刻三世佛,因此叫"三生宝塔"。此塔建于唐朝德宗建中二年(781年)到贞元十年(794年)之间,素有中国第一华塔之称,属国家级重点文物保护单位。符令奇在世时曾修缮此塔,今天在修定寺塔门楣两侧题记的一侧确有"大功德主,银青光禄大夫、前相州刺史兼御史中丞,摄相州刺史仍充本州防御使、上柱国符"字样。

(选自《新唐书·列传第一百一十八》,有改动)

大义凛然节毅传——杨震仲

杨震仲,字革父,成都人。早年因有气节和高洁的志向而闻名一时。宋淳熙二年(1175年),杨震仲考上了进士。后来任阆(làng)州新井县(今四川省南部县)知县,在任期间做了很多好事,很受老百姓的拥戴。没过几年,杨震仲先后被调任四川兴元府通判(官名,在知府下掌管粮运、家田、水利和诉讼等事项)和大安军知府,也受到大家的好评。

吴曦(xī)发动叛乱后,游说一部分有能力、有声誉的人跟随他。因为以前

听说过杨震仲的大名，所以派人带着檄（xí）文去招降他，谁知杨震仲假装病倒在家，推托了此事。因此吴曦开始另谋打算，他派兴州都统司机宜郭鹏飞去四川接任杨震仲的官职，强逼他服从于自己。杨震仲躲在家里苦恼叹息，却又不知道如何是好。郭鹏飞每天到家里造访，说是看望杨震仲病情如何，并且带着山珍海味以及上好的药材。郭鹏飞的每天探访让杨震仲更加忧虑，他试想了很多种解决办法，但都未奏效。正在杨震仲徘徊为难之际，他的军营参谋——史次秦也收到了招降的檄文。

史次秦，四川眉山人，进士出身，因为有胆有谋，做了军营将军。吴曦叛乱时，第一个招降他，他一直想尽办法逃脱，但是终究被逼迫就范。他听说了杨震仲也被招降一事，就连夜赶到杨震仲家，看见他家里三层外三层地被吴曦派来的士兵把守着。史次秦乔装成医生混进了杨震仲家，一见面两人就抱头痛哭。史次秦告诉杨震仲，他来就是为了向杨震仲求救的，他拿出檄文，叹息道："难道真要归顺吗？岂不是丧失了良心？"这一叹让杨震仲更加绝望。往事一幕幕地浮现在脑海中，他想起曾经做知县的日子，也想起做知府的往事，悲伤得流下了眼泪。看着挂在衣架上的官服，他哽咽着说道："大安自武兴以来，一直都是西蜀第一州，假如这次我被招降，那就意味着大安第一个被招降，那其他的郡很快就会倒戈了。这样一来，我们又谈何良心？虽然仅凭我一人的力量，阻挡不了叛贼，但我可以选择英勇就义，就算留不下土地，至少我留下的是我的精神。不屈的精神尚在，国土又怎会轻易丧失？史次秦，你不是主要的大臣，况且还有老母亲在世，你不能死，应该假意投降才是啊！"

史次秦听完，泣不成声，喊道："难道真要完了？我若归降，我的希望又何在？先生你归去，我自当紧随其后，怎能苟活？"杨震仲大怒："你尚有老母妻儿，你随我去了，谁来侍奉他们？他们的希望就是你啊！你走了，他们的希望也就没有了，你非得要家破人亡吗？事情还没有那么糟糕，你为什么不换个方式想想呢？死了有那么好吗？只要活着，什么都会有希望。而对于我来说，如果我假意归顺，最后不是我一人死，而是多少人一起去死。如果你抱有希望，就应该好好地活下去！"史次秦伤心地慢慢走出门，杨震仲看着他的背影唤了一声。史次秦回过头哽咽着说："先生还有什么事？"杨震仲微笑着说："次秦，我

死后,你只要用一块布为我裹身,用一口小棺材葬我,我就心满意足了!"史次秦点着头,但早已是泪流满面。

第二天,郭鹏飞接到吴曦催促他让杨震仲归降的急诏,心里更加着急,他想连着一个月,他每天去杨震仲家里,但是一点起色都没有,是不是自己给的压力不够呢?他寻思着,于是吩咐下人在家设宴。郭鹏飞请了一群朋友,也同时宴请了杨震仲。杨震仲如期赴约,但在席间,他一直紧锁眉头,默不作声。回到家里,他点着蜡烛一个人独自坐到了三更时分。杨震仲伏案给家人写了份遗书:"莫怪我走得太急,武兴之事,如果我跟随了叛贼,就失去了气节,还有何颜面活在世间?如果我不听从他们的话,马上就会招来横祸。我死了,祸患到我这里为止,不会波及老婆孩子。人谁没有一死,死后如果有孩子能自立,我就能瞑目了。我希望孩子们日后能明白我的选择是正确的。"

写完他唤仆人弄点热水来。等他的下属到来时,杨震仲已经服毒自尽了。第二天史次秦知道杨震仲自杀的消息后,亲自为杨震仲入殓。史次秦将杨震仲的灵柩停放在萧寺,整个郡里的人都为他痛哭流涕。

杨震仲死后,四川的义士们感慨奋发,开始有人在一起密谋讨伐叛贼。第二年,吴曦被杀。四川统帅安丙、杨辅听说杨震仲的事后,上奏朝廷追封他为朝奉大夫、直宝谟阁(宋代官名),还让他的两个儿子出来做官。为了表彰他的义举,将他的故乡命名为义荣。朝廷向西蜀发布通告,为他建旌忠庙,为他封谥号为"节毅",这算是对杨震仲在天之灵的最好告慰。

(选自《宋史·列传第二百零八》,有改动)

碧血丹心照汗青——高 稼

高稼,字南叔,南宋时期邛(qióng)州蒲江(今属四川省成都市)人。他在嘉定七年(1214年)考中了进士。人们对他寄予很高的期望。当时有个名士叫真德秀,一见到他,就说他以后是做国士的料。果不其然,几经辗转之后他被派到边疆做沔(miǎn)州(今陕西省略阳县)的知府,结果正好遇上了蒙古大军南侵。一来南宋气数已尽,蒙古军队实力强大;二来他的上司不支持他,关键

时候不能增援，最终使他血洒疆场，把自己的性命献给了那个风雨飘摇的南宋朝，献给了那个他曾经誓死坚守的城池。

高稼的家乡邛州蒲江是个人才辈出的地方。在蒲江，有一个魏氏家族，在当地很有势力。族中曾出了个魏了翁，是当时很有影响的理学家，高稼就是这位魏了翁的过继兄长。魏、高两家世世代代交好，而且更有姻亲结盟，因此经常出现相互过继子女的情况。比如魏了翁的奶奶就是高氏。魏了翁可能就是从高家过继过去的。这样一来，魏、高两家关系逐渐紧密，成了当地最为显赫的世家大族，出了好几位进士。正是因为出生于这样的家族，高稼一直有着比较强烈的爱国情感。他做官一直很认真，政绩斐(fěi)然，再加上与他的那位弟弟在朝中相互照应，倒也官运亨通。然而在那个已经衰微的、没落的、小人当道的南宋朝廷，好官一般不会得到好结果。作为一个高尚的人，他必然会遭到小人的暗算。果不其然，他被发配到了沔州做知州。在当时，沔州算是边疆，毗邻蒙古和西夏。那时候西夏已经被蒙古征服，蒙古伐宋，西夏便成了帮凶，沔州就成了战争的最前线。在沔州，高稼洒下了自己爱国的一腔热血。正是因为沔州抗蒙，让他的名字留在了史册上。

当时蒙古的大汗叫窝阔台，是成吉思汗的第三子，曾跟着他父亲到处征战，英勇杀敌，立下赫赫战功。那时候，成吉思汗犹豫着到底该把汗位传给谁时，他表现出了过人的韬略。当他的哥哥们为汗位争斗不休的时候，他最沉得住气。最后，汗位就传给了他，而他的哥哥们都只成了几个属国的国王。这时候的蒙古已经很强大了，窝阔台大汗集结了蒙古、西夏、吐蕃以及投降于蒙古的汉军，号称五十万大军，大举南侵宋朝。蒙古大军兵分两路，一路由窝阔台第三子阔出率领，入侵襄汉；另一路由窝阔台次子阔端率领，出征四川。端平二年(1235年)秋天，蒙古军的前锋从凤州入侵，宋军无力抵抗，蒙古军于是乘胜追击，西捣河池。八月十五日，宋军统制波庆战死于河池。蒙古军进军距沔州九十里的西池谷。就在宋军想要弃城逃跑的时候，沔州知州高稼向四川制置使赵彦呐建议：坚守沔州，以防蒙军长驱直入，深入蜀地。赵彦呐表面上应允了高稼，但还是把军队撤向了内地，留下高稼坚守沔州。戍守石门、七方关一带的御前诸军都统曹友闻听说沔州守不住，劝说高稼退兵保守山寨，自己

057

愿率部下助高稼一臂之力。高稼心意已决,誓死坚守沔州。不久沔州失守,众将士掩护高稼避难,结果被蒙古兵围攻,高稼殉难。

高稼光明磊落,慷慨任气,刚正不阿(ē),侠肝义胆。听到他战死沙场的消息,当地百姓无不痛哭落泪。

(选自《宋史·列传第二百零八》,有改动)

宁为玉碎存大节——赵良淳

赵良淳(chún),字景程,南宋饶州余干(今江西省上饶市余干县)人,是宋太宗儿子恭宪王的后人,丞相赵汝愚的曾(zēng)孙。

赵良淳从小跟随同乡饶鲁学习,懂得立身的大节。等到做了官,所到之处,赵良淳以干练治理而著称,却不曾求人举荐。起初任泰宁(今福建省泰宁县)主簿,多次升迁至淮西运辖,沉浮任官二十多年。马光祖、李伯玉、范丁孙共同举荐他,最终没有被提拔。后考中举人,改任分宁县(今江西修水)县令。分宁,是江西的大县,民风剽悍,好斗成风。赵良淳治理该县,没有使用刑法和杀戮、没有任用酷吏,而是选取忠厚孝顺的人,表彰他们、礼遇他们;至于那些桀骜(jié'ào)不驯、胡作非为的人,就将其绳之以法。于是,恶劣风气很快得以扭转。任期结束后,他被派遣到江西安抚司担任文书(官名,从事书信、公文工作),后来升官为大理寺(相当于现代的最高法庭,掌刑狱案件审理)司直(官名,协助工作)。

咸淳末年,朝廷任命赵良淳治理安吉州(今江西省吉安市吉州区)。他到任后,每天和属吏讨论如何做好御敌的准备,并加以实施。当时饥荒成灾,百姓聚拢山林,成为盗贼。有人请求出兵打击他们,赵良淳说:"百姓难道愿意做盗贼吗?时势艰难,又逢大旱,所以聚在一起抢掠,苟且活命罢了。"于是命令僚属对他们晓以大义,希望他们各自回家务农。众人都扔下武器分散而回,那些不愿走的人被其他人捆来交给官府。有人抢了人家的财货,又到主人那里去谢罪,并把财货归还给人家。赵良淳曾经对人说:"假如太守的生命也可以用来救活百姓,我一定万死不辞。"他的话非常诚恳,足以打动人心,于是人们

拿出谷仓中的粮食来共渡难关。朝廷为加强守城力量，又任命徐道隆为浙西提刑，以辅佐赵良淳，并升赵良淳为直秘阁。

南宋咸淳十年(1274年)，元军前锋抵达安吉，元将范文虎派遣使者持文书招降，赵良淳焚毁文书并斩了那个使者。元兵攻城时，驻扎在安吉东西门，赵良淳率领众兵将守城，晚上就睡在城垛上，日夜不归。

在此之前，朝廷派大将吴国定增援宜兴，宜兴已经危急，吴国定不敢去，就到安吉见赵良淳，愿意留下来辅助守城。赵良淳看到吴国定慷慨陈词，认为他可以任用，便向朝廷请求，把他留下来戍守安吉。让赵良淳万万没有想到的是，不久吴国定打开南门引元兵进城。元兵进入城中大呼道："众人散去，元帅不杀你们。"于是众人大声哭泣着散去。赵良淳见大势已去，命令驱车回府，士兵劝他说："事情到了这种地步，侍郎你应当为保全自身着想。"赵良淳呵斥众人离去，回到家中，他先让家里人出去躲避，自己紧闭书房自缢。有士兵见到将他解救下来，他又醒过来，众人列拜哭泣说："侍郎何必苦自己呢？如果逃走仍然可以求生。"赵良淳叱责他们说："我难道是个贪生怕死的人吗？"众人仍然围守着他不肯走，赵良淳大声呼叫道："你们想作乱吗？赶紧走！"众人哭泣着出来，随后他再次上吊而死。

宁为玉碎，不为瓦全。宋室存时矢志抗元，宋室亡后舍生取义，这就是赵良淳的立身大节。

(选自《宋史·列传第二百一十》，有改动)

自古英雄出少年——夏完淳

顺治四年(1647年)秋天的一天，在南京西市刑场，三十多个反清义士，被残酷地杀害了。他们中有一位年仅十七岁的少年英雄，在面对死亡时，表现得非常平静，他就是夏完淳。

夏完淳，明崇祯四年(1631年)出生在松江府(现上海松江)的一个知识分子家庭。父亲是江南有名的知识分子，母亲和妹妹也都会写诗，姐姐更是位有名的诗人。在这样的家庭环境里，夏完淳进步很快，再加上他非常聪明，五岁

时读完了"五经",七岁时就能写诗作文,九岁时出了自己的诗集——《代乳集》,成为江南一带有名的"神童"。

他的父亲对他寄寓了很大的希望,对他的要求也很严格,不仅让他认真读书,还给他找了几位有名的学者做他的老师,其中一位是知识渊博的陈子龙。陈子龙很喜欢夏完淳,师生二人常常讨论国家大事。夏完淳虽然年纪很小,但对很多问题都有自己独特的看法,能讲出深刻的道理,经常得到老师的称赞。

夏完淳十三岁时,明朝灭亡了。他坚定地跟着父亲投入反抗清军的战斗中。

清顺治二年(1645年),清军攻占了南京。夏完淳的父亲和他的老师陈子龙在家乡起义,他们计划以松江的三千名水军作为主要力量,再联合吴江、太湖等地的起义军,夺下苏州,再攻打杭州、南京,争取收回江南。当时夏完淳刚刚结婚,他告别新婚的妻子,冲到战争的第一线。

由于双方力量相差太大,起义失败了。夏完淳的父亲眼看着明朝就要灭亡了,而自己却无力回天,就跳江殉国。在这之前,他把自己的一本《幸存录》手稿交给儿子,还让夏完淳卖掉家里的东西,充作军费。

斗争的失败和父亲的死去,让年少的夏完淳迅速地成熟起来。他和老师陈子龙等人发誓要和清军战斗到底。他们参加了太湖地区的一支起义军,夏完淳负责制订作战计划。他们在太湖上神出鬼没,攻打吴江、海盐等地,几次打败清军。但是,由于被人出卖,起义再次失败了。夏完淳离开家乡,到湖南去进行抗清活动。这个时期,他写下了大量诗词,表达了自己忧国忧民的心情。

顺治四年(1647年)夏天,夏完淳又回到家乡,准备再次起义,不幸失败被俘,几天后被送到南京。

当时,在南京主持军务的是已经投降清军的洪承畴。洪承畴原来是明朝的一位将领,在一次战斗中,被清军抓住。当时有人说洪承畴英勇就义了,消息传到北京,崇祯皇帝还为他举行了隆重的纪念活动。但事实上洪承畴投降了清军,清军让他带领军队,一直打到了江南。

现在,洪承畴听说江南"神童"夏完淳被抓到了,非常高兴,马上让人把夏

完淳带上来,他想要亲自审讯。于是,大堂里展开了一场正义与邪恶的斗争。

"下面站着的是夏完淳吗?"

"你已经知道了,为什么还要再问呢?"

"你今年多大了?"

"十七岁。"

"十七岁,还是个孩子嘛!你懂什么?还不是受了欺骗,被人利用了。你要是投靠我,我就放了你,保证你前途无量!"

"呸!你别妄想了!"夏完淳大声说道。他知道面前这个人就是洪承畴,就故意说:"我年纪虽然小,但常听人说,大明朝有位洪承畴先生,被敌人抓到时表现得非常英勇,死也不投降。我要向他学习,做像他那样的人。"

短短几句话,说得洪承畴一句话也讲不出来。他身边的人以为夏完淳不认识洪承畴,就小声告诉夏完淳:"现在坐在堂上的就是洪大人啊!"

夏完淳一听,立刻显出很生气的样子,说:"洪老先生早就死了,天下人谁不知道!你是什么东西,敢在这里乱说,污辱他的名声?洪老先生如果在天有灵,一定不会放过你的!"

洪承畴被说得耳热心跳,又羞又恼,没话可说。过了半天他才叹了口气,挥手让人把夏完淳带下去。

在监狱中夏完淳待了近三个月,他知道洪承畴不会放过自己,早已不把生死放在心上。他每天有说有笑,非常镇定。他还常与同牢房的人一起喝酒作诗,其中有一首《狱中上母书》写道:"人生谁无死?贵得死所耳。"夏完淳在狱中一共写了十七首诗,后来人们把它们合编为一本诗集,名叫《南冠草》。

顺治四年九月初九,十七岁的少年英雄夏完淳被杀害了,他以自己的鲜血和生命写下了美丽的诗篇。

(选自徐义强《中国古代历史人物故事——清代人物故事》,北京语言大学出版社2005年7月第一版;有改动)

061

海战勇士殉国难——黄祖莲

在安徽怀远县的一个小村庄里，有一户人家此时充满了期盼和焦急，这家的男人在房屋外来回踱步，眼睛时不时地望着屋内，眼睛里透出来的光芒似乎要将房屋看穿一般。忽然，屋中传来一声清脆响亮的哭声，他长长地舒了一口气，似乎心中悬着的大石头落下了。房间里走出一位四十多岁的妇女，男人立刻走上前去，问道："男孩还是女孩？"那妇女瞥(piē)了男人一眼，似乎在责怪男人的急性子，但随后转而露出笑容说："是个男孩，恭喜你了！"男人立时爽朗地笑了起来，从口袋里摸出了一锭银子递了过去，那妇女赶忙接到手中，揣到了兜里。男人希望这个孩子日后品行端正，像莲花一样高洁，所以就给孩子起了个名字叫黄祖莲。

光阴荏苒(rěnrǎn)，岁月如梭，黄祖莲也长成了一位英俊少年。这天的午餐格外丰盛，有肉，还有难得一见的鱼。祖莲看到这些，口水都要流下来了，肚子也咕咕叫了起来。母亲慈爱地摸了摸祖莲的头，让他去洗手准备吃饭。因为操心过度，不足四十岁的她多了一些苍老的感觉。不一会儿，祖莲的父亲也回来了，脸上挂满了喜悦之情。见他进来的表情，祖莲的母亲赶忙问："成了？"父亲回答说："成了。"听了这话，祖莲母亲的脸上却多了一份忧郁，祖莲的父亲看见了，想要说什么，却又转过身去。到了饭桌前依然没有开口，祖莲进来看到父亲回来了，便嚷嚷着要开饭。父亲望着孩子一脸苦楚，母亲一脸忧郁，父亲先开口说："开饭吧。"母亲也走到了饭桌边开始吃饭。吃过饭，父亲叫过祖莲对他说："祖莲啊，你想不想上学？"祖莲说："上学会离开爹娘么？"父亲说："会，很长时间都不能见到我们。"祖莲问："爹一定要我去么？"父亲说："一定要去。"祖莲立时就掉下了眼泪，却没有哭出声来，他自小就懂事，从不让父母为自己多操心。这年，他进入了上海方言馆开始学习。

在这里，他每天都刻苦学习。他一刻都没有忘记父亲送他来时对他说的话："一定要做有出息、有用的人。"为了实现对父亲的承诺，他每天都比其他的孩子多花几倍的时间学习，成绩在学院里一直是最优秀的。后来他被官府

送到了美国海军学校,学习航海驾驶。

到了美国他更是如饥似渴,因为这里有很多先进的文化知识。他就像一块海绵一样不断地吸取着知识,常常废寝忘食。光绪七年(1881年),他学业期满,被召回国。

当时国难当头,回国后,他怀着满腔热血,进入天津水师学堂驾驶班。因为各方面都很优秀,不久他就被调入"威远"号见习,后来又被调入"济远"舰。他工作非常用心,每件事情都力求达到完美,许多别人不能处理的问题,他都能解决得很好。别人不知道的海上知识,他都给细心讲解,并让他们运用得很熟练,这让他们的船舰每次出海时,都能避免许多不必要的差错。船上的人都很钦佩他,他的上司也很欣赏他,很快就提升他为"济远舰"二副。在光绪二十年(1894年)的一次阅兵中,他因能力出众,被留在了广丙舰上任职。

黄祖莲虽然年龄不大,但是对打仗却很有一套。在美国的时候,各种海上战役和海战打法的书籍他都熟读过。对那些战役战术都有自己独到的见解,凡事能言敢说。就算是上司做错的,他也敢站出来指出上司的错误。

光绪二十年七月,日本对我国发动了甲午战争。面对当时严峻的形势,黄祖莲并没有惊慌,数十年的苦学和经验告诉他,如果乱了阵脚就只能坐以待毙。他迅速使自己平静下来,开始分析战局,很快他就用自己所学的知识找到了战事的突破口。他对丁汝昌说:"先派兵扼守海口,再派兵舰前往捣毁敌舰,攻其不备,再派兵打击日军的运粮船队,切断日军的补给和援军。等到日军粮尽援绝,人无斗志,必然土崩瓦解。"丁汝昌当时因为朝廷的命令,无法采取他的计策,结果只将日本海军军令部部长所乘的"西京号"打伤,却没有击沉,成为一个遗憾。

光绪二十一年(1895年),日本人再次进入威海,并从水陆两路发起攻势。黄祖莲指挥着"广丙"将士努力反击,但终因不敢违背朝廷的命令而失去了龙庙嘴炮台,最终导致了北洋水师的失败。黄祖莲在奋勇杀敌时,被炮弹击中而壮烈牺牲。

(选自《清史稿·列传第二百八十一》,有改动)

我以我血荐轩辕——谭嗣同

谭嗣同(1865—1898年),湖南浏阳人,出生在北京。他的父亲谭继洵是当时清政府的一名小官。谭嗣同五岁起开始读书,他特别崇拜明末清初的两位大学者——黄宗羲和王夫之,认为他们不但学问好,而且特别爱国。对谭嗣同影响同样很深的是在北京、河北一带非常有名的武术大师——大刀王五,谭嗣同从小就跟他学习武术,两人结下了深厚的友谊。

那时候,中国内忧外患,国力贫弱,一些人提出改革的要求。谭嗣同虽然也看到了中国的落后,但坚持认为,只要清朝的统治者能够认认真真地做好自己的事情,就一定能够治理好国家,而不需要什么改革。但光绪二十年(1894年)中日甲午战争中中国失败,打碎了谭嗣同的理想之梦。清政府从咸丰十年(1860年)开始学习西方,搞了三十多年,结果跟日本作战,一下子就失败了。这给谭嗣同很大震动,他开始思考和寻找救国救民的道路。

甲午战争以后,谭嗣同开始研究中国、日本两国的情况。日本是亚洲一个很小的国家,但是却几次打败中国,这究竟是什么原因呢?他得出的结论是:日本从1868年"明治维新"以后,改革了本国的封建制度,开始发展资本主义,国家迅速强大起来。中国如果想要改变落后的状况,也必须实行维新变法。

谭嗣同十分佩服康有为,认为康有为的思想是很进步的。光绪二十二年(1896年)春天,谭嗣同从湖南赶到北京,想见一见这位维新变法的领导者,不巧的是没有见到,但却见到了康有为的学生梁启超,两人谈得非常投缘。谭嗣同听了梁启超介绍的变法理论,十分高兴,也很感动,好像看到了挽救中国的希望。

为了宣传变法的思想,谭嗣同回到湖南,办了一份报纸,还设立了一所学校,叫"时务学堂",请梁启超做主讲老师。在谭嗣同等人的努力下,湖南成为当时全国变法运动中最活跃的一个省。很多从时务学堂毕业的学生,后来都走上了革命的道路。

光绪二十三年(1897年),谭嗣同写成《仁学》一书,这是他最重要的一部著作。在这本书里,他强烈地反对封建的伦理道德,号召人们冲破封建束缚,

064

去争取平等的权利。他认为,中国两千年的政治,都是暴政,那些皇帝也不过是一些大的盗贼。在那个时代,说出这样的话,需要有很深刻的认识和很大的勇气。以我们今天的眼光来看,和主张"君主立宪制"的康有为、梁启超比起来,谭嗣同更深刻地认识到了中国社会的本质。

光绪二十四年(1898年)六月十一日,光绪下令实行变法。两天后,一位主张变法的官员向光绪皇帝推荐了谭嗣同,说他是变法难得的人才,于是光绪皇帝让谭嗣同立刻来北京。谭嗣同接到命令后,给自己的妻子写了一封信,说这次去北京感到很意外,结果也不知怎样,要她不管最后出了什么事,都要冷静对待。

同年八月,谭嗣同来到北京,光绪皇帝任命他做办理文书的官员,和其他一些主张变法的人专门处理各种有关维新变法的事情。这时的谭嗣同日日夜夜努力工作,对变法充满信心。

但是到了九月初,形势突然发生了变化。以慈禧太后为首的顽固派,准备利用十月份光绪皇帝到天津的机会,发动政变,打垮维新派。手中没有一点儿实权的光绪皇帝这时候慌了,不知道该怎么办才好。在这个紧急的时刻,谭嗣同主动请求去找当时手中握有军队的袁世凯,请他出来保护光绪皇帝。

065

在这之前,袁世凯曾经表示过赞成变法,还参加了康有为在北京举办的"强学会",所以维新派就把这最后的希望寄托在袁世凯身上。九月十八日夜,谭嗣同一个人悄悄来到袁世凯住处,直接向他提出了保护皇帝的请求。袁世凯立即答应了,说道:"这事很容易,我一定做到。"谭嗣同轻易地相信了他。没想到九月二十日晚上,袁世凯一回到天津,就泄露了消息。二十一日凌晨,慈禧太后发动政变,把光绪皇帝幽禁起来,并且下令逮捕维新派。就样,维新变法运动刚刚开始,就结束了,前后只有一百零三天。

政变发生后,康有为逃到香港,梁启超逃往日本。梁启超出发前劝谭嗣同一起走,但谭嗣同拒绝了。他说:"各国变法,都是流了血才成功的。现在的中国,还没有听说有因为变法而流血牺牲的人,这也许就是我们国家不强大的原因吧。那么,为变法流血牺牲,就从我谭嗣同开始吧!"

整整三天,他都静静地待在自己的房间里,等人来抓他。这三天里,他还假造了很多封父亲谭继洵写给自己的信,信里有很多反对维新变法的话。果然,这些信被查到后,清政府以为谭继洵和谭嗣同的活动没有什么关系,对谭继洵的处罚很轻,只是把他赶回了老家。谭嗣同在死前还救了父亲一命。

九月二十五日,谭嗣同被顽固派逮捕。在牢房中,他写下了很多诗,其中有两句非常有名:

我自横刀向天笑,去留肝胆两昆仑。

九月二十八日,年仅三十三岁的谭嗣同和其他五位维新变法人士,在北京菜市口被残酷地杀害,历史上称他们为"戊戌六君子"。临死前,谭嗣同面带笑容,大声向周围的人群念出他最后的诗句:

有心杀贼,无力回天。

死得其所,快哉快哉!

谭嗣同把自己的生命献给了维新变法,他这种为国牺牲的精神,永远被中国人民传诵。

(选自徐义强《中国古代历史人物故事·清代人物故事》,北京语言大学出版社2005年7月第一版;有改动)

四、忠勇双全类侠客义士

敢闯敢干　义责项羽——樊　哙

樊哙(kuài)是刘邦的功臣之一。他年轻时家里很穷,以杀狗为职业,后来跟随刘邦逃到山里。刘邦发动起义后,樊哙一直跟随刘邦,立下很多功劳,多次受到封赏。

刘邦到鸿门去见项羽,项羽设宴席招待。项庄在宴席上舞剑,想趁这个机会杀掉刘邦。张良把情况告诉樊哙,樊哙非常着急,说:"太危险了,让我进去和他拼命!"于是就带着剑,手拿铁盾要闯进军营。卫兵们手拿武器拦住他不让进去。樊哙用盾一撞,卫兵倒在地上,他立即闯了进去。樊哙到了宴席上,面向西站着。他睁大眼睛瞪着项羽,气得头发都竖了起来。项羽看见樊哙就问他是谁,张良说:"他是沛公的侍卫官樊哙。"

项羽说:"真是一个壮士啊!"便叫身边的人给樊哙一杯酒。樊哙谢过项羽,端起酒杯,一口气喝光。

项羽说:"再给他一条猪腿。"身边的人又给樊哙一条生猪腿。樊哙接过猪腿,放在盾上,拔出剑把肉切碎全部吃光。

项羽说:"壮士,敢再喝酒吗?"樊哙说:"我死都不怕,一杯酒算什么!秦王的心像虎狼那样,所以天下人都起来反抗他。现在沛公先打败秦军进入咸阳,他的军队非常守纪律,把宫殿里的东西都保护起来,然后退到霸上,等待大王您的到来。沛公之所以派兵守卫关口,是为了防止有人进来偷东西或发

067

生其他异常的事情。对这样有功劳的人，大王不但不给任何封赏，反而相信一些人的谗言，要杀害他，这不是在继续走秦朝失败的老路吗？我想大王不会这样吧？"

项羽听了，沉默了一会儿，然后说："坐下。"樊哙便在张良身边坐了下来。过了一会儿，刘邦假装起来要去厕所，并让樊哙跟他一起出去。出来之后，商量赶快离开鸿门。刘邦说："现在离开，没有告诉人家如何是好呀？"

樊哙说："哪还能管这些，现在人家是刀和切肉板，我们是鱼和肉，性命都在人家手里，还讲什么礼节！"于是他们就偷偷地离开了鸿门。刘邦自己一人骑马，樊哙等四人拿着武器跟着保护，一起从小路下山逃回了军营。张良留下向项羽道歉。项羽得到道歉已经满足了，也就不再想杀掉刘邦。那天如果没有樊哙闯入军营，刘邦的性命就很难保住了。

后来，樊哙跟随刘邦出汉中攻占关中地区，又随刘邦东征项羽，最终打败了项羽。刘邦做了皇帝之后，因为樊哙功劳很大，对他大加封赏。对安定国家，樊哙也作出了很大的贡献。

(选自李振杰《中国古代历史人物故事——秦汉人物故事》，北京语言大学出版社2005年7月第一版；有改动)

有胆有识　剽悍勇猛——周　嘉

我们要说的这个故事发生在东汉，主人公的名字叫周嘉。

周嘉，字惠文，汝南安城(山东省济南市平阴县境东北部)人。周嘉在郡府担任主簿，他勤于政务，恪(kè)尽职守。

王莽末年，贼寇攻向汝阳城，周嘉作为佐吏随从太守何敞作战。何敞被流箭射中，守城的郡兵跑得一个不剩。周嘉自然不会逃，任由贼寇把自己和太守像卷花卷一样围了几十层——想想看啊，几十层的人，那刀剑交错起来搭个鸟巢都够了。

周嘉不但没有丝毫恐惧，反而把受伤的太守护卫起来。此时，这位义士已是愤怒大于恐惧了。这些家伙还有没有廉耻啊，背叛国家人民，还要杀害自己

的主人！于是不管对方人多势众就破口大骂："你们这些人做别人的奴才，做逆贼已经是罪大恶极的背叛了，怎么还想谋害自己的主人？简直是令人发指、丧心病狂、人面兽心啊！……"

接着他又说："要杀我家太守？有本事就先把我杀了。"然后对着上天号啕大哭，哀叹自己能力不足，回天乏术。这一哭，真是惊天地、泣鬼神，贼寇们瞬间愣住了。不是男儿有泪不轻弹吗，这是个什么情况？怎么遇见这么个愣头青啊？没办法，横的就怕愣的。贼寇们大眼瞪小眼瞪了半天，感叹道："这是位义士啊！我算服了。"于是给了周嘉车马，送走了他和他的上司。

这也太具传奇性了！几十层的贼寇，少说有上千人，周嘉仅凭一身义气，以一敌千，突出重围，足够剽(piāo)悍，足够勇猛。

然而周嘉的剽悍人生还未结束。后来太守寇恂(xún)推荐周嘉为孝廉，朝廷又授予他尚书侍郎(官名，掌守宫廷门户，充当车骑随从皇帝)的官职。受到东汉光武帝亲自召见，询问这件事时，他说："太守受了伤，性命悬在敌寇手上，我却是那般愚钝胆小，没能战死，险些还没救下太守。"言辞恳切谦逊，连皇帝都被感动了，说："这是个忠勇之士！"皇帝一高兴，就下诏把公主许配给他。周嘉称自己病重，拒绝了皇帝的诏书。

拒婚后不久，周嘉又升任为零陵(今湖南省永州市零陵区)太守。他勤勤恳恳为百姓做事，七年后去世。

零陵百姓为了歌颂这位义士的功德，给他修建了祠堂。当地的官吏和百姓给予他高度评价。

(选自《后汉书·独行列传》，有改动)

耿直忠贞　节义之士——虞　翻

虞(yú)翻，字仲翔，会稽(Kuài·jī，今江浙地区)郡余姚县(今浙江省余姚市)人。虞翻从小好学，很有读书人的狂傲气质。十二岁的时候，有客人问候他的兄长，却没有理会虞翻。虞翻后来给客人写信道："我听说琥珀不会吸引腐烂的草芥，磁铁不会吸引能弯曲的针，你对我视而不见，也是合情合理的。"客

人见到信后非常惊奇。由此可以看出虞翻的机敏以及对书本知识的灵活运用。

虞翻早年追随会稽太守王朗，被任命为功曹。孙策征伐会稽，虞翻劝王朗不要和孙策对抗，王朗不听。但王朗战败后，虞翻还是追随并护卫他逃走。成功后，王朗说虞翻尚有母亲要供养，王朗劝他回去侍奉老母。虞翻回来后，孙策又任命他做功曹，用朋友的礼节对待他，还亲自到虞翻家中看望他的母亲。

孙策讨伐越族，将他们的头领斩首，命令自己的侍卫全部分散开搜寻追逐贼寇，自己骑着马在山中前行，只有虞翻随行。虞翻说这是非常危险的事，就让孙策下马，并说："这里的草丛很深，马不能骑，只能牵着，拿着弓箭步行。我善于用弓箭，请允许我在前面带路。"到了平处，虞翻劝孙策骑马。孙策问他："你没有马怎么办？"虞翻回答说："我能跑步前行，一天可跑二百里，自从征讨以来，步卒没有能比得上我的。您放心纵马奔跑，我一定能轻松跟上。"走到一条大路上，遇到一名击鼓的士兵，孙策取出号角亲自吹响，部下听到了号角声，全部出动，于是平定了南越三郡。孙策死后，虞翻继续侍奉孙权。

魏国将领于禁被关羽擒获，关押在江陵（今河北省荆州市）城中。孙权夺取荆州后释放了他。有一天，孙权骑马外出，带着于禁骑着马并排行走。虞翻呵斥于禁说："你这投降的俘虏，怎么敢和我们主公（对君主的尊称）并驾齐驱呢！"举起鞭子就要抽打于禁，孙权呵斥制止了他。后来孙权在楼船上召集群臣饮酒，于禁听到音乐流下眼泪，虞翻又说："你想用虚情假意求得赦免吗？"孙权很生气，却也拿他没办法。

虞翻曾经乘船出行，和糜（mí）芳（蜀汉降将）相遇。糜芳船上的人想让虞翻自己避开，开道的人说："避开将军的船！"虞翻厉声说道："失去忠诚和信义，用什么侍奉君王？葬送人家两座城，却称为将军，这难道可以吗？"糜芳关闭门窗不应声，并赶忙避开了他。后来虞翻坐车出行，又经过糜芳军营大门，官吏关闭营门，虞翻的车不能通过。虞翻又发怒说："应当关闭的门反倒打开，应当打开的门反倒关闭，哪里有这种道理呢？"糜芳听了这话，面有愧色。孙权知道了，很是生气。

虞翻性情粗鲁耿直，多次因醉酒犯过错。孙权和张昭谈论到神仙，虞翻指着张昭说："他们都是死人，你却说是神仙，世上哪有仙人呢？"孙权大怒，却也不便当场发作。

因为一次次惹怒孙权，孙权就找了个借口把虞翻流放到交州（古地名，包括今天越南北、中部和中国广西的一部分）。虞翻虽然处于获罪流放境地，却依然教授学业不知疲倦，他门下学生常常有数百人。

虞翻在南方待了十多年，在七十岁时去世。死后他被运回故乡，安葬在祖坟里，他的妻子儿女才得以返回故乡。

（选自《三国志·吴书十二》，有改动）

文武全才　志虑忠纯——朱　据

朱据是吴郡吴县（今江苏省苏州市）人，相貌堂堂，体格健壮。黄武初年，被孙权征召任命为五官中郎将（官名，掌管门户、车骑等事，内充侍卫，外从作战），补任侍御史（官名，受命御史中丞，接受公卿奏事，举劾非法；有时受命执行办案、镇压农民起义等任务，号为"绣衣直指"）。

孙权忧虑缺乏将帅，愤懑（mèn）叹息，追念吕蒙、张温，看到朱据文武全

朱据

才,认为可以接替他们,于是授予他建义校尉(官名:校,军事编制单位;尉,军官)的官职。吴黄龙元年(229年),孙权迁都到建业(今江苏南京),征召朱据,并将自己的三女儿嫁给他为妻,授任他为左将军,封为云阳侯。

朱据为人谦虚谨慎,礼贤下士,不吝财物,乐善好施,因此他所得俸禄、赏赐虽然丰厚,但也常常入不敷出。嘉禾五年(236年),东吴开始铸造大钱,一枚币值相当于五百枚五铢(zhū)钱(中国钱币史上使用时间最长的货币。"铢"是古代一种重量单位,一两的二十四分之一为一铢,因此所谓"五铢"实际上非常轻)。朝廷本来拨给朱据部下三万缗(mín,一千钱称一缗,同贯)大钱,但工人王遂弄虚作假盗取了这笔钱。典校郎吕壹怀疑是朱据克扣私吞公家钱款,于是严刑拷问朱据手下主管财务的官员,致其死亡。朱据可怜那个主管枉死而厚葬他,更被吕壹认为是朱据做贼心虚。孙权得到吕壹报告后,多次责问朱据,但朱据苦于无法证明自己的清白,只有自囚等待判罪。数月后,典军吏刘助发现事实真相,报告了孙权,孙权感叹道:"朱据作为皇亲国戚尚且被冤枉,何况下面的官吏百姓呢?"于是下令追究酷吏吕壹制造冤案的过往罪责,重赏了敢于披露真相的刘助。朱据才沉冤得雪。

赤乌九年(246年),朱据升任骠骑将军。当时正逢太子孙和与鲁王孙霸的两宫之争,而一贯支持太子的丞相陆逊已经亡故,朱据遂与大将军诸葛恪、太常(官名,中国古代朝廷掌宗庙礼仪之官)顾谭、会稽太守滕胤(yìn)、大都督施绩、尚书丁密等继续拥护太子。而丞相步骘(zhì)、上大将军吕岱、右大司马全琮(cōng)、左将军吕据、中书令孙弘等则依附鲁王孙霸,阴谋夺嫡(dí)废储。两宫之争使得吴国内耗不止,几乎陷入政治危机。

赤乌十二年(249年),朱据接替已故的步骘代理丞相一职。朱据拥护太子意志十分坚定,每当谈及此事,言辞恳切,神态坚定。他还多次上书维护太子。赤乌十三年(250年),孙权终于决定废除孙和太子之位,将孙和幽禁起来,另将孙霸赐死。朱据与尚书仆射屈晃带领众大臣、将军将泥涂在头上,将自己捆绑起来,到宫殿外为孙和求情。孙权十分反感,斥责他们没事找事。其后朱据上表极言废长立幼(中国古代封建社会世袭制的继承原则一般是以长子为继承人,若废掉长子的继承权而把该权利转给除长子而外的其他儿子,则叫废

长立幼)的弊端,孙权大怒,将朱据拖进宫中,廷杖一百下。许多官员都因劝谏而获罪,史书上记载被诛杀流放的人多达数十人。

朱据后来被贬为新都郡(汉代行政区名,位于今新安江上游)郡丞(郡守的佐官),还未上任就遭到中书令(官名,当时可掌握机要)孙弘的陷害。当时孙权病重,孙弘就假传圣旨赐死了朱据。朱据时年五十七岁。

(选自《三国志·吴书十二》,有改动)

改过自新　勇除三害——周　处

西晋时有这样一个人:年轻时是有名的恶棍,后来却变成了一个为国家为民众做了不少好事的人。这个人叫周处。

周处生于东吴吴郡阳羡(今江苏省宜兴市),在他很小的时候,父亲母亲先后去世。由于家里没有人管教,他整天在外面翻墙爬树,跟人打架,他长得膀大腰圆,加上性格鲁莽,不讲道理,因此,谁见了他都害怕,有时候人们从远处见到他都要赶快躲开,被乡亲们认为是一大祸害。

一次,周处远远听见一群老人正在谈论"三害"。他走近老人们,询问"三害"是什么。一个老人说:"南山有一只猛虎,经常出来伤害人和牲畜;水里有一条蛟龙,也时常出来伤害过往的船只和岸边的行人;还有……还有……"周

周　处

处说："这两害我也听说过，还有第三害呢？第三害是什么？"老人们你看看我，我看看你，谁都不敢往下说。周处紧追着问，最后一个老人大着胆子告诉他："你脾气不好，动不动就打人、骂人，大家都怕你，所以就把你看成第三害。"周处听了老人的话后，慢慢地低下了头。

老人的话在周处的心里引起了巨大的震动。他认识到作为一个人，如果不能为别人做好事，至少也不应该成为社会的祸害。他下决心改变以前不好的作风和习惯，为大家做些有益的事情。

一天清晨，他带着锋利的斧子和弓箭，一个人到南山去，晚上只见他手里提着斧子，筋疲力尽地回来了，全身上下沾满了鲜血。路上他逢人便说："老虎被我杀死了！老虎被我杀死了！"

过了几天，人们又看到他身上带着锋利的刀子跳入水中，只见他一会儿浮在水面上一会儿潜入水中，经过三天三夜的搏斗，蛟龙终于被杀死了。

周处把猛虎和蛟龙杀死后，他当着村里人的面，对天发誓，以后一定要做一个好人，一定要做对国家、对社会有益的事。

周处由于小时候不爱读书，缺少知识，他担心自己今后虽然不再做坏事了，但也不会有什么成就，就下决心努力读书，还到处去拜访有学问有名望的人。一次，一个有名望的学者对他说："古代有个圣人说过，早上懂得了做人的道理，到了晚上就是死了也不算白活了一辈子。"这让周处更加坚定了求学上进的信心。

经过几年的努力，周处似乎变成了另外一个人，他对人谦虚而有礼貌。有时别人惹了他，他也不发脾气，不乱骂、乱打人了。

后来周处参加了军队。在军队里，他打仗非常勇敢，立下了许多战功，受到上级的奖赏和提拔。他先后当过几任地方官，后来又当上了主管国家司法的大官。在陕西、四川等地当官时，他尽力促进民族团结，为当地老百姓做了许多好事。在他主管司法工作时，不管是什么人，只要犯法，他都按照法律惩办。一次，皇帝的一个亲戚犯了法，周处把他的罪状一五一十地向朝廷报告，为此，他得罪了皇帝的这个亲戚。

西晋元康七年(297年)，周处带兵跟西北地区反抗朝廷的叛军打仗。由于

皇帝亲戚的报复,周处在战斗中得不到支援,终于在一次战斗中战死疆场,年仅五十九岁。

(选自李振杰《中国古代历史人物故事——魏晋南北朝人物故事》,北京语言大学出版社2005年7月第一版;有改动)

忠志之士　义勇之臣——李　棠

李棠,字长卿,渤海蓨县(tiáo,古代地名,在今河北省景县南)人,他的祖父伯贵在魏宣武时代任至鲁郡守。他的祖父是个有名的孝子,因其父去世,哀伤过度而损坏了自己的身体。宣武帝被他的孝道所感动,嘉赏了他,赐他任渤海相,李棠的父亲元胄(zhòu)担任员外散骑侍郎(官名,皇帝侍从)。

李棠年幼丧父,他特别喜欢学习,从小就有很大的志向。在他十岁的时候,正值尔朱荣(北魏末年将领、权臣,他后来挟帝自重、权倾天下)等尔朱氏诸将作乱的时候,天下陷入战火之中,百姓不能安居乐业。

李棠和司空高干兄弟在信都举兵起义。魏中兴初年,李棠被征召为魏郡府功曹参军,后又在太昌年间(532年,北魏孝武帝元修的第一个年号,历时数月)因立了很大的军功而被授予征虏将军一职,并且代替掌管东莱郡(地名,山东省龙口市的古称)的事务。魏孝武帝(元修,北魏最后一位皇帝)向西迁都时,李棠正好在凹北(地名),因此他便在东魏当官。

李棠可谓是智勇双全。战场上,挥戈驰骋,英勇杀敌,并且处事细腻,善于言辞,大有谋略。当高仲密在北豫州(今河南省荥阳县境内)任刺史时,任命李棠为府吏。凭借李棠的足智多谋,高仲密将东魏执掌军事的奚寿兴擒获,然后率领士兵很快占领了城池。

高仲密派遣李棠去朝廷表示愿意归顺。周太祖(宇文泰,北周政权的奠基者)大加赞赏,任命李棠担任卫将军(官名,总领京城各军,是防卫部队的统帅)、右光禄大夫(官名,掌顾问应对),并且赐封他为广宗县公爵,食邑(古代官员的俸禄)一千户(有向一千户以上的人家征税的权利)。面对如此高的俸禄和爵位,李棠却极力推辞,说道:"我世世代代都蒙受国家的恩泽,为国家尽

忠是我应该尽的责任。前些日子我被拘束,不得自由。无奈之下,违背了你的命令,没有办法陪伴你西巡。这个时候了我才来,免除我的罪行已是万分荣幸了,哪里能凭借这点小小的功劳,冒昧地获得这天大的爵位啊!"就这样多次固执地推辞,不愿接受官职和爵位,但皇帝仍旧下发了诏书嘉奖他。过了不久,又升任他做给事黄门侍郎(侍从皇帝左右之官,传达诏命),兼车骑大将军,礼仪待遇和三司(最尊显的三个官职,一般指司马、司徒、司空)一样,后又任命他担任散骑常侍(皇帝的侍从)。虽然有如此显赫的官位,但李棠却没有因此而骄奢淫逸,反而更加尽心竭力地为国尽忠。

魏废帝(元朗,北魏安定王,史称废帝朗或后废帝)二年(532年)间,李棠随从魏安公尉迟迥(jiǒng)去征讨蜀地。蜀人并没有立即投降。李棠接受命令前往成都宣告北周皇帝的诏命时,成都守将萧撝(zǒng)逼问他关于尉迟迥军中的情况,但李棠却不予理睬,摇头不肯说出一个字。于是萧撝便用尽方法鞭笞侮辱李棠,认为这样一定会得到实情。李棠忍受着钻心的疼痛,看着血肉模糊的身体,还是坚毅地说:"你是即将灭亡之国的余灰,尚且不知道自己所处的安危,我是奉命来劝告你的,反而遭受这样的灾祸。我李棠是帝王的忠贞之臣,为国赴死不算什么,绝对不会因为你的酷刑而改变我的意志。"萧撝达不到目的,气急败坏,便将李棠杀害了。

一代忠臣倒在了血泊之中,为国家为百姓,最终献出生命。他的赤胆忠心光照千古。

（选自《周书》卷四十六,有改动）

少年义士 勇冠三军——罗士信

隋朝末年,封建统治集团在生活上荒淫奢靡,人民生活在水深火热之中。但这个年代也是英雄辈出的年代,罗士信,便是其中一个。

罗士信的母亲在其年幼时离他而去,他的父亲也因为被抓去开河道,累死在了河道上。失去双亲的罗士信便在村上张太公家找了个放牛的差事,他身强力壮,总是欺负村上的小孩。后来遇到了秦琼,秦琼见他无人照料,又四

处闯祸,心生同情,便与他结为兄弟,并且每日教他枪法武艺。

罗士信长大后,在齐郡通守张须陀(tuó)处找到一个职位。起初,张须陀并不信任罗士信,但罗士信身先士卒,每次战斗都冲在最前面,立下了很多战功。

后来张须陀被李密率领的瓦岗军所杀,罗士信隶属隋将裴仁基麾(huī)下,裴仁基归降了李密,罗士信也随着投入了瓦岗军。李密为王世充所败,罗士信力战负重伤,被王世充擒获。王世充起初很看重罗士信,后来又疏远了他。更让罗士信难以忍受的是,王世充夺去罗士信的骏马送给自己的亲属。所以罗士信趁王世充派他进攻谷州的时候,率领部下千余人投奔了李世民。

此后,罗士信在攻打王世充的多次战役中屡立战功,深受李世民器重。在攻取千金堡的战斗中,罗士信显示了他的智谋,这也是罗士信归李之后打得最精彩的一仗。他夜间派遣一百多人抱着婴儿到城下,故意让小孩啼哭。先差人高声叫道:“从东都来归罗总管。”既而又故意说:“这是千金堡,我们投错了。”又赶快离开,让守军以为罗士信已经撤退,而城下人是从洛阳来的逃亡者。守军见自己的百姓竟然叛逃敌军,大怒之下开门追击,被罗士信的伏兵趁势攻入,夺取了千金堡。

罗士信一条大棍横扫无敌,和李元霸是当世对手,同样是勇猛无比,是瓦岗寨的秘密武器。每当遇到强敌无人能及的时候,必然要请罗士信出马。罗士信能够横推八匹马,倒拽九头牛,一双飞毛腿,钢筋铁骨,每每陷阵,必然杀得敌人落花流水。

锤震四平山时,李元霸和罗士信交手,二人不分胜负,两个人锤棍来往,叮当乱响,两人全是力气相搏。可以说,这二人都是天生神力,都是万夫不当的勇猛之士。

罗士信南征北讨,为唐朝统一天下建立盖世功勋,受封为郯(tán)勇公。后来,窦建德余部刘黑闼(tà)在河北起兵,李世民率军征讨。李世民在过去的作战中所向无敌,所以注重对敌人进行军事打击,而忽视了同时采用政治手段进行瓦解。刘黑闼猛烈围攻河北南部一城,李世民率军三次救援,都被刘黑闼所阻击,不能前进。李世民恐怕守将王君廓不能支撑,罗士信主动请缨,请求接替王君廓。

于是,李世民命令王君廓率领部队突围而出,罗士信率领手下二百人杀向城下,奋勇攻击,终于突破包围进入城中。而这时天降大雪,后续救兵无法进城,罗士信虽死守城池,但城很快就被敌军攻破了。罗士信竭力奋战杀敌,终因寡不敌众被俘获。刘黑闼早知道罗士信乃当世猛将,就亲自劝降,而罗士信宁死不屈,最终被杀害,终年二十岁。

李世民闻罗士信之死,大为悲伤,重金购得其尸,将其安葬于裴仁基墓之侧。

拨开岁月的迷雾,我们仿佛还能够看到,这位冷面美少年最后血洒热土的那种傲人的惨烈和华丽。这个绝美少年如天空中耀眼的流星,让人永世难忘!

附带说一下:《说唐演义全传》中罗成的大部分故事的历史原型就是罗士信。

(选自《新唐书》卷二百一十四,有改动)

078

骁勇善战　乱世英杰——王彦章

王彦章(863—923年),字子明,郓(yùn)州寿张(今山东省阳谷县寿张镇)人,五代时后梁名将。

王彦章少年从军,隶属朱温(后梁太祖,五代时期后梁政权的建立者)帐下,以骁勇善战而著称。当初他被招募从军时,同行的数百人列队进行编队,此时,王彦章心想:打仗当然以身体强壮,英勇威猛为主。于是主动上前要求带队,其他人不乐意,纷纷提出抗议:"你王彦章只不过是一个刚刚入伍的新兵,又未曾有过出众的表现,凭什么当我们的队长?"年轻气盛的王彦章也不服输,回答道:"我天生神力,满腔热血,你们那一个比得上我。况且,我只是想担任队长,带领大家共同杀敌立功,尽早回家,也好给你们的家人一个交代,而你们却如此不领情。既然你们认为我不能服众,那就先让你们看一看我王彦章脚上的功夫吧!"

说着,王彦章将大家带到一块蒺藜(jí·jí)地前,说:"我先在这块蒺藜地上走五趟,看你们有谁敢上前模仿。"大家开始认为王彦章在说大话戏弄众人,没

想到王彦章真的走了几趟,脚上一点事也没有。于是众人全都佩服他的勇气。

朱温听说这件事后,视王彦章为神人,从此,便将王彦章带在身边。

王彦章力大无穷,骁(xiāo)勇善战。他作战时,常使用两条铁枪,一条握于手中,一条挂在马鞍上,冲锋陷阵时马跑如飞,一条铁枪舞得飞快,斩将破垒,所向无敌,被人称为王铁枪。

由于战功显著,王彦章的官职屡次上升。最初为开封府押牙、左监门卫上军。后梁太祖乾化元年(911年)任左先锋马军使,再加金紫光绿大夫、检校司空。后梁末帝朱友贞继位后,即末帝乾化元年(913年),王彦章任濮(pú)州刺史。次年朱友贞又调他任澶(chán)州刺史,还进封他为开国伯,以嘉奖他辅助朱温的建国之功。

王彦章的祖父王秀、父亲王庆宗,都没有做官,在王彦章任官以后,祖父被赠左散骑常侍(官名),父亲被赠右武卫将军。

乾化三年(915年),朱友贞在魏博(古地名,治所在今河北省大名县一带)节度使杨师厚死后,想趁机将魏博镇一分为二,消除其对朝廷的威胁。他听从了亲信赵岩的建议,但在下诏之后,又怕发生兵乱,就派王彦章率领精锐骑兵五百人,先到邺(yè)都附近的金波亭驻守,进行防备。后来魏州军果然不听调遣,在二十九日夜里发生兵变。魏州军首先进攻王彦章的馆舍,王彦章仓促向南奔走。晋军为夺取魏州,派兵救援,攻克了澶州,王彦章的家人全部被俘。澶州夜间被袭击时,王彦章正在军营中,所以被晋军突袭成功。晋王李存勖(xù,后唐庄宗,五代时期后唐政权建立者)将他的全家送到了晋阳(今山西省太原市),待遇优厚,又秘密派人去见王彦章,诱他归降河东,王彦章就将这人杀死,以断绝晋王李存勖招降的念头。

王彦章性情刚直,又痛恨权臣赵岩、张汉杰等扰乱朝政,所以遭到排挤。龙德三年(923年)四月,晋军攻占郓州,梁朝廷大惊。经宰相敬翔力荐,后梁末帝朱友贞任王彦章为北面招讨使,问他破敌之期,王彦章回答只需三日。王彦章命令六百甲士乘夜斩断连结德胜(今河南省濮阳县)南北城的浮桥,使据守两岸的晋军不能相救,自率精骑袭破南城。晋军弃守北城,恰为三日。于是梁军声势大振。同年十月,晋军大举进攻后梁,王彦章奉命率领保銮(luán)骑士

和新募兵卒防守东路,在都城中都(今山东省汶上县)战败被俘,李存勖欲用其才,屡次派人劝降,他都不为所动,后终于被杀。

在战乱频繁的五代时期,王彦章虽然所保皆非明主,但他能从一而终,忠贞不渝,实为难得。

(选自《新五代史》卷三十二,有改动)

忠贯日月　临难不屈——徐徽言

宋大观二年(1108年),西安县城[今浙江省衢(qú)州市]的徐徽言考取了武状元,那年他十五岁。

这一日,乡亲们敲锣打鼓为徐徽言送行。他一身戎装,健步如飞,踌躇满志,胸怀天下。他向乡亲们鞠躬告别,决心像当年的西楚霸王项羽一样,不打胜仗就绝不返乡。

他的剑寒光闪闪,可以把人的眼睛刺痛。

小小的西安县出了个"武举绝伦及第"的状元,何等荣耀。但含辛茹苦将他养大的父母,却在乡亲们后面悄悄地拭去了眼泪。是的,这一别,北方长路漫漫,处处凶险,如何不让爹娘牵肠挂肚。春天里开满木樨(xī)花的石室山(烂柯山),像明镜一样清澈的小南海,徐徽言只得带着这些美好前往太行山。

北飞的候鸟都已经回来了,爹娘仍看不见满身戎装的儿郎回还。

兵荒马乱的日子,流离失所的百姓,风雨飘摇的朝廷。大宋危机四伏,钦宗皇帝却仍将河东、河西等黄河以北的州府拱手让给金国。徐徽言毅然挥师北进,独领骑军,突破敌营,驻守山西。沙场上,弓被拉得霹雳作响,战士的呼号震天。徐徽言带着义军数十万人一路向北,不知历经多少次战役,相继收复黄河以北失地。

朝廷却一路南逃,在乱花渐欲迷人眼的西湖边竖起了南宋大旗。宋高宗赵构凭栏望着凤凰山下的烟月,感叹道,这杭州有山外青山楼外楼,有暖风吹得游人醉,有后宫佳丽三千人,可比那汴(biàn)州开封好哇!

江南的好山好水,怎能不忆?只是国已非国,何以家为?徐徽言上奏高宗

道,只要镇守山西,形势为我们掌控,中原收复,指日可待,如此良机,不可坐失!

现在不是安安稳稳过得很好吗?锦衣玉食,应有尽有,何必北伐?高宗没有理会徐徽言的谏言。

山河破碎,金瓯已缺,徐徽言凄然南望。南方还是草木茂盛,花红柳绿;北方却早已是天寒地冻,木叶萧萧。他带着将士,将山西城守得固若金汤,他誓与长沙共存亡。金军主帅胁迫徐徽言的妻舅到城门下劝降,威逼利诱。徐徽言挽弓厉言道:"你既然与这个国家无情,我又怎能与你有义?现在不光是我无义,我的箭将更无情!"他强忍悲痛,大义灭亲。

金人的铁蹄,终于踏平了北方山川,山西城沦为一座孤城,兵断粮绝,危在旦夕。徐徽言殊死顽抗,最终不幸被俘。金人诱其投降,他却袒胸迎刃……他死时,年仅三十六岁。他死去的时候,他的剑,落在地上,还是明晃晃地直指北方。

徐徽言是一名真正的大将军,铁骨铮铮,笑谈渴饮,横戈百里,百战成钢。衢州人敬其"忠贯日月",敬其"临难不屈",在石室山辟出一片清幽之地,建了忠壮祠。将军的祠堂,大方、庄重、肃穆,正前方一排冬青,一曲回廊,一方水池,春天的木槿照水,初夏的睡莲清绝,还有满墙的爬山虎,一切都是南方景物,那么熟悉,那么亲切。

(选自《宋史·列传第二百零六》,有改动)

女真义士　护国栋梁——完颜陈和尚

完颜陈和尚(1192—1232年),女真族,原名彝(yí),字良佐,小名陈和尚,丰州(今内蒙古呼和浩特市东郊)人。完颜陈和尚的父亲和兄长都是一代武将,自幼生长在武将之家,他的成长也深受父亲和兄长的影响。

金宣宗贞祐(1213—1217年)初年,蒙古大军攻入中原,占领丰州。当时完颜陈和尚二十多岁,被蒙古大军俘虏,在蒙古大帅帐下服役。他的母亲则仍留在丰州,由族兄完颜斜烈奉养。一年多后,完颜陈和尚以看望母亲为由请还丰

州,蒙古大帅派遣一名军卒跟随他。完颜陈和尚与族兄完颜斜烈劫杀监卒,夺马十余匹,带着母亲南逃归金。蒙古兵很快发觉他们,合骑追击,他们弃马走小路得以逃脱。母亲年事已高,不能行走,兄弟两人就用鹿角车(兵车名。架戈、戟于车前,形同鹿角,故名)载着老母亲,一同拉着车,南渡黄河回到金国。金宣宗完颜珣(xún)听说他们的事迹后,予以嘉奖,任命完颜斜烈为都统,让完颜陈和尚做护卫候补,金宣宗知道完颜陈和尚才能超群,不久便升任他为奉御(官名)。

不久,完颜斜烈出任行寿(今安徽省凤台县)、泗(今江苏省盱眙县西北)元帅府事,奏请完颜陈和尚跟随自己。皇帝下诏让完颜陈和尚充任宣差提控(武官名),完颜陈和尚随军出行。完颜斜烈礼贤下士,征召太原大儒王渥(wò)担任经历(官名)。完颜陈和尚极其聪慧,爱好文史,在充护卫居禁中时,就有秀才的美誉。王渥教他《孝经》《论语》《春秋》《左氏传》,他尽通其义。军中无事时,完颜陈和尚就在窗下练字,他的风度就如同书生一般。

正大二年(1225年),完颜斜烈改任总领,完颜陈和尚随兄屯守方城(今属河南)。完颜斜烈卧病,军中事务由他代掌。后来因为在处理部将打架事件中出了人命,完颜陈和尚下狱,完颜陈和尚在狱中呆了十八个月,聚书而读,坦然处之。正大三年(1226年),完颜斜烈去世。因完颜斜烈的缘故,金哀宗完颜守绪赦免了完颜陈和尚,让他出任紫微军都统,为金朝建功立业。

正大四年(1227年),完颜陈和尚转任忠孝军提控(武官名)。他治军有方,部队所过州邑,秋毫无犯;每战则冲锋陷阵,犹如疾风骤雨,势不可当。正大五年(1228年),蒙古大军进攻大昌原(今甘肃省宁县东南),总帅平章政事完颜合达问谁可以担任前锋,完颜陈和尚应声而出。他率领忠孝军四百骑力战,攻破蒙古兵八千之众,三军将士奋勇杀敌,取得了大昌原之捷,这是金蒙战争以来金朝打的第一次大胜仗,完颜陈和尚论功为第一,被授予定远大将军、平凉府判官,世袭谋克(金朝军政合一的社会基层组织编制单位及其主官名称),一时名震朝野,完颜陈和尚和他率领的忠孝军也为诸军所倚重。

完颜陈和尚为人刚直不阿。副枢密使移剌(là)蒲阿虽为金军统帅,但没有深谋远虑,经常率兵到附近蒙古军占领地抢掠人口、牲畜,搞得将士人疲马

乏,苦不堪言,军中将士也无人敢谏止。完颜陈和尚私下里与同僚说:"作为大将军,副枢密使却经常做出掠夺的事情,士兵们跟着劫掠,累死的不计其数,国家数年积累的兵力,有朝一日必定被这个人全部败坏。"有人把他的话告诉了移剌蒲阿。一日大将们酒会,当酒行至完颜陈和尚时,移剌蒲阿问他:"你曾经说过我的坏话,又说国家兵力当由我全部败坏,果真有这样的事吗?"完颜陈和尚喝完酒,慢慢地说:"有。"移剌蒲阿见他面无惧色,只得作罢。

天兴元年(1232年),完颜合达、移剌蒲阿驻扎邓州(今位于河南省西南部),打算与蒙古军决一死战。蒙古军统帅拖雷避开金军主力,分道开赴开封。正月,完颜合达、移剌蒲阿率领骑兵两万,步兵十三万,自邓州急赴开封,完颜陈和尚也在军中。蒙古军采取避实就虚、灵活多变的战术,不断截击北上的金军,金军将士一路作战,疲惫不堪。大军进至钧州三峰山(今河南省禹州市西南),正好遇到大雪,军士三日未食,披甲僵立在雪中,枪槊(shuò)上都结了厚厚的冰。蒙古军则利用时机充分休息,然后全线攻击,金军损失惨重。最后,蒙古军有意让开一条通往钧州的路,放金军北走,又乘势夹攻,金军全军覆没。移剌蒲阿被擒,完颜合达与完颜陈和尚率金军残部数百骑败入钧州(今河南省禹州市)。蒙古军乘胜攻入钧州,完颜陈和尚与军士顽强进行巷战,最终被俘。

蒙古军主帅令他投降,完颜陈和尚宁死不屈。蒙古人先斩断了完颜陈和尚的脚,又斩断了他的小腿,鲜血淋漓,惨不忍睹。完颜陈和尚毫不屈服,喷血大呼,至死不绝,死时年仅四十一岁。蒙军主将佩服他的忠义,以酒洒地祭奠说:"好男儿,他日再生,应当让我得到他。"

金哀宗完颜守绪为了表彰完颜陈和尚的忠烈,下诏追赠他为镇南军节度使,立褒忠庙、刻石立碑来纪念他的事迹。

(选自《金史·列传第六十一》,有改动)

黄沙穿甲　誓死力战——康保裔

康保裔(yì),河南洛阳人,祖父叫康志忠,在攻打汴梁时战死了。父亲康再遇,在跟随宋太祖赵匡胤攻打李筠时也死在了战场上。

康保裔在周朝屡立战功，等康再遇战死之后，皇帝下诏书让康保裔代替了父亲的职位。他跟石守信一起攻下了泽州，又在石岭关打败了契丹人，做了登州刺史。不久以后，又做了代州刺史、深州刺史、还做过凉州观察使。

后来宋真宗即位，把康保裔召回朝廷，因为他的母亲年老多病，需要奉养。真宗就拿上等的米酒赐给他，让他侍奉母亲。

真宗很器重康保裔，下诏书嘉奖了他，还让他做了高阳关部署（军中武官）。

当时，契丹兵大举入侵，朝廷军队与契丹军在河间开战，康保裔亲自挑选了精锐士兵前来参加战斗。在傍晚的时候，康保裔与敌军将领约好第二天早晨打一仗，但契丹兵却在清晨时包围了宋朝军队，手下的人都劝康保裔换掉头盔和战甲，骑马突围出去。他却说："面临这样的大难，作为将领，我不能苟且偷生，一定要和大家齐心合力共同对敌！"将士们都很感动，杀敌更勇猛了。但契丹军人数太多，而援军也迟迟不到，康保裔军队没有打败契丹军，最终全部战死。战斗很惨烈，共打了两天两夜，脚下的尘土都踩了两尺厚。

当时，宋真宗驻扎在大名，听说康保裔战死的消息后，很震惊很难过，两天没有上朝。追赠康保裔为侍中，封康保裔的大儿子康继英为顺州刺史，小儿子康

康保裔

继彬为洛苑使。康继英等人在接旨时说："父亲并没有打胜仗,皇上不但不降罪给我们,还给了我们如此多的恩惠,这是多么大的赏赐啊!"

真宗悲伤地说："你们的父亲是为国家而死的,封赏一定要厚重。"然后又对身边的大臣说："康保裔的父亲、祖父,都死在了战场上,现在他也战死了,他们祖辈都有忠心,绝对值得褒奖。"

康保裔与契丹人血战的时候,援兵迟迟不到,只有张凝、李重贵分别领兵策应。遇到与契丹兵交战时,康保裔已被包围,张凝和李重贵去救援,却腹背受敌,从午时(日中,又名日正、中午,北京时间11时至13时)到寅时(平旦,又称黎明、早晨,北京时间3时至5时)都全力作战,才把敌人击退。

战后,各个将领损失都超过一大半了,只有张凝和李重贵回到了军屯,张凝建议上奏各将士立功的情况。李重贵叹息道："大将陷入敌军中阵亡,而我们却计算功劳,还有什么脸面呢?"皇帝听说后,就嘉奖了李重贵和张凝。

康保裔为人恭厚而且知书达理,喜好结交朋友,擅长骑马射箭,箭无虚发。他曾经手握三十支箭拉满弓射出去,筈镝(kuòdí)一个个被射了下来,人人都佩服他射术精妙。

康保裔作战勇猛,而且打了很多大仗,身上光打仗留下的创伤就有七十多处。

（选自《宋史·列传第二百零五忠义一》,有改动)

为国捐躯　忠勇无双——苏　缄

苏缄(jiān),字宣甫,北宋泉州(今福建省)晋江人。是北宋科学家苏颂的堂叔,科举考试获得进士,被调到广州南海当主簿,管理过往的商船。每当有商船来到这里,他都会挑选一些官员检验商船上的货物。而那些商人都是豪门大姓,习惯了让客人有礼貌地来拜见自己。一次,苏缄前去检查货物,商人樊氏就在高高的台阶上坐着,对他很不礼貌。苏缄便呵斥并且杖责了他。于是樊氏就告到知州那里,知州把苏缄叫来责备了他,苏缄反驳说："我是南海主簿,虽然地位卑微,但也是官呀!商人虽然富有,终究是平民,官员杖责平民有什么不可以的呢?"知州无言以对。

不久，苏缄被改任阳武尉。在那里，有一个姓李的盗贼，穷凶极恶，十分狡猾，连官府都不能将他逮捕。苏缄得知后，便偷偷地来到他的住处，放火烧了他住处旁边的房舍，以此来逼迫他出来。没过一会儿，姓李的盗贼便从里面逃了出来，于是苏缄骑上马就去追，并将他的头砍下送到了官府。府尹贾昌朝惊叹道："想不到文官也有如此身手！佩服啊！"苏缄多次升迁，做了秘书丞，最后当上了英州的知州。

宋神宗熙宁初年（1068年），苏缄管理广东。当时越南李朝正积极谋划进攻北宋，于是宋神宗任命苏缄为皇城使、邕（yōng）州（今广西南宁市）知州，去防备越南战事。苏缄打探到越南将要进犯，接连向桂州知州沈起和代替沈起的刘彝（yí）告急，但都没有引起重视。

熙宁八年（1075年），以李常杰为首的越南军队大举入侵北宋，接连攻下钦州、廉州，并同另一名将领宗亶（dǎn）合攻邕州。当时邕州州兵只有两千八百人，而敌军十万人，情势危急。于是，苏缄先安抚邕州的百姓，然后召集所属官员和郡里有才能的人，教给他们守城和打仗的方略，让他们自己约束各自的部队，划分所管辖的区域，并安定民心，鼓舞士气。大校翟绩正准备潜逃，苏缄立即将他逮捕，并斩首示众，用来稳定军心。

苏缄的大儿子叫苏子元，在桂州担任司户参军。苏子元带着妻子来探亲过春节，在准备返回时却遇上越南军攻城，因为有不准出城的命令，苏缄就叫儿子留下儿媳，一个人回到桂林。儿媳仍留在邕州和苏缄同生共死，让百姓看到守将自己的家人也要遵守命令，给军民们做出了表率。于是大家安定下来，据守城池。

不久，敌人来攻城。苏缄发神臂弓射杀了许多敌兵，又烧毁了敌人用来攻城的云梯和"攻濠洞子"等工具。敌人久攻不下，准备撤军，后来却听说邕州并无外援，于是继续围城。敌人又用土攻的方法，用袋子装土堆在城墙外面，在堆到高达数丈时，敌军登上土囊攻入城中。虽然邕州军民十分英勇，但援军不至，邕州最终在坚守了四十二日后，于熙宁九年正月十二日（1076年3月1日）被攻破。

城破之后，苏缄依然率领士兵进行巷战，在意识到无法击退敌军时，他

说："我坚持正义，决不死在贼寇手里！"于是先杀了全家三十六人，然后自杀殉国。敌军找不到他的尸体，竟然大肆屠城，先后杀害了邕州军民五万八千余人。

虽然战败，但邕州的坚守却沉重地打击了敌军。后来敌军北进，见有大队军马从北面来，惊恐地喊道："苏缄领兵来报仇了。"都害怕得带领军队撤退了。

宋神宗得知苏缄为国捐躯后，十分心疼与惋惜。于是神宗追赠苏缄为奉国军节度使，谥号"忠勇"，还赠送给苏缄家田地财产，并召见苏缄的大儿子苏子元，说："邕州多亏了有你父亲这样的守御，倘若是换作他人来守御，邕州早就被攻破了。如果是这样的话，叛军就会乘胜追击，桂州、象郡等郡都保不住了呀！曾经的张巡、许远（唐朝著名将领、世人称"双忠"）死守睢阳保全江淮，然而他们和你的父亲比起来，是远远比不上的呀！"

后来，邕州百姓为苏缄建立了祠堂，宋哲宗时为祠堂赐额"怀忠"，以表彰他的忠贞。一位面对强敌毫无畏惧的将领，以"吾义不死于敌手"的英雄气概，用生命捍卫了尊严，把一腔热血洒在国土上。虽然他已经离开我们将近一千个春秋，但是，每个广西南宁人都应该知道，也应该记住这样的人物和他们的精神。

（选自《宋史·列传第二百零五》，有改动）

明初英烈　大刀无敌——花　云

花云是安徽怀远县人。他虽然面貌粗黑，但身材伟岸，喜欢舞枪弄棒。年轻时，他在县里就是出了名的人物。

三十二岁的时候，花云带着自己的佩剑，投奔了朱元璋。朱元璋认为花云具有非同一般的才能，便让他带兵。从此，花云便忠心耿耿地为朱元璋效力。

花云担任将领后，便开始领兵攻打城池，所到之处，战无不胜，攻无不克。怀远、全椒、廖家寨，一一被他收入囊中。当年六月，朱元璋准备攻打株洲，便率领花云等多名将领前行。在半路上，突然遇见几千名歹徒，花云一边保护太祖，一边舞剑杀敌。他策马奔腾，一下子冲进敌人的包围圈，一把大刀舞得风

生水起,顿时,斩落数名敌人头颅。贼兵都不敢上前迎战,一个人突然喊道:"这个黑将军太威猛了,我们不能阻挡他的气势。"所有贼兵一下子便落荒而逃。元至正十五年(1355年)六月,朱元璋率军攻取金陵,花云担任先锋,先行渡过长江。攻克太平后,他因忠诚和勇敢,在朱元璋身边担任护卫,后又被升为禁军总管。

朱元璋占领太平后,决定在太平建立枢密院,便提拔花云做了枢密院院判。花云本以为在这里可以安度余年,可谁也没有想到,这里却成了他的葬身之地。

那是元至正二十年(1360年)的一天,花云正在家中陪三岁的儿子玩耍,忽然从对面的山上冲出两匹快马,直奔枢密院。马尚未到,花云已经看到驿道上升起狼烟,他意识到定是敌军进犯。果然不出所料,陈友谅已率几万人马自安庆直下,进攻当涂(今安徽省当涂县)。虽已征战多年,但他意识到这肯定又是一场恶战——自己身边的士卒数量不及敌军的十分之一。当涂是南京屏障,此战胜负,关系到国家安危。于是他赶紧关闭城门,高悬吊桥。百姓惊恐万分,许多店铺早已关闭,城内也一片混乱。知府许瑗(ài)意识到情况危急,赶紧找来各级官吏及三老乡绅,共同商议应敌之策。花云对城内外的情况做了分析——城内士兵及壮丁不到三千,粮草仅有百石;敌军却有上万之众,粮草不计其数;且明军主力的大军又在千里之外作战,远水解不了近渴。当花云抬起头时,他看见所有的人都在注视着自己,眼里充满了期盼。他意识到此时此刻只有拼死一搏了,于是他到知府面前高声道:"大人,此时已经没有什么好商议的了,'兵来将挡、水来土掩',现在我们只有拼死一战,兴许能保住城池。"许瑗沉默了很久,紧紧握住花云的双手说道:"城池的安危,全靠将军您了!"于是,花云马上部署战前准备,做了最充分的迎战准备——四面的城墙都进行了加固,有的地方还加高了,河流也都进行了加宽。

次日清晨,西南方向传来了隆隆的击鼓声。花云提着大刀登上了城墙,看见数十只战船齐向当涂逼近,不一会儿,便将城池围得水泄不通。城外陈友谅的大军不停地叫嚣,紧接着,攻城开始了。密如飞蝗的弓箭向城内飞来,击鼓声、杀喊声此起彼伏,一个个云梯架上了城墙,城墙上的士兵拼得你死我活。

刀光剑影、血肉横飞，花云的大刀，不知不觉中已经钝了……

经过了三天的激战，双方的损失都很惨重。花云这边粮草也已消耗殆尽，但陈友谅那边的部队有增无减。加上此时正是江南黄梅雨季，城外护城河中的河水猛增，城墙显得陡然矮了半截。陈友谅想出了一个新招——他将士兵一字排开，用绳子连起来，并在船尾堆上石块，使船头高高翘起，他亲自擂鼓助阵攻城。城中士兵早已疲惫不堪，城池很快被攻陷。贼兵绑缚了花云，花云用尽力气大喊，把绑他的绳子全震断了。花云乘机夺下看守者的刀，砍杀了五六个人，骂道："你们不是我主公的对手，为什么还不赶快投降！"贼兵大怒，打破了他的头，又把他绑在桅杆上，用箭射他，但花云仍旧大骂，到死他的骂声还十分雄壮，当时年龄只有三十九岁。

在战斗紧急的时候，花云的妻子郜（gào）氏祭祀家庙，拉着三岁的孩子，哭着对家里人说："城被攻破，我丈夫必定会死。我决不一个人苟活下去，但我不能使花氏家族没有了后人，你们一定要好好抚养他啊！"花云被俘虏之后，郜氏投水而死。女仆孙氏把她埋葬后，抱着花云的孩子出走，却被劫掠到了九江。孙氏在晚上投奔到一户渔家，留下她的簪子耳环等值钱的器物嘱托渔家抚养这个孩子。到汉兵败了，孙氏又偷偷带上孩子去渡江，结果遇上败军，被抢走船只，把他们丢弃在江中。孙氏靠着断木漂浮进芦苇洲中，采摘莲子喂养花云的儿子，就这样长途跋涉，历尽磨难，一年后才到了朱元璋所在的地方。孙氏抱着孩子哭泣着拜见太祖，太祖也跟着她哭泣，并把孩子放在自己的膝上，说："这是花将军的后代啊。"给孩子赐名花炜（wěi）。

朱元璋做了吴王后，追封花云为东丘郡侯，并修建了忠臣祠堂来祭祀他。花云的五世孙向明世宗朱厚熜（cōng）请求，追赠郜氏为贞烈夫人，孙氏为安人，修建祠堂祭祀。

花云可谓是忠义双全，花家亦可谓满门忠良。

（选自《明史·列传第一百七十七》，有改动）

089

五、尽忠报国类侠客义士

守节如玉真义士——龚 颖

龚颖,遂宁(今四川省遂宁县)人。他从小就聪明好学、勤奋努力、热心助人、乐善好施,受到了亲戚朋友的一致好评,人们都认为他以后会有很大的成就。

益州刺史毛璩(qú)劝说龚颖进入仕途,因而龚颖开始在他手下做事。东晋义熙元年(405年),毛璩手下参军谯(qiáo)纵叛变。毛璩被谯纵杀害,原有的将佐官吏都已逃亡,只有龚颖哭着去为毛璩奔丧,还按照正规的礼节为其出殡送葬,令人感动。

龚 颖

夺权的谯纵后来设宴邀请龚颖，龚颖推辞了多次，实在无法拒绝，只得前去赴宴。在宴席上，当音乐响起的时候，龚颖流着眼泪站起身来说："我曾经身为毛璩的属吏，如今主人遇难，自己却不能陪着主人赴死，又怎能忍心在这里饮酒作乐，置身于叛臣贼子当中呢？"谯纵的大将谯道福听了这话，顿时火冒三丈，要将龚颖拉出去斩首。龚颖的姑母是谯道福的母亲，她听到消息后连忙往大厅跑去，连鞋子都没有来得及穿，这样才使得龚颖免遭杀害。

谯纵自称成都王之后，准备用礼金聘请龚颖，龚颖再次拒绝。谯纵于是把龚颖投入牢狱，用刑法来逼迫龚颖就范。但是龚颖并没有被吓到，反而更坚定了他的信念，一直到蜀地被平定后也不曾屈节投降。他的这种坚定不移的气节，让周围的人都对他钦佩不已。

谯纵的叛乱被平定后，新的刺史陆征到任，听说了他的事迹，就礼聘征用他，让他历任府参军。

南朝宋（南朝宋文帝刘义隆）元嘉二十四年（447年），刺史陆征上表朝廷说："我听说，当世事混乱黑暗时，坚贞的气节就表现出来了；当国家形势危急时，独立的操守就显现出来了。前朝元兴时代（东晋安帝司马德宗的第二个年号，402—404年），皇朝纲纪松弛紊乱，社会黑暗腐败，谯纵乘机犯上作乱，在四川境内横行强虐，杀害前益州刺史毛璩，私自独占蜀地，称帝为王。涪(fú)陵（今重庆市涪陵区）、岷江两地的士族庶民，都因惧怕而被迫接受职位，百姓们也是苦不堪言。但是毛璩的部吏龚颖，凭借着自己坚定的信念，秉守自身的坚贞清白，坚持自己的志向而不屈不挠。出殡送别旧主，致以最深切的哀悼，礼数周到。他在逼迫和危急之中保全自己的节操长达九年，伪朝多次以重金聘用，也不曾动心，始终不在伪朝做官。当时，谯纵虽然凶恶残暴，但是还是很尊重有气节、有操守、重义气的人，于是表扬征召，又用武力威逼。龚颖不从，义正词严，忠诚之心，可鉴日月。他虽然身披枷锁，身处险境，但却更加信守气节，兵刃架在脖子上，却死也不改变态度。他可算得上是当今忠诚节烈的杰出人才，应当表彰奖励。"

然而，龚颖最终也没被朝廷表彰，后来在家中去世。

（选自《宋书·列传第五十一》，有改动）

末世英雄赴国难——尧君素

尧君素,是魏郡汤阴(今河南省安阳市汤阴县)人。大业(隋朝政权隋炀帝杨广的年号)末年,尧君素跟随骁卫大将军屈突通在河东抗拒各地起义军。屈突通兵败后带领军队向南逃跑,委任尧君素兼任河东通守。

起义军派遣大将吕绍宗、韦义节等攻城,但未能攻克。后来屈突通战败被迫投降,就到城下大声喊叫尧君素。尧君素见到昔日的长官,哽咽流泪,悲伤得不能自已,身边的人也都跟着哽咽起来。

屈突通于是劝说尧君素早早投降以求取富贵。尧君素用名声和节义责问他说:"你即使在远方能对主上不感到惭愧,但你骑的马,就是主上赐给你的,你还有什么颜面骑它呢?"屈突通说:"唉!尧君素!我是力量竭尽才投降的。"尧君素说:"如今你的力量还没有竭尽,何必多说!"屈突通羞愧地退下了。

当时,城池被围攻得非常紧急,使者断绝。尧君素于是造了一只木鹅,把奏章放在木鹅的脖颈中。在奏章中他详细地分析了情势,也表达了自己的决心,然后把木鹅漂浮在黄河上,让它顺流而下。河阳守卫的人得到木鹅,送到东都洛阳。越王杨侗(dòng)见到奏章,不禁叹息,就秘密派遣使者前往慰劳

尧君素

尧君素。

庞玉、皇甫无逸先后从东都归附起义军,两人一起到城下,向尧君素陈说利害。唐朝也赐给他丹书铁券(古代帝王赐给功臣世代享受优遇或免罪的凭证),答应他免除死罪。尧君素最终还是没有投降的意思。

尧君素的妻子又到城下,对他说:"隋朝已经灭亡,你何苦要自取灾祸呢?"尧君素说:"天下的事情不是女人所能知道的。"于是他含泪拉开弓射向他的妻子,他的妻子中箭倒地。尧君素其实也知道事情一定不能成功,所以每次说到隋朝,都会叹息哽咽,他常常对他的将士说:"我是老臣,说到大义,不能不死。现在粮食还能支撑几年,粮食吃光了,也足以知道天下之事的结局了。如果隋朝一定倾覆败亡,那是天命有此结局,我应该砍下头来交给你们。"后来,就听到江都覆灭、杨广被杀的消息,粮食又吃光了,城中众人整日人心惶惶,不可终日。一个多月后,尧君素被身边的人杀害了。

历史上为大义气节而献身的仁人志士不乏其人,但像尧君素这样,为了名义气节而射杀妻子的人实属罕见。尧君素看不出腐朽王朝行将败落,可以说有点不识时务和愚忠。追求大义气节固然可贵,但为腐朽统治者而死,则轻于鸿毛。当然了,这是他的历史局限性,我们也不能苛求古人。

(选自《北史》卷八十五,有改动)

以死报国尽忠义——刘仁瞻

刘仁瞻,字守惠,彭城(今江苏省徐州)人。显德二年(955年),后周世宗柴荣亲征南唐,战略目标是夺取南唐在淮南的领土,将其势力赶到长江以南。周军首先进攻寿州(今安徽省寿县),守将乃五代名将刘仁瞻,周军始终都无法攻克。

后周世宗柴荣想用招降的办法来取得胜利,可遭到了刘仁瞻的严词拒绝,最后柴荣只能退兵。而刘仁瞻也趁此机会,向外求援,可南唐援军却很不争气,均被周军击败。首先是后周武信军节度使李重进在淮河大败南唐军精锐"楗(jiàn)马脾",阵斩神武统军刘彦贞;之后赵匡胤在满河口击败万余唐军,阵斩兵都监何延锡等,然后兵至滁州。南唐的援军都被打败,寿州成为孤

城,但刘仁瞻坚守不让,周世宗也亲临一线指挥。刘仁瞻见到周世宗的伞盖,挽起强弓射去,箭射到周世宗面前十数步。左右连忙请周世宗退避,但周世宗毫不畏惧,竟然移步到刚才刘仁瞻射中处大喊道:"刘将军,刚才您没有射中,现在我站近一点儿,请再射!"刘仁瞻也不客气,再一箭射去,竟然又只差数步!周世宗大笑道:"刘将军请继续射,箭射完了我再给您送!"刘仁瞻大惊道:"难道你真的是真命天子?看来此城必破。"说罢掷弓于地,仰天长啸。虽然刘仁瞻已经明白天下大势已不属南唐,但仍然忠于职守,周军始终无法攻克寿州。

周世宗爱惜刘仁瞻的忠义,请孙晟(shèng)到寿州城下劝降。孙晟满口答应,周世宗大喜,来到寿州城下,孙晟一见到刘仁瞻就大喊道:"刘将军,你是大唐的忠臣,降敌会遗臭万年,这不是您做得出来的事情。现在固守此城,已断无活路,不要再妄想活着回到金陵见皇上了,尽忠守节吧!"刘仁瞻在城上听后痛哭流涕,向孙晟三叩道谢,再面向金陵方向叩首,发誓要为南唐天子尽忠守节。

周世宗虽怒,但也感怀两人的忠义,并没有杀孙晟,而是将其送回汴京软禁。显德三年(956年)七月,宣懿(yì)皇后驾崩,周世宗暂回汴京,南唐又重新集结军队来援寿州。南唐镇海军节度使林仁肇(zhào)带兵进攻下蔡(今安徽省凤台县)正阳桥,意图切断周军补给线。周将张永德率大军迎战,林仁肇亲率四名勇士突上正阳桥,逆风举火准备烧桥。张永德忙令放箭,林仁肇毫不畏惧,挥剑拨开箭支,继续烧桥。张永德也不由得感慨林仁肇勇猛。最终唐军寡不敌众,撤离战场。张永德又指挥水军大破唐军舰队,保障了补给线。汴京的周世宗不断接到捷报,准备再次御驾亲征,临行前却查获孙晟正不断向南唐传递情报,周世宗怒斥道:"上次你不劝降刘仁瞻,我已饶你不死。现在你又偷送情报,我怎能不杀你?"孙晟不慌不忙道:"我现在身陷于此,已不能为国尽忠了,留此身躯何用?就请陛下成全我吧。"周世宗知道再无可能招降他,于是赐死,但随即又后悔,不该杀此忠臣,并引以为憾。

周世宗再次御驾亲征,攻打寿州。周军再次发起攻势,李景达也再次集结大军来援,在水陆两路均遭赵匡胤、李重进痛击,伤亡惨重。寿州已经被困

一年多，城内军粮已尽，各路援军也纷纷被打退。看到已是强弩之末，城中不少人已经生了降敌之心。刘仁瞻幼子刘崇怕死，单身一人偷跑出城，准备投降，被抓了回来，刘仁瞻毫不犹豫，立即宣布将刘崇正法。诸军哭请免死，刘仁瞻的妻子薛夫人向将士们流泪道："将士们浴血奋战，我们刘家的儿子却贪生怕死，投降敌军，若不斩首正法，我们枉为父母，也无颜面对三军。"刘仁瞻忍痛将儿子处斩，并将首级巡视全军。全军无不痛哭流涕，纷纷表示愿与刘将军同生共死！

斩子后刘仁瞻卧病不起，但仍坚持在床上指挥作战，周世宗被他的忠贞刚烈所感动，停止强攻，致书一封，客气地请刘将军投降。副使孙羽等人冒刘仁瞻之名出降，并将瘫痪的刘仁瞻用床抬出城投降。

经过几个月艰苦围城，后周军队终于夺取寿州。周世宗封刘仁瞻为天平军节度使。瘫痪在床的刘将军已经没有能力拒绝了，夫人薛氏流泪五日，终绝食而亡。很多南唐将士不愿投降，来到刘仁瞻床前三叩后自刎殉国，当夜，五代名将刘仁瞻病死，周世宗下诏厚葬，追赠为彭城郡王，并率全军为其送葬。周世宗、赵匡胤、赵普、后周将士、寿州城内全体居民，立于刘仁瞻将军灵柩前，整个寿州默然无声，为这位忠贞刚烈的英雄送行。

五代中曾有多少君臣间的钩心斗角、父子间的杀戮篡(cuàn)权，但也不乏刘仁瞻这样的真正忠义之臣。在那个你死我活的血腥年代，能够同时得到敌我双方的无限景仰，刘仁瞻死而无憾！

（选自《新五代史》卷三十二，有改动）

忠贞不渝皓月鉴——张敬达

中国五代是一个战乱纷飞的年代，那时的战乱造就了无数英雄，而那些英雄也大多战死沙场。张敬达却是一个没有血战沙场而流芳百世的英雄。

张敬达武艺高强，最初担任后唐庄宗李存勖(xù)的贴身侍卫。

张敬达为人正直，也正是这一点让庄宗很器重他，很快他就从贴身侍卫晋升为大将军。当时的契丹大军屡次侵犯边境，这让朝廷头疼不已。而当时河

南又发生内乱,张敬达请求去平定内乱,立下了战功,这让皇帝很是欣喜。

后唐明宗(李嗣源)时,张敬达担任捧圣指挥使(军事指挥职务)。当时契丹以"借汉界水草"为借口,向南方边境大举进攻。张敬达便被派往当地,带着兵将驻扎在那,以防契丹侵犯。契丹军队听闻张敬达驻扎在此,竟不敢南下,于是边境人民获得了短暂的安宁。清泰二年(935年),契丹入侵,张敬达带兵将契丹军队一举攻破。

此时后唐废帝[李从珂,934—936年在位,死后无谥号(shìhào,在我国古代,统治者或有地位的人死后,给他另起的称号)及庙号,史家称之为末帝或废帝]怀疑石敬瑭有通敌的倾向,于是任命张敬达为兵马副总管在代州领兵驻扎,用来分散和牵制石敬瑭的兵力。第二年夏天,又提升张敬达为大将军,统领大军。石敬瑭勾结契丹,认贼作父,不久后在太原称帝,建立起了后晋小朝廷。于是后唐废帝便改任张敬达为四面都招讨使。同年六月,张敬达率领大军进攻石敬瑭的老巢。张敬达勇猛杀敌,石敬瑭的军队落荒而逃,于是张敬达便乘胜追击,包围了太原,石敬瑭情急之下向契丹求救。

同年九月,契丹领军五万,偷袭了张敬达的军队。张敬达杀出一条血路,领了一小部分军队驻扎在晋阳之南,不久契丹军队便把他包围了起来。军队被困,加之军粮奇缺,副招讨使杨光远等人劝说张敬达投降契丹,张敬达坚决不肯。不久,杨光远等人就将其杀害,然后投降契丹。

张敬达的死讯传到了契丹军首领耶律德光耳中,他便将张敬达厚葬了,同时告诫自己的臣民:"为臣当如此人。"此后,张敬达的事迹便广为流传,时至今日,人们仍然认为他的忠心可与皓月相媲美!

(选自《新五代史》卷三十三,有改动)

大宋节义第一人——李若水

李若水,原名李若冰,后来由宋钦宗改名为李若水。他生于宋哲宗元祐(yòu)八年(1092年),洺州(今河北省永年县广府镇)人,通过科考入仕为官,宋徽宗宣和四年(1122年)调到元城(今河北省东南部)任太尉。进入京都时,正

值李邦彦为相，李若水曾上书李邦彦要以国事为重，提出了十几条建议，针砭时弊，句句正确。但是李邦彦拒不采纳，而且很不高兴。李若水在朝廷上受到排挤。

宣和七年（1125年），金军大举南下，直趋汴京。宋徽宗赵佶非常害怕，即传位于太子赵桓，即宋钦宗，改年号为靖康。赵桓即位后，任李若水为太学博士。自此，李若水才被得到重用。

当时朝廷中太学生陈东等人上奏请求诛杀"六贼"，蔡京、童贯、王黼（fǔ）、梁师成、李彦、朱勔（miǎn）先后被杀或被贬。靖康元年（1126年），原太尉高俅病死。按照先例，皇帝应当戴孝表示哀悼。李若水说："高俅作为被宠爱的大臣，越级跻（jī）身高位，败坏了国家的军政大计，致使金人长驱直入，他的罪行应该和童贯相等。让他保全尸身而死已属开恩，现在应当削减他生前的官位俸禄的等级，以表示他被众人唾弃。可是现在主管官吏却按照常规，想追加繁琐的礼节，这是对公议不恭的表现。"他先后两次向钦宗上奏章，才阻止了这件事，满朝文武无不叫好称快。

097

李若水

当时正值与金朝国事频繁的时候,钦宗将派使者去金营谈判,想用白银赎回三镇,便下诏推荐可派遣之人,李若水在入选行列。也就是在这次召见中,钦宗赵桓为其改名李若水。钦宗之所以要把李若冰改名为李若水,是因为冰、水同源,冰坚而水柔。钦宗是怕李若水强硬的反金态度触怒了金人,坏了他的事,而水则易于沟通、流动。

李若水作为使者前往山西,在云中(今山西省大同市)见到了金将首领粘罕后达成约定。归来不久,金兵就违背约定,大举发兵南下。钦宗任李若水为徽猷(yóu)阁学士(官名,为皇帝讲论经史),作为副使,随冯澥(xiè)再往金营。刚到中牟(今河南省中部中牟县)黄河边,守河兵卒惊呼:"金兵来也。"使者队伍中有人建议改道,正使冯澥问李若水该如何是好,李若水镇定自若,说:"士兵因害怕金兵而溃逃,我们怎么能这样做呢?要严肃军纪,对有瓦解军心者一律斩首。"于是下令有敢言退者斩,因此才稳定了军心。但这次合议没有成功。

靖康二年(1127年)金人再邀钦宗相会,钦宗面露难色。因为李若水一向言少行谨且办事干练,同时曾随钦宗出使金营,和金人打过交道,自然仍是他随从钦宗前往。当他们一行来至金营大帐前时,帐前校尉命钦宗脱去龙袍、换成胡服(女真服装)再进,李若水死命抱住钦宗,不让金兵得逞,边哭边骂金人为狗类。可是金兵人多势众,对李若水大打出手,李若水寡不敌众,终于被打昏在地。吵闹声惊动了金将首领宗翰,他走出帐外,命令金兵将人带进大帐问话。

待李若水从昏迷中醒来时,宗翰力劝他为金朝效力。金人统帅粘罕下令:"一定要让李侍郎活着。"李若水拒绝进食,有人劝慰他说:"事已至此,无可挽回了。你昨天虽骂了金人,国相粘罕并没生气;如果现在顺从,以后就变得富贵了。"李若水一口回绝说:"天上没有两个太阳,我难道会有两个君主吗?"宗翰再劝他:"你虽然自己不怕死,但也是上有父母、下有妻子儿女的人,你怎么不为他们着想呢?"李若水的仆人也来安慰劝解,说:"你父母年事已高,如果你稍微屈服,就有希望回去看他们了。"李若水叱(chì)责他说:"我不再考虑家了,忠臣侍奉君主,需要死时毫不犹豫。可是我的双亲年老了,回去以后不要

马上告诉他们,让我的兄弟慢慢告诉他们。"

粘罕下令把李若水架出去,他回过身来骂得更加厉害。到了郊外的高台下面,李若水对他的仆人谢宁说:"我为国家而死,是我的职责,为什么要连累你们呢?"十余日后,宗翰打算立张邦昌为皇帝,于是再次召见李若水,李若水认为不可。宗翰再问不肯立异姓之故,李若水说道:"太上皇为了天下百姓,下了罪己诏(古代的帝王在朝廷出现问题、国家遭受天灾、政权处于安危时,自省或检讨自己过失、过错发布的一种口谕或文书),禅(shàn)位给当今皇帝。现在的皇帝仁爱孝顺、慈悲节俭,没有过失,怎么能废掉呢?"宗翰说宋朝不讲信用,李若水说:"要说不讲信用,你们最厉害。"之后一直骂不绝口,宗翰气急败坏,令监军割下李若水的嘴唇。李若水满口流血,仍然骂不绝口。宗翰又命人割下李若水的舌头,李若水口不能骂,便怒目而视,以手相指,以至再被挖目断手,不屈而死,致死方才绝声,年仅三十五岁。

宗翰感叹道:"辽国灭亡,死于节义的有十几个人,宋朝唯有李侍郎一人。"

南宋高宗赵构登基后,下诏:"李若水忠义之节,无与伦比。我听说后都为他流泪。"

李若水虽然被杀害了,但他的忠义之举让后人铭记。

(选自《宋史·列传第二百零五》,有改动)

无愧河北第一将——陈　淬

陈淬(cuì),字君锐,是宋代莆田(今福建省莆田市涵江区)人。他少年时便勤奋苦学,胸怀大志。北宋绍圣元年(1094年),他赴京参加礼部考试落第后,就开始游学四方,同时广交天下豪杰。

那时,北方的辽国已经逐渐强大起来,宋朝派大臣吕惠卿负责抗辽,陈淬投笔从戎,穿着戎装到帅府求见。吕惠卿问他为何事而来,陈淬慷慨激昂地说:"大丈夫求见大丈夫,需要理由吗?"吕惠卿十分叹服陈淬的勇气。经过深入交谈,吕惠卿觉得陈淬的确是不可多得的人才,非常喜欢他,让他在军营任

职。此后二十多年,陈淬一直在抗辽前线,他曾经和辽兵在乌原交战,亲手杀敌十多人,并且擒获辽兵的头领。因多次立下战功,最后他被提升为武经郎(武官名)。

宋徽宗宣和年间,宋朝、辽国和金国三足鼎立,互相对峙,战火不断,狼烟四起。宣和四年(1122年),宋徽宗任命陈淬为河北真定府路马步副总监(武官名),又兼任北寨(地名)知寨。陈淬在此镇守三年,敌人不敢越雷池半步,于是他有了"河北第一将"的盛誉。后来,朝廷又升任他为忠州团练使、真定府路马步副总管(武官名)。

宋徽宗宣和七年(1125年),金国灭了辽国,乘胜攻下宋朝的一些府县,而掌握兵权的大奸臣童贯却不战而逃。金兵进犯真定,陈淬孤军死守,日夜血战,三千将士慷慨殉国。陈淬的妻儿家小共八人也同时遇害。

南宋建炎元年(1127年),朝廷任命陈淬为诸军统制。抗金名将宗泽命令陈淬领兵在金华阻击金兵, 陈淬大败金兵。他兼任大名府都总管兵马钤(qián)辖(武官名),还做了恩州知州。金国大将王善亲率十万大军长驱两河(河北、河南),袭击恩州。陈淬与长子陈仲刚冲在阵前,出兵迎敌。金兵将飞刀投向陈淬,陈淬的长子陈仲刚急忙用身体掩护父亲,陈淬安然无恙,陈仲刚则死于飞刀之下。次年,王善又率部包围陈州,陈淬率军大败王善的军队,后任宿州安抚使。

宗泽死后,杜充继任。杜充大权独揽,独断专行,又嫉妒下属的功劳,于是将帅离心,军心不稳。正在这时,宋军统制李成叛宋降金。宋高宗赵构下诏任命陈淬为御营使、六军都统、淮南招抚使,这真是临危受命。陈淬指挥王师,三战三捷,李成兵败而逃。

宋高宗建炎三年(1129年),金兵再次大举南侵,进攻采石矶(安徽省马鞍山市西南五公里处的长江东岸)。杜充命令陈淬率部救援建康(今南京)。陈淬率领中军,戚方率领前军,王燮(xiè)率领后军,准备阻击金兵。陈淬献计说:"金兵人数虽多,但是只有二十艘战船,每艘不超过五十人,一次只能有千人过江,我们把军队秘密埋伏在江边芦苇丛中,等他们上岸一批就抓获一批,后面的金兵又不知道,等到金兵渡过长江,我们也就全把他们俘虏了。"陈淬这

一逐个击破敌人的妙计,得到众多将领的赞许,但却不被杜充采纳。于是金兵大举渡江,宋军全线溃败。

陈淬孤军奋战,势穷力尽,被金兵俘虏。金兵主帅劝他投降,他坐在行军椅上大骂金人。金兵把大刀架在他的脖子上,他神色自若,不为所动。最后,陈淬和儿子陈仲敏同时被杀。陈淬死后,皇上下诏封其为拱卫大夫、明州观察使。

陈淬祠堂在他的老家涵江紫璜山的山脚下。

(选自《宋史·列传第二百一十一》,有改动)

抗金名将气节重——张克戬

张克戬(jiǎn),字德祥。考中进士后,他被封为河间县令。由于为人正直,他深得百姓爱戴,被提拔为吴县知府。吴县是浙江的大城镇,民风剽(piāo)悍,喜欢械斗,大姓人家更是依仗权势,把持官府。张克戬到任后,没有像前任官员那样,被大户人家的势力吓住,而是按照法律进行彻底制裁。于是,奸猾之人大为收敛。

宣和七年(1125年)八月,张克戬做汾洲知府。十二月,金兵进犯黄河以南,包围了太原。太原距离汾州只有二百里地。金兵派遣大将银朱孛(bó)堇(jǐn)前来攻打汾州(今山西省境内),并放纵士兵四处掠夺。

张克戬也毫不示弱,他派兵仔细在城中巡逻,士兵发现可疑情况,便向他报告。有几十个燕人事先进城隐藏在城下,私下里勾结打算作为内应,结果被张克戬发现,他毫不留情,下令将他们全部处死。为了打败敌军,他挑选精悍、武艺高强的士兵骚扰敌营,出其不意,焚毁敌兵营寨栅栏,金兵畏惧就撤兵了。他被加封为直秘阁(官名,负责图书编纂、修订等)。从这以后,汾州的百姓都以张克戬为自己的父母官而骄傲。他亲自体察民情,为民解忧,时常到贫苦人家中,给他们送去粮食。

靖康元年(1126年)六月,金兵再次进逼汾州城。守将麻世坚在半夜里弃城逃跑,通判韩琥(hǔ)也阵亡了。张克戬召令士兵和百姓说:"太原已经陷落,

101

我知道汾州也抵挡不了多久。但是,我不忍心辜负国家,辱没祖先,我愿意与城共存亡。"说着张克戬流下了眼泪,虽说男儿有泪不轻弹,可是,如今已到了生死关头,他含泪说:"请各位还是自己作打算吧,能逃的尽量逃。"士兵和百姓都泪流满面,异口同声地说:"您,就是我们的父母,我们就是死也要跟您死在一起。"这更加坚定了他的决心,于是他更加严格要求,谨慎防守。

金兵攻打汾州,张克戬亲自披上铠甲,登上城墙,与敌人作战。他和全城士兵全力以赴,尽自己最大的努力,保卫汾州,即使失去生命,也在所不惜。他屡次击退敌兵,但是增援的部队最终没有到来。

汾州城里有十个人扰乱军心,都被张克戬斩首示众。金兵首领站在城下劝降,张克戬临城大声痛骂,并用火炮击中敌人的一位将领,那位将领当场死亡。张克戬考虑到最终不能逃脱一死,于是亲手写下给朝廷的遗表和给妻子、儿女的遗书,夜晚乘敌人不备从城上把一名士兵吊下去,让他拿着遗表和遗书送到京城去。

第二天,金兵从汾州城的西北角攻入汾州城,张克戬便领着将士进行巷战。金人悬赏招募能活捉张克戬的人。张克戬回家取出朝服,穿戴整齐,焚香面向南方祭拜,然后自杀殉国。

金兵将领被张克戬的气节感动,按照礼节将他埋葬在他家的后院里,并设祭坛拜祭。后人还为他修了一座祠庙来纪念他。

(选自《宋史·列传第二百零五》,有改动)

誓死不降国之柱——姜 才

姜才是濠州(今安徽省凤阳县)人,很小的时候曾被掳往河北,长大后逃了回来。他来到淮南从军,以作战勇敢著称。但宋朝有规定,从北方回来的人不能做高级军官,所以姜才只做到了通州副都统。当时的淮南有很多能征善战的将领,但没有一个能比得过姜才的骁勇善战。姜才深谙兵法,精通骑射,爱兵如子,但军威严整,军纪严明。有一次,他的儿子去参加战斗,途中回来报告事情,姜才误以为儿子是兵败而归,拔出佩剑差一点把他杀了。

　　宋朝宰相贾似道出征,姜才作为将领孙虎臣部的先锋,与元军在丁家洲相持。元军在江边架设大炮弓弩,江中数千艘战船,旌旗遮天蔽日,击鼓顺流而下。姜才率军奋力迎战。宋、元两军已交锋,宋军主帅孙虎臣突然带领妻妾乘船逃跑。宋军见了,众声喧哗:"步军主帅逃跑了!"于是各路宋军纷纷溃败,姜才只好鸣金收兵,退守扬州。元军乘胜攻打扬州,姜才用"三叠阵"战法在三里沟迎战,取得胜利。后又在扬子桥再战元军,由于天黑军中混乱,姜才肩部被流矢射穿,他拔出箭挥刀向前,所到之处,敌人纷纷逃避。元军恼羞成怒,在扬州城外筑起长长的围墙,从扬子桥至瓜洲、东北跨湾头至黄塘、西北至丁村都被元军包围,决心长期围困,迫使姜才投降。

　　德祐二年(1276年)正月,七十二岁的太皇太后谢道清和年仅五岁的宋恭帝投降元军。二月,元军派遣五奉使和一位阁门宣赞舍人,拿着太皇太后的诏谕来招降姜才。姜才发弩箭射退来使,后又率兵在召伯堡袭击五奉使,大战一阵之后退走。不久,元军押着太皇太后和恭帝去大都,途经瓜洲。姜才与李庭芝痛哭流涕地动员将士,誓死要夺回太皇太后和皇帝。将士们被他们的情绪所感染,都流下了眼泪。于是,姜才分发所有的金银玉帛来犒赏军队,率四万人乘夜直捣瓜洲。奋战三个多时辰,元军见势不妙,慌忙挟持恭帝和太皇太后逃走。姜

姜才

典藏版

才在后紧追不舍，一直追到浦子市，天黑了也不肯退兵。元军将领阿术派人招降他，姜才说："我宁可死，也决不做投降的将军！"四月，姜才带兵攻打湾头栅。五月，再次攻打湾头栅，骑兵陷入泥泞不能前进，于是舍弃战马步战，到四鼓时，全师而退。扬州粮食很快用尽，姜才时常带兵出城到真州、高邮运米来补充军饷。六月，姜才护饷经过马家渡，元军万户史弼带兵夺饷。姜才和他战斗到天亮，致使史弼几乎陷入困境。阿术驰兵来援，史弼才得以脱身。

扬州主帅李庭芝因被围困已久，找来姜才议事，屏退身边的人，谈了很长时间。姜才声色俱厉，身边的人听了都吓得大汗直流。从此姜才率兵保护着李庭芝的府第，期望和他共同赴死。

这年七月，益王在福州，用龙神四厢都指挥使、保康军承宣使的官职召见姜才。姜才与李庭芝向东来到泰州，将要入海，元军将领阿术率兵追上，并将泰州围困。阿术派使者去招降姜才，姜才不答应。阿术驱赶扬州士兵的家眷到泰州城下，正赶上姜才肋部生疮不能作战，众将于是打开城门向元军投降。都统曹安国进入姜才的卧室，抓住他献给了元军。阿术喜欢他忠义勇敢，想招降并重用他，姜才怒目相视，骂不绝口。阿术责备李庭芝为什么不投降，姜才说："不投降的是我姜才。"继而怒骂不止。阿术大怒，于是在扬州用剐（guǎ）刑处死了姜才。临刑前，叛将夏贵出现在姜才身边，姜才咬牙切齿地斥责："你见了我还不羞愧而死吗？"吓得夏贵不敢上前。将死之人尚且如此威猛，姜才真是勇士。

（选自《宋史·列传第二百零九》，有改动）

南宋孤臣赴国难——张世杰

南宋德祐二年（1276年），临安沦陷，时年五岁的南宋恭帝赵㬎（xiǎn）被俘。张世杰与陆秀夫带着益王赵昰（shì）、卫王赵昺（bǐng）出逃。后来刚满七岁的赵昰即位为皇帝，是为宋端宗。宋端宗即位后对张世杰很是倚重，张世杰也没有辜负端宗的期望，多次指挥南宋军抵御元朝军队的猛攻。

但南宋江山处于风雨飘摇之中，已无军事力量和元军抗衡。宋军屡战屡败，由福州撤到泉州，再撤到秀山、井澳。小皇帝赵昰在井澳乘船时，遭遇突如

其来的飓风,被掀落海中,惊悸成疾,再加上连日航海颠簸,身体虚弱,几天后在冈州病逝。群臣大多想就此解散行朝,陆秀夫坚决反对,拥立卫王赵昺为帝,并称崖山(今广东省新会市南崖门镇)在大海中,与石山隔岸对立,从前曾有镇戍,易守难攻,可为屏障。张世杰也认为崖山有天险可守,便在崖山建立行宫、修葺(qì)军屋,广造舟楫,赶制器械,休养生息,以图进取。当时行朝共有官、民、兵二十余万,且大多住在船上。

元朝方面,忽必烈任命江东宣慰使张弘范为蒙古、汉军都元帅,赐尚方宝剑,并以李恒为副将,统领水陆之师两万,分道南下。李恒在清远大败南宋广东守将王道夫、凌震,进驻广州。张弘范麾下先锋张弘正在五坡岭擒获南宋朝丞相文天祥,张弘范亲自为文天祥松绑,以客礼相待,而文天祥一心请死。张弘范由潮阳港乘舟入海,到了甲子门,擒获宋行朝的一个将领,获知了宋朝行朝所在地,于是就会军进逼崖山。

有幕僚对张世杰说:"元军如果用水师堵住出海口,我军就无法自由进退,不如我们先行出海口。如果幸运取得了胜利,乃是我大宋之福;如果失败,还可以向西撤退。"张世杰说:"多年在海上航行,什么时候才能停下呢?这次我们须与元军决一死战了。"于是张世杰下令焚烧岛上行宫军屋,人马全部登船,然后依山面海,将一千多条战船排成长蛇阵,用绳束连接在一起,船的四周筑起城楼,船上涂上一层厚厚的湿泥,缚上一根根长木,将皇帝赵昺的座船安置在中间,诏示将士与舰船共存亡。

张弘范的水军从崖山东面转到南面,进逼崖山,进入大海的时候,与张世杰的军队正面相遇。元军用奇兵切断了宋军供给线,点燃载满茅草涂满膏脂的小船,乘风冲向宋军船只。因为张世杰早有准备,在所有战舰周围都涂满灰泥,所以火势虽旺,却始终无法烧及船身。张弘范无奈,只好派部将韩参军三次劝降,张世杰在给张弘范的回信中历数古代忠臣,作为答复。张弘范又让文天祥写信招降张世杰,文天祥却对他说:"我不能保卫父母,却教人背叛父母,哪里有这样的道理!"张弘范以武力威胁,文天祥提笔写道:"辛苦遭逢起一经,干戈寥落四周星。山河破碎风飘絮,身世浮沉雨打萍。惶恐滩头说惶恐,零丁洋里叹伶仃。人生自古谁无死,留取丹心照汗青!"张弘范无奈,他又派人向

崖山士民喊话:"陈丞相逃了,文丞相被捉了,你们还能干什么,不如尽早投降!"士民不为所动。

张弘范占据海口,将宋军困在银州湖,宋军被迫吃干粮,饮海水,海水又咸又苦,宋军喝过大多上吐下泻,困顿不堪。张世杰为了突围,率领苏刘义、方兴等昼夜大战,与元军僵持不下。几天后,元军副将李恒从广州率兵在崖山北部与张弘范会合,决议正面对宋军发动总攻。崖山西面黑气弥漫,张弘范认为这是吉兆,下令总攻。

元军来势汹汹,张世杰不敢怠慢,率领精锐水师,殊死抵抗,银州湖内矢石蔽空,硝烟弥漫。中午时分,海水涨潮,元南路军顺流进攻,宋军腹背受敌愈加奋战,双方伤亡惨重。张弘范见势下令奏乐,宋军以为元军将要吃午饭,稍稍懈怠。此时,海水退潮,水流南泄,李恒率兵从北面顺流冲击,张弘范以主力舰队进攻宋军将领左大的栅营,元军的战舰用布障蒙着,将士手持盾牌埋伏在船里。左大下令放箭,矢如雨下,却全部射在布障和桅杆上。张弘范估计宋军的箭矢已尽,下令撤下布障,伏兵四起,矢石俱发,一举夺下左大的战舰。接着,又一鼓作气,连夺宋军七艘战舰,元军士气大振,各路军队一齐猛扑过来,从中午到傍晚,海战进行得异常激烈。忽然,张世杰见到一条宋船降下了旗帜,停止了抵抗,其他战船也一个接一个的降下旗帜。知道大势已去,张世杰急忙一面将精兵集中到中军,一面派出一只小船和十多名士兵去接小皇帝前来,准备突围。

小皇帝赵昺这时正由左丞相陆秀夫守护着,待在一艘大船上。小船来接驾,陆秀夫不知这是真是假,又担心皇帝如果突围不成反被元军截获,于是坚决拒绝。他知道君臣都难以脱身了,就连忙跨上自己的座船,仗剑驱使自己的妻子投海自尽,然后,换上朝服,回到大船礼拜皇帝,哭着说:"陛下,国事至今一败涂地,陛下理应为国殉身。德祐皇帝(宋恭帝)当年被掳北上,已经使国家遭受了极大的耻辱,今日陛下万万不能再重蹈覆辙了!"小皇帝此刻则被吓得哭作一团。陆秀夫说完,将黄金国玺系在腰间,背起九岁的小皇帝奋身跃入大海,以身殉国,顷刻间君臣二人就沉没得无影无踪。其他船上的大臣、宫眷、将士听到这个噩耗,顿时哭声震天,几万人纷纷投海殉国。战局本来就呈败势,

又经此巨变,瞬间便溃不成军,局势一发而不可收了。

张世杰见大势已去,率领余部,在浓雾中夺港而逃。硝烟散尽,银州湖上只剩八百余艘残破的战船仍留有南宋朝的痕迹,不久后,也全部被张弘范收缴,换上了元朝的旗帜。

七天后,十多万宋人的尸体浮上海面。元军发现其中一具尸体,幼小白晳,身着黄衣,怀带玉玺,于是将玉玺献给张弘范。张弘范命人去寻找尸体,竟然已无踪迹,只好以宋王溺死为由上报元廷。

张世杰退守到海陵山脚下,不久,有人带来了陆秀夫背负皇帝共同殉国的噩耗。宋杨太妃听到消息,痛哭道:"我忍辱负重活到现在,全都是为了赵家这一个小儿,如今终也无望了!"于是投海而死。张世杰将她葬在海滨。

南宋军残部随张世杰顺着大海南下,又遭遇飓风,将士劝张世杰登岸,张世杰不听。他登上柁(duò)楼,焚香祷告:"我为赵家王朝,还能做些什么呢,一个皇帝死了,重新立一个,现如今又死了。今天国事到了这个地步,难道是老天要灭宋朝吗?"风浪越来越大,最终张世杰堕水溺死,南宋朝灭亡。

后人有诗云:

> 碧血涤波情未尽,激浪穿空起怒涛。
>
> 代有才人伤往事,不变崖石伴海潮。

(选自《宋史·列传第二百零九》,有改动)

陇原义士美名扬——郭虾蟆

在陇原大地,自古至今,也不乏侠义之士,郭虾蟆就是其中杰出的代表。

郭虾蟆(há·ma),金末会州(今甘肃省靖远县南)人,另一说法说他的真名其实是郭斌。他家世代为保护家园的射手,金宣宗时,他与兄长郭禄大都因善射而应征入伍。郭虾蟆平时射箭,惯于射击敌人腋下护甲无法掩盖的地方,且自发自中。

金兴定五年(1221年),西夏侵犯金国定西,郭虾蟆领兵击败西夏军,斩首七百多人,获得战马五十余匹。元光二年(1223年),西夏再次侵犯,派步兵和骑

青少年经典故事阅读

兵共几十万攻打凤翔(今属陕西省),情况紧急。郭虾蟆跟从主帅赤盏合喜巡城时,看到护城河外一名西夏将领坐在胡床上,那名西夏将领以为箭力无法射到,故意摆出蔑视守城者的样子。赤盏合喜指给郭虾蟆看,问他能否射杀这个人,郭虾蟆目测一下远近后说:"可以。"接着只见郭虾蟆开弓搭箭,趁那名西夏将领抬肘之时,一箭便将他射杀。守城将士士气大振,西夏军则惊骇不已。

西夏军退去后,金廷派使者赏赐郭虾蟆,并在各郡宣扬他的事迹。这一年冬天,郭虾蟆与巩州(地名,辖境相当于今甘肃省的陇西、通渭、漳县、武山、定西等县地)元帅田瑞攻打西夏所侵占的会州。郭虾蟆率领骑兵五百,身穿红色的衣服,顺着会州南山冲下,西夏军仓促应战,看到郭虾蟆的队伍,误以为是神兵天将,城上有士兵在悬风板后举手,被郭虾蟆一箭射去,手、板俱穿,后又射死数百人。西夏军惊恐,于是投降,会州被西夏占据了近四年,这时才被收复。

正大元年(1224年),田瑞占据巩州叛变了金国。金哀宗完颜守绪诏令甘肃、陕西两行省共同讨伐他,郭虾蟆率领士兵首先攻上城墙,攻破巩州,田瑞开门逃跑,被他弟弟田济所杀。这一战,郭虾蟆斩获五千余首级,因军功卓著,被

郭虾蟆

典藏版

授予凤翔府知府、本路兵马都总管、元帅左都监兼行兰、会、洮、河元帅府事。

天兴二年(1233年),都城开封粮尽,多次召集援兵不至,将帅稀缺,蒙古大军随时可能围城。金哀宗完颜守绪放弃开封逃至归德府(今河南省商丘市),次年又从归德府迁都到蔡州(今河南省汝南县),后来蔡州城破,哀宗自杀。绥德州主帅汪世显想假传圣旨,发兵攻打巩州,但是又畏惧郭虾蟆的威望,于是派人约郭虾蟆合力袭击巩州。郭虾蟆对使者说:"国家危急的时候,你们的主帅若想背弃国家,那就让他自己去做好了,为何要加上我呢?"于是汪世显独自攻破巩州,投降蒙古,后来派出二十多人劝郭虾蟆投降,均被郭虾蟆拒绝。

金国灭亡后,西部州府无不归降蒙古,只有郭虾蟆坚守孤城达三年之久(史料中没有说是哪一城,估计是凤翔和会州,后者机率较大)。南宋端平三年(1236年)十月,蒙古大军拼力攻城,郭虾蟆感到城将不保,仍决意死战到底,集州中所有金银铜铁,铸成大炮,用来反击蒙古军。他又杀牛马慰劳战士,烧毁自己的家产,日夜血战,拼死抵抗,蒙古军也无法很快攻破城池。军士死伤越来越多,眼看城破在即,郭虾蟆命人在州官署堆积柴草并点燃,火越烧越大,郭虾蟆率领将士在大火前面拉满弓等待蒙古军攻到。城被攻破,蒙古兵蜂拥而至,战斗良久,士卒中有弹矢尽绝的就纵身跳入火中,郭虾蟆站到大草堆上,以门板掩护,射出二三百箭,百发百中,箭射完后,他就把弓和箭扔到火中,自焚而死,最后,城中无一人投降。

郭虾蟆死时仅四十五岁,当地人感念他尽忠,立祠祭奠他。今天靖远县城隍庙故址便是该祠旧址,庙里的城隍老爷就是郭虾蟆。

(选自《金史》卷一百二十四,有改动)

义责脱脱显忠贞——王祎

王祎(yī),字子充,号华川,浙江义乌来山人,小时候机敏聪慧,十分讨人喜欢,等到成年后,他身材高大挺立,性格坚定而有非凡的气度,是个英俊挺拔的伟丈夫,他凭借着文章著称于世。

元至正八年(1348年),王祎游燕京,目睹了元王朝国政衰弱凋敝后,心里很不是滋味,于是写了七八千字的文书上呈给当时的宰相。之后,危素、张起

岩二人听说了他的名气，一起上书举荐他做官，但是没有被朝廷纳用。

既然无法入仕为官，王祎索性打消了入仕的念头，在青岩山隐居了起来。隐居期间，他撰写了很多文章，名气一天天地大起来。

元至正十八年（1358年），朱元璋（明太祖）率部攻取婺（wù）州（今属浙江省），王祎应召，被任为中书省属官。

元至正二十一年（1361年），王祎写了赞颂祝愿的文章《平江西颂》献给朱元璋。朱元璋高兴地说："江南有两位儒士，就是你和宋濂。要论学问的渊博，你不如宋濂。但是要论才思的敏捷，宋濂不如你。"朱元璋创立了礼贤馆，王祎这样的儒士当然得召进馆中。王祎累次迁升，升至侍礼郎，掌管朱元璋的起居。同时他又担任南康府执政官，安抚百姓、招纳贤士，德政颇多。朱元璋赐给王祎金银来表示对他的宠爱。

元至正二十七年（1367年），朱元璋称帝前，召王祎回来商议即位的礼仪，因为他的陈述不合朱元璋的心意，被贬到漳州府做通判。朱元璋称帝后，明洪武元年（1368年）八月，王祎上奏疏建议说："祈求上天长命的关键，在于把忠诚宽厚放在心上，把宽容大度作为政制，效法自然规律，顺应民心。浙西既然已经被平定了，赋税就应当减免。"明太祖朱元璋出身平民，听得这一建议很是高兴，在朝会上褒扬并采纳了他的建议。

第二年朝廷编纂（zuǎn）《元史》，任命王祎和宋濂为总裁（官职名，修史的主管官）。王祎自幼饱读史书，熟悉历史，全力担负起修改工作。《元史》编纂完成后，王祎被提拔为翰林待制，同时兼任制诰兼国史院编修。后来，王祎奉召到大本堂（明初在南京设立，聚藏古今图书，聘请名儒教授太子、亲王）预先教育皇子读《元史》。王祎把经术讲得明白，把事理讲得通达，善于启发引导皇子。太祖在殿廷上召见王祎，让他回答有关政事、经义等方面的问题，每次必定赐座给他。

洪武五年（1372年）正月，朝廷商议招抚云南，任命王祎带着诏书前去。六月，王祎到达云南后就向元梁王把匝（zā）剌（là）瓦尔密申明利害，让其尽快将户籍和地域图册交给朝廷掌管。梁王不听从，并把王祎安置在偏室内居住。几天后，王祎又诏谕梁王说："朝廷不来攻打云南，是因为云南有百万生

灵,不愿意他们被无辜消灭。若是攻伐,势必血流成河。如果你想凭借地势险要道路遥远,抵抗大明皇帝的命令,到那时,百万大明军队一旦攻伐,你后悔可就来不及了。"梁王非常惊骇,表示诚服,随即给王祎安排正馆居住,以表示对他的尊重。

胆小的梁王本来已打算投降,但恰巧元朝残余势力脱脱(托克托,亦作脱脱帖木儿,字大用,蒙古族蔑儿乞人。元朝末期政治家、军事家)约梁王继续顽抗到底。脱脱知道梁王本来胆小,便尽用些耸人听闻的话威胁梁王,并要杀掉明朝使者王祎。梁王两头都不敢得罪,迫不得已让王祎出来见脱脱。

脱脱早已听说王祎才名,想使王祎屈服于他。可王祎是忠义之士,他不但没有为了活命投靠脱脱,反而怒斥脱脱道:"上天已经结束了你们元朝的命运,我们朝廷取而代之,你们这些微火残灰,怎敢与日月争辉呢?更何况我和你都是使臣,我岂能向你屈服!"脱脱听得这番话,气不打一处来,下定决心要杀了王祎。

有人劝脱脱说:"如今大元衰微,正值用人之际,王祎久负盛名,大可为我所用,即使无法得用,也不能杀他,这对我大元的声名很不好呀!"脱脱哪能不明此理,但心中这口恶气实在难以下咽,他将(luō)起袖子激动地说道:"他王祎不识抬举,我心中自有怨气不得发泄,今天即使是孔圣人,也不能放过他。"王祎镇定自若,毫无畏惧,回头看着梁王说道:"侵犯大明王朝的人,即便远在天边,也一定会被诛灭。你杀了我,朝廷大军接着就将到来,你的祸患很快就要到了。"脱脱见此景,心中十分不快,命梁王速诛王祎。梁王无奈,下令将王祎就地行刑,王祎就这样被杀害了。遇害那天是十二月二十四日,梁王派人去祭奠,收集他所有的衣物入殓(liàn,指给尸体穿衣下棺)。

建文元年(1399年),朝廷追赠王祎诏赠翰林学士,谥(shì)号"文节"。正统年间,又改谥"忠文"。明宪宗(朱见深)成化年间,朝廷下令建立祠堂祭祀他。

(选自《明史·列传第一百七十七》,有改动)

防微杜渐尽忠义——孙燧

在明朝统治短暂的二百年里,因为交趾(zhǐ)之征,土木之变,宸濠

(chénháo)之乱而产生了诸多的忠臣义士。

天顺四年（1460年）的一天，一个天生异质、两眼炯炯有神的婴儿在富饶的浙江余姚呱呱（gūgū）坠地，他就是郑州递运所大使孙新的儿子孙燧（suì）。

孙燧从小就天赋过人，聪明好学，做事非常讲究，为人刚直正派。皇天不负有心人，弘治六年（1493年），通过自己的勤奋刻苦，孙燧考中了进士。怀揣雄心壮志，他来到了京城。弘治十年（1497年），皇上授予他刑部贵州司主事。因做官清廉正直，执法公平公正，他深受百姓的爱戴。正德六年（1511年），因为卓越的功绩，他被提升为福建布政使参政。正德八年（1513年），他又被提升为贵州按察使。还没来得及到贵州任职，他又被改派往山东担任观察使。正德十年（1515年），他又被调往河南担任布政使。正德十四年（1519年）十月，皇上再一次提拔他担任右副都御史、江西巡抚。

担任江西巡抚不久，孙燧就发现身在南昌的明太祖朱元璋五世孙朱宸濠有谋反自立的打算。孙燧深知自己的处境危险，但他没有丝毫退缩。他仰天长叹道："是该为国家献出自己的生命的时候了！"然后，他送走了妻子和孩子，同自己的副使许逵（kuí）来到南昌，为随时到来的战争做着精心准备。他先是前去向朱宸濠晓以大义，希望朱宸濠及时反省，不要制造内乱，使国土分裂，亲人离散，可是遭到朱宸濠拒绝。也因为这次游说，孙燧引起了朱宸濠的怀疑。于是，朱宸濠将耳目安插在孙燧左右。孙燧知道自己身边没有几个可以信任的人，但他觉得副使许逵极为忠勇，可以信赖，于是他立即与许逵商量对策。借着防御贼寇的旗号，他命令士兵加固南昌周围城池，派遣重兵把守九江要害。又增派信任的将领率领弋阳和周围的五个县城的士兵，加强防范。为了确保万无一失，孙燧还将辎重转移到其他地方，以防止朱宸濠窃取兵器。

孙燧的一举一动都在朱宸濠的掌握之中，朱宸濠怎么会不知道孙燧的意图。终于有一天，孙燧的针锋相对，使得朱宸濠大为不满，他一声大喝："来人！立马让人给我准备厚礼送给朝廷的刘瑾，请他帮忙把孙燧这个绊脚石给我支走。不能因为他，坏了我的好事。另外，给我准备枣、梨、姜、芥四种物品送给孙燧，但愿他能明白我的意思，趁早走人，不要在这里瞎折腾。"朱宸濠为什么要送给孙燧枣、梨、姜、芥四种东西，要孙燧离开呢？原来，这里有个文字游戏，

"枣"是"早"的同音字、"梨"是"离"的同音字、而"姜芥"则是"疆界"的同音字，朱宸濠送的这四样东西，是希望孙燧早早离开自己的封地，不要在这碍事。

侍从送来朱宸濠的礼物，孙燧笑而纳之。孙燧天资聪慧，又饱读诗书，怎么会看不出朱宸濠的小伎俩呢？但孙燧对朝廷忠心不二，怎么可能会因为这点恐吓而退缩呢？他将这里的危急情况上书给朝廷，但是书信被朱宸濠的士兵扣下。终于，失去耐心的朱宸濠在自己过生日时杀死了孙燧以及他的副官许逵，以明武宗荒淫无道为由率领十万兵士起兵造反。因孙燧对朝廷早有警示，朱宸濠造反声势虽大，但仅仅四十三天就无疾而终了。

多年以后，明世宗朱厚熜(zǒng)即位，追赠孙燧为礼部尚书，谥号忠烈。孙燧的一片忠心也算是得到了回报。

祖国的语言文化博大精深，类似用"枣、梨、姜、芥"寓意他人早早离开自己的势力范围的文字巧用，还有许多，它们等待着你来继续挖掘呢！

（选自《明史·列传第一百七十七》，有改动）

为国尽忠保边疆——倪国正

中国历史上有许多仁人志士为了民族地区的安定而献出了自己宝贵的生命。下面要讲的这个故事的主人公，就是这样的一位，他叫倪国正。

倪国正，四川成都人，康熙年间的举人，在雍正十年被授予易宁县知县。他的辖区内多是苗寨，那里山大沟深，环境艰险，共有隘口十个，堡垒七十二个，大小寨有数百个。因为长期和外面的世界隔绝，老百姓普遍没有文化，民风十分剽悍。朝廷根本无法有效治理这里，仅仅设立双江巡检来约束他们。

乾隆六年(1741年)，楚地匪徒黄顺煽动苗人造反，气势颇大，倪国正巧施妙计，擒住了匪首黄顺，但是在押解他到省城的途中，被楚地的苗民劫去。倪国正请求省城调兵四百人，来此镇守。苗人稍稍安定之后，省城想以招抚来平定叛乱，于是知府张云喜、巡检蔡多其就迎合省城的意思撤掉了驻兵，只派倪国正一行三十多人去苗地招抚。倪国正在出发之前，仰天长叹道："我们此去是白白送死啊！"

走了数日的山路,终于到达了苗寨,苗民拿着兵器出来,气焰非常嚣张,巡检蔡多其却换了衣服逃走了。

有人告诉倪国正,大祸临头了。倪国正说:"我本就知道他们的习性,若不先来震慑,就不能以德教化。今日之事,最后的结果不过一死而已。"于是,他就将县印交给别人拿回去,自己就坐在那儿等待苗民。

苗民突然闯进来,先将倪国正的随从全部杀掉,然后将倪国正囚禁在土窑中。苗人将倪国正绝食六天,后把他绑在烈日下暴晒。苗人想让他屈服,但他誓死不屈。苗人又强令他写信,让朝廷拿万两黄金来赎他,可保他不死,倪国正将笔扔在地下破口大骂。苗人大怒,打掉了倪国正的几颗牙齿,鲜血淋漓,染红了衣服,倪国正义正严词,痛斥暴行。苗人恼羞成怒,敲光了倪国正的所有牙齿,把他的舌头也割去了一半,倪国正仍然喷血怒骂,怒目相向。最后他被苗人活活打死,沉尸深潭。

倪国正做生员(明清时期经考试录取而进入府、州、县各级学校学习的学生)时,签名总写"为国尽忠"四字;案头的玉尺上,也刻有"丹心捧日"四字,可见他的报国之志。

(选自《清史稿·列传二百七十六》,有改动)

114

六、义薄云天类侠客义士

一诺千金　义薄古今——季　布

秦朝末年,在楚地有一个叫季布的人,性情耿直,为人侠义好助。只要是他答应过的事情,无论有多大困难,都设法办到,受到大家的赞扬。他担任项羽手下大将,曾屡次让刘邦陷入困境。等到项羽被灭亡以后,汉高祖悬赏千金捉拿季布,并下令有胆敢窝藏季布的论罪要灭三族。

季布只得投靠濮(pú)阳(今河南省濮阳市)周家。周家说:"汉王朝悬赏捉拿你非常紧急,追踪搜查就要到我家来了,将军您能够听从我的话,我才敢给你献计;如果不能,我情愿先自杀。"季布答应了他。周家便把季布的头发剃掉,用铁箍束住他的脖子,穿上粗布衣服,把他放在运货的大车里,将他和几十个奴仆一同出卖给鲁地的朱家。

朱家心里知道那一个家奴是季布,便将他安置在田地里耕作,并且告诫他的儿子说:"田间耕作的事,都要听从这个佣人的吩咐,一定要和他吃同样的饭。"朱家自己乘坐轻便马车到洛阳,去拜见了汝阴侯滕公。滕公留朱家喝了几天酒。朱家乘机对滕公说:"季布犯了什么大罪,皇上追捕他这么急迫?"滕公说:"季布替项羽打仗时,多次让当今皇上陷入困境,皇上怨恨他,所以一定要抓到他才罢休。"朱家说:"您看季布是怎样的一个人呢?"滕公说:"他是一个才能出众的人。"朱家说:"做臣下各为其主,这是他们的本分,这也正说明他的忠义啊!现在皇上刚刚夺得天下,仅仅凭着个人的怨恨去追捕一个

115

人,怎么向天下人显示自己的宽宏大量呢?再说凭着季布的贤能,汉王朝追捕又如此急迫,这样下去的话,他不是向北逃到匈奴去,就是要向南逃到越地去。这是在忌恨勇士而去资助敌国啊!你想想当年的伍子胥鞭打楚平王的尸体,就明白其中的原因了(伍子胥是春秋时期楚国人,后因父、兄被楚平王所杀,逃到吴国,助吴伐楚,取胜后掘楚平王墓鞭尸,以泄其愤)。您为什么不寻找机会向皇上说明呢?"汝阴侯滕公知道朱家是位大侠客,猜想季布一定隐藏在他那里,便答应说:"好。"滕公等待机会,果真按照朱家的意思向刘邦奏明。刘邦于是就赦免了季布。这时,许多有名望的人都称赞季布能变刚强为柔顺,朱家也因此而在当时出了名。后来季布被皇上召见,表示服罪,皇上任命他做了郎中。

汉惠帝的时候,季布担任中郎将。匈奴王单(chán)于曾经写信侮辱吕后,而且出言不逊,吕后大为恼火,召集众位将领来商议此事。上将军樊哙说:"我愿带领十万人马,横扫匈奴。"各位将领都迎合吕后的心意,齐声说:"好。"唯有季布说:"樊哙这个人真该斩首啊!当年,高皇帝率领四十万大军尚且被围困在平城,如今樊哙怎么可能用十万人马就横扫匈奴呢?这是当面撒谎!再说秦王朝正因为对匈奴用兵,才引起陈胜等人起兵造反。直到现在创伤还没有治好,而樊哙又当面阿谀逢迎,想要使天下动荡不安。"这时候,殿上的将领都感到惊恐,但季布毫不畏惧。吕后因此退朝,从此不再议论攻打匈奴的事了。

季布的一席话,保全了刘邦身后羽翼未丰的西汉王朝。

汉文帝的时候,季布做河东郡守,有人说他很有才能,汉文帝便召见他,打算任命他做御史大夫。后又有人说他虽然勇敢,但好发酒疯,难以接近,于是汉文帝又改变了主意。季布来到京城长安,在客馆居留了一个月,汉文帝召见之后就让他回原郡。季布对汉文帝说:"我没有什么功劳却受到了您的恩宠,在河东郡任职。现在陛下无缘无故地召见我,这一定是有人妄加称赞我来欺骗陛下;现在我来到了京城,没有接受任何事情,就此作罢,遣回原郡,这一定是有人在您面前毁谤我。陛下因为一个人的赞誉就召见我,又因为一个人的毁谤而要我回去,我担心天下有见识的人听了这件事,就能看出您为人处世的深浅了。"皇上默然不作声,觉得很难为情,过了很久才说道:"河东郡对

我来说是一个最重要的郡,好比是我的大腿和臂膀,所以我特地召见你啊！"于是季布就辞别了皇上,继续回去做河东郡守。

楚地有个叫曹丘的先生,擅长辞令,能言善辩,多次借重权势获得钱财。他曾经侍奉过赵同等贵人,与窦长君也有交情。季布听到了这件事便寄了一封信劝窦长君说:"我听说曹丘先生不是个德高望重的人,您不要和他来往。"等到曹丘先生回乡,想要窦长君写封信介绍他去见季布,窦长君说:"季将军不喜欢您,您不要去。"曹丘坚决要求窦长君写介绍信,终于得到信,便起程去了。曹丘先派人把窦长君的介绍信送给季布,季布接了信很不高兴地等着曹丘的到来。曹丘到了,就对季布作了个揖,说道:"楚人有句谚语说,得到黄金百斤,比不上得到你季布的一句诺言。今天我就想让你知道,我对你有很重要的作用,你得感谢我！"季布说:"愿闻其详！"曹丘就说:"您怎么能在梁、楚一带获得这样的声誉呢?那是因为你我都是楚地人。由于我到处宣扬,您的名字天下人都知道了,难道我对您的作用还不重要吗?您为什么这样坚决地拒绝我呢！"季布于是非常高兴,请曹丘进来,留他住了几个月,把他作为最尊贵的客人,送他丰厚的礼物。

这便是"一诺千金"成语的由来。这个成语比喻说话算数,极有信用。季布的信义固然为后世所推崇,而那些在困境中帮助过季布的人,难道不也是值得后人敬仰的仁人义士吗?

（选自《汉书·季布传》,有改动）

义不独逃　德义昭彰——刘　茂

刘茂,字子卫,太原晋阳人。他自小失去父亲,自己在家侍奉母亲,刘茂家中贫穷,他靠干体力活奉养母亲,因为孝顺在乡里非常出名。他长大后,研习《礼经》,所教的学生经常有几百人。

汉哀帝（刘欣,西汉的第十三位皇帝）时,刘茂被推举为孝廉（汉武帝时设立的察举考试,以任用官员的一种科目,孝廉是"孝顺亲长、廉能正直"的意思）,又调任五原属国（前127年,西汉在今鄂尔多斯达拉特旗北部地区设五原郡;前121年,西汉为了管理投降汉朝的匈奴人,在鄂尔多斯地区设立五个属

国,即上郡、西河郡、五原郡、朔方郡、云中郡)侯,上任时正赶上母亲去世,于是辞去官职回家服丧。服丧期满以后,刘茂担任沮(jū)阳(今河北省怀来县小南辛堡乡大古城村官厅水库畔)县令。西汉末年,王莽篡位,代汉建新,刘茂抛弃官职,躲避到弘农(今河南省灵宝市东北黄河沿岸)的山中教学。

教书的日子虽然清贫,却也有一种与大自然相伴的愉悦之感。这样一直到了建武二年(26年),局势渐渐稳定,刘茂才回到家乡,在郡府担任门下掾(yuàn,汉代州郡长官自己选荐的属吏,因常居门下,故称)。然而安定的日子并没有过多久,赤眉军二十多万人马进攻郡县,杀害官吏,刘茂当机立断,背着太守孙福跳墙藏在空洞中,才幸免于难。

夜渐渐降临,孙福想起白天的遭遇,不免心有余悸,失声痛哭。刘茂一直安慰着孙福,说:"上天将要降下重大责任在这个人身上时,一定要先使他的内心痛苦;使他的筋骨劳累;使他经受饥饿之苦,以致肌肤消瘦;使他忍受贫困之苦;使他做的事颠倒错乱,总不如意。通过这些来使他的内心警觉,使他的性格坚定,增加他不具备的才能。您现在忍受这样的苦难,必然会有'大任'让你担当的呀!"于是,他们趁着夜色一起逃往盂县(今属山西省阳泉市管辖)。这样白天逃跑躲藏,夜间寻找粮食,过了一百多天食不果腹的日子,赤眉起义军终于走了,他们才回到官府。

第二年,诏书访求天下的义士。孙福想起曾救他于水火之中的刘茂,推荐刘茂,说:"我以前被赤眉攻打,官吏百姓混乱,往山中逃去。我被敌人包围,命悬一线,靠刘茂背着我翻过城墙,出城投归盂县。刘茂与弟弟在前面迎着兵锋,血拼到底,我和妻子、儿女才得以躲过一死。他的气节德义尤为高尚,应该得到提拔重用,用以鼓励忠义之士。"诏书立刻征召[同"征辟(pì)",是中国汉代擢用人才的一种制度,主要包括皇帝征聘和公府、州郡辟除两种方式,皇帝征召称"征",官府征召称"辟"]刘茂。他随即被授为议郎(官名,掌顾问应对),升任宗正(官名,中国秦至东晋朝廷掌管皇帝亲族或外戚勋贵等有关事务之官)丞(封建时代辅佐主要官员做事的官吏),后来他又被授任为侍中(官名,侍从皇帝左右,出入宫廷,参与朝政),在任上去世。

(选自《后汉书·独行列传》,有改动)

义薄云天　死而思归——温　序

在东汉初年的战争中,太原祁县人温序义薄云天,气壮山河,在历史的浩浩长卷上写下了光照后人的浓重一笔。

西汉末年,王莽篡汉,致使天下大乱。建武元年(25年)六月,刘秀称帝建立东汉政权,可张步、董宪、隗嚣(Wěixiāo)、公孙述等诸多豪强依然拥兵自重,称霸一方。故而,在随后的一段漫长岁月里,刘秀东征西讨,南征北战。建武二年(26年),汉骑都尉弓里戌率兵平定北州(亦称北河州,今属甘肃省临夏县)叛乱,到了太原,他遍访贤良俊彦,得以结识温序。

温序有一身好武艺,青年时就从军,一心为国家效力。他经过多次战斗,也得过多次提升,到三十五岁就做了护军都尉。当弓里戌第一眼看到温序的时候,不禁为这个地方小吏的相貌暗暗称奇:温序身材魁梧,英俊挺拔,两道剑眉斜插额角,一双大眼英气逼人,尤其飘于胸前的乌黑浓密的五绺长髯,足有一尺八寸长,给他平添几分威武气概。温序特别注重仪容,大热天仍是甲胄不离身,冬天也不加棉衣,就是说一年四季都是严肃装束,而且他对下级军士都是这样要求的。凡军士铠甲不齐、衣冠不整的,轻则训斥,重则鞭打,治军极严,且战无不胜。

温序见识超群,韬略不凡,让弓里戌钦佩不已。

弓里戌就上书推荐他,光武帝任命温序为侍御史(官名,受命御史中丞,接受公卿奏事,举劾非法;有时受命执行办案、镇压农民起义等任务,号为"绣衣直指"),不久又升他做了武陵都尉(官名,战国始置,职位次于将军的武官)。就在温序雄心勃勃准备一展抱负的时候,一场突如其来的大病令他卧床不起,他只好辞官回家养病。

建武六年(30年),温序病愈,出任护羌校尉(官名,汉武帝时始设,掌西羌事务,东汉沿置),驻守边防重地。这时,汉军正与称霸西北的隗嚣战得难解难分。温序出巡襄武(今甘肃省漳县),在陇西与隗嚣部下将领苟宇的战斗中,双方厮杀得很激烈,终于温序不敌而节节败退,军兵失散很多,温序自己也弄得

筋疲力尽,在败退时寻隙稍作休息,这时一个叫魏槐的部下串通其他将校发生兵变,将温序活捉了去,作为叛乱投敌的献礼。

对于温序的才德,苟宇早有耳闻,所以他便想将这个英气勃发的汉将拉入自己的阵营当中。苟宇诱劝温序:"将军若能与我们同心协力,则可以成就一番大事业。"温序则正气凛然、义正词严道:"我担当国家重任,理应尽忠效命,岂能贪生怕死,背负皇恩!"苟宇心想,对他施以恩惠,假以时日,温序也许就会回心转意。于是,金银珠宝,慷慨赠送;美酒佳肴,殷勤伺候……

过了些时日,苟宇似乎觉得火候已到,便同他的手下再次劝降温序。不料,温序得知此情气愤已极,双眉倒竖,眼喷怒火,一口鲜血喷了一丈多远。温序指着苟宇破口大骂:"胡虏(对敬宇的蔑称)怎么敢胁迫堂堂大汉将军!"话音未落,立即提刀厮杀,怎奈他身边已经没有几个人了。苟宇的手下一看情势不妙,便拔出刀剑扑上前来。苟宇摆摆手,示意手下收起兵刃,然后无奈地发出一声叹息:"这是真正的有气节的义士啊!给他一把剑让他自尽吧!"半天,

温序

才有一个侍卫战战兢兢递给温序一把宝剑。

温序看这阵势,知道死是难免的了。他仰天长叹,再也无法报效国家了。而后他从容地捋捋被风吹乱的长髯,缓缓地抬眼看看围在自己四周的叛军说:"今日虽然丧命贼兵之手,却也不能让我的须髯沾染贼土啊!"他流着泪,背倚石壁,将五绺长髯挽作一股放进嘴里紧紧咬住,然后抽出佩剑自刎而死。

温序死了,可他依然昂首挺胸,环眼圆睁,胡须全咬在口中,好似天神金刚一般,唬得叛军将士魂飞胆裂。苟宇的算盘没有打对,一个连自己须髯都不许陷入尘埃的义士,怎么会让自己的心灵蒙受污垢?温序的忠义赢得了敌人的尊敬,苟宇让汉军收拾他的尸体回朝安葬。汉光武帝刘秀也被这种忠贞许国的壮举感动至深,下令厚葬温序于洛阳城下,并让他的三个儿子全都做了郎中。

光阴荏苒,年复一年。在一个清秋之夜,已然封侯的温寿梦见父亲温序来到他的面前,告诉他:"为父客居异乡已经多年,思归之情日盛一日。"温寿从梦中惊醒,一个激灵从床上坐起,只见星月在天,微风拂窗,刚才梦境,历历在目,慈父之语,依稀在耳。

第二天,温寿上表辞官,请求将父亲骸(hái)骨移归家乡,皇上体恤(xù)他一片孝心,准其所奏。一代义士,最终魂归故里。

(选自《后汉书·独行列传》,有改动)

高山流水　生死之义——范　式

范式,字巨卿,山阳金乡人。他年少时到太学游学,同汝南人张劭(shào)结成朋友,二人志同道合,情谊深厚,后来二人一道告辞回家。范式对张劭说:"两年后我将去拜访您的父母,看看您的孩子。"于是一起约定了日子。后来快到约定的日子了,张劭将事情禀告母亲,请母亲准备饭菜等候范式。母亲说:"分开两年,千里之外约定的话,你为什么这么当真?"张劭回答道:"范巨卿是守信用的人,一定不会失约。"母亲说:"既然如此,我就为你酿酒。"到了约定的那天,范式果然来到,到堂上拜见张劭的母亲,与张劭喝酒,尽情欢乐而别。

范式在郡里出任功曹。后来张劭病重卧床,同郡人郅君章、殷子征白天黑夜陪护他。张劭临死时, 叹了口气说:"遗憾的是没见到我的生死相依的朋友!"殷子征说:"我与君章对您一心一意,这都不算生死相依的朋友,你还想找哪一个?"张劭说:"像你们二位,是我的生友。山阳范巨卿,才是我所说的死友。"不久,张劭去世。范式忽然梦见张劭身穿黑色祭服,冠带下垂,抱着鞋子,喊他说:"巨卿,我在某天死了,将在某时安葬,永远地命归地府,您要是没忘掉我,就赶来送送我吧!"范式忽然醒来,悲叹流泪,将情况告诉太守,请求准许他前去奔丧。

太守心里虽然不相信,但难违他们的情谊,就同意了。范式便身穿为朋友服丧的丧服,到张劭下葬的那天,驱车前往。范式还没赶到,但灵柩(jiù)已经上路了,到了墓穴,准备下棺,但棺柩动不了。张劭的母亲摸着棺柩说:"儿啊,你难道有所期待吗?"于是让人停下棺柩。

正在这时,远处一辆白色马车飞奔而来,张母说:"这一定是山阳郡范巨卿来了。"果然,这正是范式的白马素车。车到近前,范式跳下车来,扑到张劭的灵柩上痛哭起来,边哭边说道:"贤弟,哥哥来迟一步,让你等急了啊!"

过了一会儿,范式止住哭声,说道:"贤弟,你该去安息了,哥哥送你下葬。"说着他招呼众人扶住车辕,大家使劲一推。真是怪了,这回灵车一下子就出了土坑,又向墓地移动。众人见此场面,既感动又吃惊,都赞叹范张二人真是生死之交,诚信君子。说是他们的信义感动了上天,才出现了这样的怪事。

范式安葬了张劭,为他守墓三年,才独自离去。真正的友情,不是金钱,不是官位,而是两心相知。

后来范式到京师,在太学接受教育。当时太学生长沙人陈平子也一同在太学学习,与范式没有见过面,但陈平子生病快死的时候对妻子说:"我听说山阳范巨卿是位忠义之士,能够托付死后的事情。我死以后,可将我的尸体埋在范巨卿的门前。"接着撕开丝帛写了一封信留给范式。陈平子死后,他的妻子按照他的话去做了,当时范式刚好回来,看了书信,见到坟墓,悲伤感动,对着坟墓作揖哭泣,将陈平子视作死友。于是他照料陈平子的妻儿,亲自护送陈平子的灵柩到临湘,距临湘还有四五里地时,他将陈平子在丝帛上写的信放在

灵柩上面,哭着告辞离去。

陈平子的兄弟知道以后,找范式找不着。长沙的官吏到京师,上书称述范式的事迹,朝廷打算重用他,他却不肯接受诏命。

后来,范式被州府举荐为茂才,经四次升迁,担任荆州刺史,后来调任庐江太守,很有威望,死在官任上。

(选自《后汉书·独行列传》,有改动)

富贵不争　贫贱不移——范　丹

范丹,字史云,陈留外黄(故城在今河南省杞县东)人。范丹年轻时担任县里的小吏,十八岁时,因为要手捧文书恭恭敬敬地迎接督邮,范丹觉得耻辱,就逃走了。他来到南阳,跟随樊英学习,后又到长安游学,跟着马融读通经典,过了一年多才回家。

范丹做事违背常理,与众不同。他常常羡慕梁伯鸾、闵仲叔(均是当时的节义之士)的为人,又与汉中人李固、河内人王奂关系密切。

王奂后来担任考城令。考城和外黄接壤,王奂多次写信邀请范丹,范丹都没前去。等到王奂升为汉阳太守,准备上路,范丹才与弟弟范协步行,带了麦子做的酒,在路边设坛等候王奂。

范丹看见王奂的车子和仆从络绎不绝,于是不去招呼王奂,只同弟弟在路边谈论,王奂听出范丹的声音,立刻下车与他相见。王奂说:"赶路匆忙,不是畅叙别情的地方,可一起到前面的亭子坐下,叙叙别离之情。"范丹说:"您以前在考城时,我很想跟着您,但由于我身份低贱,就自动同富贵的朋友中断了往来。现在您要到千里以外的地方,相见无期,所以就轻装疾行等候您,为的只是道别。如果我跟着您走,就会被人讥笑为羡慕权贵了。"随即起身告辞,头也不回,径直离去。王奂眼看着追不上他,只好作罢。

汉桓帝(刘志,是东汉第十位皇帝)时,朝廷任命范丹担任莱芜(今山东省莱芜市)县令,因母亲去世守丧,他没去上任。后来他被太尉(官名,管军事)府召用,因为性情急躁不能从俗,所以他在上朝时经常佩带韦皮(熟牛皮,以韦皮为带,表示尚未做官的装束)来提醒自己。有人提议想让他担任侍御史(官

名,受命御史中丞,接受公卿奏事,举劾非法),他不接受,就隐居起来逃避任命。他还身穿破旧的衣服,蹲在人多的地方卖萝卜。

赶上党人(东汉桓帝、灵帝时,士大夫、贵族等对宦官乱政的现象不满,与宦官发生党争,因宦官以"党人"罪名禁锢士人终身,史称"党锢之祸")被禁止做官,范丹就用小车推着妻子孩子,靠捡拾维持生活。他有时住在客店,有时靠在树阴下面过夜,这样过了十多年,才搭了一个草屋子。他住的地方很简陋,生活贫困,有上顿没下顿,但他若无其事,乡人的民谣说:"甑中生尘范史云,釜中生鱼范莱芜。"

到党禁解除以后,范丹被三公(古官名,说法有二:一说太师、太傅、太保;二说司马、司徒、司空)府同时召用,他接受了司空府的任命。这时西羌反叛,黄巾作乱,天子下令各府的佐吏不得随便离开。范丹首先自我弹劾而辞去官职,天子下诏书特地原谅他不予治罪。他又被太尉府召用,却以病为由未去上任。

中平二年(185年),范丹七十四岁时在家中逝世。他临死前,留下遗言说:"我生在社会混乱的年代,遇到奢侈无度的风气,活着不能对国家有益,死后怎么忍心和世人一样浪费钱财!等我一断气就赶紧收殓,收殓时穿我平时的衣服,衣服能遮住身体、棺枢(jiù,即棺木)够容纳身子就行,收殓完立刻挖墓穴,挖好墓穴立刻埋葬。墓前的祭奠,干饭凉水就行,吃的东西,不要放入墓中。坟堆的高低,能够遮掩棺木就可以了。"后来,三公府各自派掌管文书的令史赶来吊唁(yàn),大家讨论他的谥号,都说应当谥为贞节先生。

参加葬礼的有两千多人,刺史和郡守为范丹立碑,并在墓地刻石记述他的善行。

(选自《后汉书·独行列传》,有改动)

古道热肠 义不独生——刘翊

刘翊(yì),字子相,颍川颍阴(今河南省禹州市境内)人。他家境富裕,几番接济穷人,却不愿接受好名声。刘翊曾从汝南(今河南省汝南县)境内经过,恰

逢陈地(河南省东部和安徽省一部分)的张季礼远行去给老师奔丧(bēnsāng,料理长辈亲属的丧事),碰到寒冰,马车被毁,在道路上停顿滞留。刘翊看到了这种情况,对张季礼说:"您此行是合乎道义的义举,您应该快速地到达。"于是立刻下车把自己的马车让给了张季礼。刘翊并没有告诉张季礼姓名,便策马而去。张季礼揣度他就是刘翊,后来,张季礼因故到颍川,向刘翊归还所借的马车,刘翊以出门为借口,不和张季礼相见。

东汉末年,社会黑暗,官场腐败。刘翊总是以生病为借口,不赴朝廷的聘请诏命,保持着自己高洁的志向。河南人种拂到颍川当太守,聘请刘翊做功曹。刘翊因为种拂是名臣之子,才接受他的任命。种拂因为刘翊选择时机出仕的做法,也非常敬重他。

阳翟(Yángdí,即今河南省禹州市)的黄纲依仗程夫人(皇帝妃嫔)的权势,想要圈占一些山林湖泽,用来扩大自己的土地。种拂找刘翊前来征求他的意见,说:"程家富贵兴盛,被皇帝宠幸,不批准又恐怕被他们怨恨,给了他就会损害百姓的利益,该怎么办?"刘翊说:"有名的山川湖泽不用来分封,主要是因为百姓的缘故。您要是听任了他,那么就会被加上谗佞(chán·nìng,说人坏话与用花言巧语谄媚)的名声了。如果您因为这件事而受到罪责,那么您的公子申甫,日后就会因为这件事而受到其他人的非难了。"种拂听从了刘翊的意见,没有批准。于是,种拂举荐刘翊为孝廉,但刘翊没有接受举荐。

后来,黄巾起义兴起,各郡县都闹饥荒,刘翊就救济那些缺粮的人,得到他的粮食的有几百人。同乡的穷人死了,他就为他置办后事;有鳏(guān,无妻或丧妻的男人)寡的,他就帮助他们娶嫁。

汉献帝迁都到长安,刘翊被举荐为上计掾(官名,古代佐理州郡上计事务的官吏)。在这个时候,贼寇兴起,去京城的道路都被隔断了,使者、驿卒都很少有到达的。刘翊夜晚赶路,白天休息,才到达长安。皇帝下诏嘉奖他的忠诚、勤勉,特别任命他为议郎(官名,职责为顾问应对,充当守卫门户等工作),升迁为陈留(今河南省开封市陈留镇)太守。刘翊散尽了他所有的家产,只留下一辆马车,载着自己往东归去。

出了函谷关几百里,看到有一个官员病死在道旁,刘翊用马换了一副棺

木,并脱下自己的衣服将他收殓。又碰到旧部下在路上困顿、饿馁(něi,非常饥饿),不忍心离去,因而杀了所驾车的牛,来救济他。很多人想制止他,刘翊说:"看到别人处于末路而不救济,不是真正的志向高洁之人。"最后,刘翊与随行之人都被饿死了。

(选自《后汉书·独行列传》,有改动)

大义凛然 血溅龙袍——嵇 绍

嵇(jī)绍,字延祖,魏国中散大夫(官名,简称中散,掌论议政事)嵇康的儿子。他十岁丧父,侍奉母亲非常孝顺恭谨。年长一些,晋武帝(司马炎)发诏书征用嵇绍,一开始就任命他为秘书丞(官名,古代掌文籍等事)。

元康初年(291年),嵇绍任给事黄门侍郎(官名,侍从皇帝左右之官,传达诏命)。当时侍中(官名,侍从皇帝左右,出入宫廷,与闻朝政,逐渐变为亲信贵重之职)贾谧(mì)凭借外戚(指帝王的母族、妻族)的恩宠,年少而居高位,潘岳、杜斌等人都依附于他。贾谧请求与嵇绍交往,嵇绍拒不答应。等到贾谧

126

嵇 绍

被杀,嵇绍当时在省中,因不亲附豪门恶族,被封弋阳子(弋阳,今河南省潢川县。子,公、伯、侯、子、男五等爵位中的子爵),升任散骑常侍(官名,入则规谏过失,备皇帝顾问;出则骑马散从),兼任国子博士(学官名,晋以后国子学中设博士、助教)。

太尉广陵公陈准死了,太常(官名,中国古代朝廷掌宗庙礼仪)奏请加给谥号,嵇绍反驳说:"谥号是用来使死者名垂不朽的,品德高尚的人应当授予美好的名声,德行微小的人就应授予小的名声。现在,加给陈准的谥号超过了他的实际功绩,应该加谥号为'缪(miù,错误)'。"

赵王司马伦篡位,任用嵇绍为侍中。惠帝复位后,嵇绍仍居原职。

齐王司马冏(jiǒng)某日与董艾等人在宫中闲聊,畅谈国家大事。嵇绍穿着朝服求见,董艾就对齐王说:"嵇绍善于弹琴,可让他弹琴让大伙儿乐乐。"司马冏也正有此意,就命人抬琴进来请嵇绍演奏。嵇绍不愿意,司马冏就说:"今天大家都挺高兴,你又何必如此扫兴呢?"嵇绍庄重地回答:"您是主持政事的君王,更应讲究礼仪,端正秩序。我今天穿着整整齐齐的朝服前来见您,您怎能让我做些乐工做的事呢?如果我身着便服,参加私人宴会,那倒不敢推辞了。"不久,司马冏被杀。兵乱发生时,嵇绍奔跑入宫,守卫宫门的侍卫张弓搭箭,准备射他。侍卫官望见嵇绍正气凛然的仪表,连忙阻止侍卫,并把弓上的箭抢了下来。

永安元年(304年),河间王司马颙(yóng)、成都王司马颖向京都发兵,讨伐长沙王司马乂。司马乂对众人说:"今日西讨,让谁任都督啊?"六军将士都说:"愿嵇侍中全力出战,我们随着他虽死犹生。"于是授予嵇绍为使持节(官名,魏晋南北朝时期直接代表皇帝行使地方军政权力的官职)、平西将军。后来司马乂被捉拿,嵇绍复任侍中。三公、诸王以下大臣都到邺向司马颖谢罪。最后嵇绍等人都被废黜(chù,罢免、革除),贬为百姓。

后来朝廷又有征讨北方的战役,征召嵇绍,恢复了他的爵位。嵇绍因皇帝蒙难,奉诏急驰赶往皇帝驻地。晋惠帝(司马衷,西晋的第二代皇帝)的车队在荡阴(今河南省汤阳县)被成都王司马颖的部队团团包围,百官和侍卫无不溃散,只有嵇绍官服齐整,用身体保护皇帝。皇帝车前两军交战,飞箭如雨,嵇绍

死在皇帝身边,血溅龙袍,皇帝对他深切哀叹。等到事态平息了,侍臣要洗帝衣,皇帝说:"这是嵇侍中的血,不要洗掉。"

(选自《晋书》卷八十九,有改动)

忠义护主　刚毅慑敌——韦　忠

"明日一战,真不知会有怎样的危险!"

夜色下,韦忠望着星空,陷入了沉思。"明日需要行军至无风谷,拦截叛乱的山羌(qiāng,中国西南的一个古老民族)军队,可是这一仗不好打啊,说不定,反遭埋伏,岂不危险?"一阵寒风,把韦忠的思绪带回了现实,他起身,掸去身上的土,进了帐篷,和衣卧在铺上,韦忠很快地睡了过去。

虽是深秋天气,寒意却不浓。韦忠穿着沉重的铠(kǎi)甲,第二天早起行车,身上竟然不由自主地冒出了汗水。军队按照预定的路线前行,步伐紧凑。正当他们经过一处峡谷时,突然,号角响起,两面山上出现了羌人的弓箭手。顿时,箭如雨下。

平阳郡守陈楚一时手足无措,此时阵中唯有一人没有惊慌,便是韦忠。韦忠心想:"护主要紧,这些部队虽然全是精锐之师,却非主力部队,失去了,也还有卷土重来的希望;若是郡守被擒,军队士气必然大挫,定然无心应战,那便不攻自破了。"于是他护着陈楚后撤。

撤退中,陈楚腿部中箭,从马上坠落,韦忠搀扶着陈楚快速后撤。为了护住陈楚,韦忠背部和手臂也中了几箭。韦忠拔出左臂上的箭,搀起陈楚,继续向前。山羌部队见韦忠如此刚烈,又发来两箭。韦忠双腿,各中一箭,韦忠不支,一下子跪倒在地。他咬紧牙关,拔出箭矢,强打起精神,站了起来,扶起陈楚继续前行。陈楚见韦忠如此刚烈,也拼尽全力,努力快速前行。

山谷上,山羌统帅身边的弓箭手,弯弓搭箭,又一次瞄准了韦忠。他向统帅表决心:"这一箭,一定要了他的命!"统帅伸出手,按下了他的弓,说道:"我见过忠义之士,也见过刚毅之将,却从未见过如此义士。身中数箭,却丝毫没有畏难之色,依然不改救主之心。这样的义士,杀了他,太可惜了!放他们一条

生路吧,也许他日,说不定还能为我们所用。"听了统帅的话,弓弩手放松了弓箭,弓弩手望了望山谷中的韦忠,将箭缓缓插回箭筒。

韦忠搀着陈楚,艰难地前行,在他们身边,满地都是战士的尸首,山谷中,到处都是鲜血。

西晋政权灭亡后,北方呈现一片混乱局面,先后出现了刘渊、石勒等少数民族政权,韦忠出任前赵刘聪的镇西大将军、平羌校尉。在讨伐羌族的战争中,不幸箭尽被俘。韦忠始终不肯屈服,最终被害。

韦忠,字子节,他的一生,忠诚、节义都做到了。

（选自《晋书》卷八十九,有改动）

严词斥贼　侠义服盗——刘敏元

刘敏元,字道光,是北海(今山东省境内)人。他从小鞭策自己修身学习,不因险难改变心志。

永嘉之乱[指永嘉五年(311年),匈奴攻陷洛阳、掳(lǔ)走怀帝的乱事],刘敏元自齐向西逃亡。同县管平七十多岁,随刘敏元西逃,行至荥(xíng)阳(今属河南省郑州市),被强盗劫持。刘敏元已被释放,但他又回来对强盗说:"这位孤单老人已来日不多,我请求用我自己来代替他,希望诸位放了他吧!"强

刘敏元

盗说："这老人是你什么亲戚？"敏元说："是同乡的人,他穷困无子,依靠我活命。诸位如果想役使他,他已年老不能劳作;如要想吃掉他,又不如吃我,就请诸位可怜可怜他吧!"

有一个强盗瞪着眼睛呵叱刘敏元说："我们即便不放这老头儿,还担心抓不到你吗？"刘敏元奋力拔剑说："我怎么会期望活着回去!我应当先杀你而后死。这人又穷又老,神灵尚且怜悯他,你却如此恶毒。我俩论亲情不是骨肉,论道义不是师友,只是因他投靠我的缘故,乞望你们让我代替他。诸位大人慈悲为怀,都打算答应我的请求。你怎么不知羞愧,说这种话!"转头对强盗首领说："仁义是多么美好,难道诸位君子宁可失去仁义而干伤天害理的事吗？你们真想干一番大事的话,那就应该干一番像汉高祖刘邦、汉光武帝刘秀一样的事业,次一等也该成为像陈涉、项羽一样的英雄!应该用正当的方法获取利益,使所过之处的人们称颂咏叹你们的威德,怎么能容忍这个人来损害你们的美德呢？我要为你们除掉这个人,以成就诸位的霸王事业。"

于是他上前就要斩杀那个强盗,强盗首领赶忙制止了刘敏元。强盗们相互说道："真是义士啊!伤害他就是侵犯了仁义。"于是把刘敏元和老人都放了。

(选自《晋书》卷八十九,有改动)

大孝至纯　大义至忠——张道源

张道源,名河,字道源,并州祁县(今山西省太原市境内)人。张道源从小知书好学,被同乡人称赞,都说这个人必能成大事。他十五岁时,父亲便去世了。

张道源是一个大孝子,父亲的离去无疑对他产生了巨大的压力,他为父亲举行了一个隆重的葬礼,以表示自己未能真正尽孝。县令郭湛(zhàn)看到后很感动,特下令将他所居住的地方改名为复礼乡至孝里(古时五家为邻,五邻为里)。

张道源广交好友,喜欢与自己的好朋友一起去游山玩水。一次游玩到了深

夜,来到一户人家借宿。晚上,他的朋友突然发病,没有及时得到救治而离开了人世。张道源心痛至极,却冷静应对,他担心惊扰主人,于是没有起身,与朋友的尸体睡了一晚上,等到了第二天早晨,才告诉了主人。友人死了,总不能让他客死他乡,张道源便亲自护送他朋友的尸体回到家中,令朋友得以安息。

李渊(唐高祖,唐代开国皇帝)建立唐朝后,听说了张道源那些感人事迹,觉得这个人是不可多得的人才,于是下诏令张道源担任大将军府户曹参军(官名,专管户籍的州县属官)。张道源终于有机会可以去实现自己的理想抱负。

张道源精通兵法,打仗时屡战屡捷,战势不利时也能保全军队,冲出险境,立下战功。灭隋的关键一战中,他率领军队攻下了长安,使隋朝彻底灭亡,李渊得以挥师进京。李渊多次褒奖他,并封张道源为范阳郡公(爵位,职责相当于太守),后又封他为大理寺卿(官名,掌握全国刑狱的最高长官)。上任之后,张道源奔走于燕、赵两地招抚游说,使得罗艺等人前来投靠唐朝。

当时,何稠、士澄两人犯了罪,家人的户籍全部被除去,唐高祖将他们两家人赐给了张道源做奴仆,听他使唤。张道源非常同情他们,叹气说:"人都有好的时候和坏的时候,这些平常的事,怎么能因为别人的不幸来让我们变得

131

张道源

强大呢?让他们的妻子、儿女做我的仆人,这怎么会是一个仁人的做法呢?"于是回禀唐高祖,将这些待遇全部推辞掉。没多久,张道源又转任太仆卿(官名,掌皇帝的舆马和马政),后来还做了相州都督。

武德七年(624年),张道源去世,唐高祖李渊追封其为工部尚书,谥号为节。张道源一生清平,虽然官居九卿,却没有多少家产。去世时,家中只有米二斛(hú)(唐一斛米大致上是62.5斤重左右)。唐高祖听说后很惊讶,一个高官居然生活过得和百姓一样清贫。为了表达对张道源的赞赏之情,唐高祖赐给张道源家人三百段锦帛。

(选自《新唐书》卷二百一十四,有改动)

信而见疑　以死明节——蔡廷玉

蔡廷玉,是唐代幽州县昌平镇上的一个普通老百姓。他与朱泚(cǐ)是同乡,小时候一起长大,关系密切。他们两个读书都很刻苦,长大后朱泚做了幽州节度使,就上表让蔡廷玉到幕府中去当差。

当时,幽州的军队最强大,拥有几十万人,财力雄厚。但是将士们个个都很骄横,每天总想着去吞并别人,不知上下间应有的礼法。蔡廷玉当然看不下去。有一次,蔡廷玉私下里对朱泚说:"自古以来没有为臣不守礼法而能把福禄传给子孙的。你现在军力雄厚,兵多将广,所守之地又地势险要,但这不是永久安定的计谋,你要有忧患意识啊!不如现在拥戴天子,那样会消除许多灾难,这样一来,还可以功垂千古,你觉得怎么样?"朱泚听了之后,表面上赞同他的建议,但心底里不愿真正实行,后来还拘禁了蔡廷玉一年多。

有一次,他们坐在一起喝茶,朱泚问蔡廷玉:"你为你所做的事感到后悔吗?"蔡廷玉一副不慌不忙的样子,说:"如果引导好朋友去做违逆良心的事就会后悔,我用忠义来引导你,有什么好后悔的呢?"朱泚听了很气愤,于是又拘禁了蔡廷玉一年多。

又有一次,朱泚问他说:"现在能不能反省过错?若不能的话,我绝不念多年交情,一定会把你处死。"蔡廷玉回答说:"你想想看,如果你不杀我,你将会

得到更多的名誉;但如果你杀了我,我将会得到更多的名誉。你自己考虑吧!"朱泚不能使他屈服,又拘禁了他好久。

朱泚的弟弟叫朱滔,他表面上规劝朱泚归顺朝廷,其实是想夺他兵权。朱泚不明就里,就把庞大的军队交给了他指挥。蔡廷玉告诉朱泚:"朱滔虽然是你的弟弟,但为人多变无情,如果把军队交他去指挥,就会把灾祸转嫁给他。"朱泚拒不听从。

朱滔掌握了军队之后,逐渐骄横傲慢,自以为是。朝廷内有憎恨蔡廷玉的人,就趁机进谗言说:"蔡廷玉一直诋毁朱滔,想要把燕地分为四部分,他实在是朝廷的大患啊!"过了几天朱滔也上表说蔡廷玉是在离间他们兄弟的骨肉之情,请求皇帝治罪。不久,朱滔在幽州反叛,他派奸细到朝中窥探,并放出话说:"若不是蔡廷玉离间我兄弟感情,我也不会与朝廷作对。皇上如果不杀蔡廷玉,就应该把他贬谪出京城。"于是,皇帝便派蔡廷玉来安抚朱滔,这正中朱滔下怀。

蔡廷玉到了蓝田驿,有人告诉左巡使郑詹(zhān):"商于(古代地区名,辖区主要为现在的陕西省商洛市境内)的道路太险,蔡廷玉他们不能经过那里。"郑詹非常担心,马上追上他们,让他们走潼关的路。蔡廷玉告诉儿子说:"我为天子不动一刀一枪就拿下幽州十一座城,打算分裂朱氏辖地,使他们不得不服从朝廷,却在将要成功时失败,这是天助逆贼吗?现在让我取道东都,这大概是朱滔的计谋,我是使节,不可以让国家受辱。"他到了灵宝,就投河自杀了。

唐德宗李适(kuò)被蔡廷玉的忠诚感动,下令运回他的灵柩,赐给他的家人丰厚的财物帮助办理丧事。

(选自《新唐书·列传第一百一十八》,有改动)

临危受命　殒身不恤——辛　谠

唐朝时,在河东广陵,人们过着丰衣足食的生活。一天,人们在田间耕作,突然有两头耕牛争斗,所有的人都躲得远远的,生怕自己受伤。这时,一个少

年站了出来，他几步跑到两头牛前，一把抓住两头牛的牛角，两头牛顿时动弹不了了，好长时间后，他松开手，人们发现牛角都断了，人们极为吃惊，就杀了牛请他吃肉。人们才知道这位力大无穷的壮士名叫辛谠(dǎng)。

辛谠生活在日渐衰微的中晚唐时期，大唐的盛世景象早已不复存在。辛谠自幼读书习武，精通诗文，天生神力，惯使长剑，重义轻利，鄙视为官。唐咸通九年(868年)，辛谠已经五十岁了，当时国家战乱频繁，民不聊生，辛谠对此痛恨不已。此时，发生了庞勋兵变。

庞勋最初是泗州军中的粮草官。咸通四年(863年)，唐曾在徐州、泗州募兵二千戍守交趾，其中抽出八百人戍守桂林(今广西省桂林市)。原定戍卒三年调换一次，到咸通九年(868年)已满五年仍未调换，这年，戍守桂林的都虞侯许信等发动兵变，杀死都将王仲甫，推举庞勋为领袖。庞勋起兵的前期，对老百姓也能做到"无所侵扰"，但后来他自认为天下无敌，日益骄傲自满，热衷于饮酒作乐。那些和庞勋一同起兵的桂林戍卒，尤其骄横霸道，为非作歹。庞勋也不作严厉惩治，以至于最后无法控制，一时间民怨沸腾。

泗州城(古地名，在今天江苏省境内)中有辛谠的一位老友，他就是泗州刺史杜慆(tāo)。辛谠从广陵来赶到泗州面见杜慆，告诉他严峻的形势，力劝杜慆赶快偕妻子家眷逃离泗州。杜慆慨然说道："我平时接受朝廷俸禄，一旦有难就抛弃城池和百姓，任盗贼杀掠，这是辜负皇帝、辜负国家的行为。我绝不抛弃百姓，誓与泗州城共存亡！"辛谠听后大为感动，就对杜慆说："您能这样想，我深表钦佩，我愿意与您同生共死，共同救百姓于水火之中。"

辛谠回家与妻子诀别，然后回到泗州。此时，庞勋已将泗州城团团围住，百姓扶老携幼纷纷向东逃避战火，只有辛谠一个老头向西走。有认识辛谠地劝他赶紧回去，不要去白白送死，辛谠笑而不答。到了泗州城下，果然见庞军已将泗州围得水泄不通。他只身划着小舟，由水路从西门进入城中，杜慆见了他大喜过望，立即任命他为团练判官。辛谠和杜慆部将李雅齐心合力，为杜慆严防死守，庞军无机可乘。李雅奇袭叛军，叛军败退到西面的徐城，局势暂时稳定。

但城池依然被围，情况还是万分危急，于是，他们就向朝廷求援。朝廷援

军到达洪泽湖后发现庞勋军队围攻泗州的有数万之众,不免胆怯,于是按兵不动。

辛谠请求去淮南军营搬兵,便乘夜从西门水路出城,到达洪泽湖来见援军首领郭厚本,督促他火速进兵,郭厚本勉强答应。辛谠返回泗州之后却还是不见救兵,庞军又重新进攻泗州,城中惶急万分。辛谠再次请求前去搬救兵,杜慆说道:"前次徒劳,今天去又有何益啊?"辛谠愤然说道:"这次前去如果搬来救兵我就回来,否则唯死而已。"

杜慆泪送辛谠,此时西门也已被叛军围住,辛谠背着一块门板抵挡飞箭石块,驾着小舟突出重围,再次面见郭厚本。辛谠极力陈述救与不救之间的利害关系,说到动情处涕泪横流。郭厚本颇受感动,最终答应分五百人给辛谠。辛谠感激地对这五百名士兵下拜,用忠义激发他们的斗志,众人全都愿意以死效命。辛谠率众向北渡过淮河,登岸杀向叛军,杀声震天,气势如虹。城上见到援军已到,也乘势杀出,包围暂时得到缓解。

之后,庞勋再次派遣最亲信的部将许佶(jí)率领数千士兵助攻,重新包围

辛　谠

了泗州城。

泗州守军孤立无援，更可怕的是被围的时间太久，粮食和盐都没有了，城中百姓士卒每日只靠薄粥数碗，勉强保命。辛谠只得又请求出城赶赴淮南、浙西求救。

这次西门外已经驻有叛军的水军，突出重围就更加难了。这天夜里，辛谠率领敢死队，手持大斧，乘小舟偷偷地从水路出西门，出其不意地杀入庞军水寨中。庞军大乱，不知有多少敌军来袭，辛谠等人乘势夺路而去。

辛谠到了扬州，面见淮南节度使令狐绹(táo)，又到润州见镇海节度使杜审权，借得士兵两千人，米五千斛，盐五百斤。此时泗州城中数万老弱，城外是数万敌军，这些不足以救泗州之急。辛谠又奔向浙西求援。

咸通十年(869年)的春天，虽然形势已经逆转，但泗州城仍然在重围之中。此时城中已是山穷水尽，庞勋军队日夜攻城，守军伤亡惨重，筋疲力尽。更要命的是城中早已粮尽，城中军民即使不被庞军围城部队杀死，也很快就要饿死了。城中军民已抱必死信念，坚守城池，没有人想到还有生存的希望。正在这时，城上守卫的士兵忽然发现远方天水之间，淮河上出现了一支强大船队，帆上打的居然是浙西军旗号！原来是辛谠借得了浙西大军和大米食盐正向泗州疾驶而来！

庞勋军队为了阻止援军入城，早已用粗铁索阻住淮河。辛谠先用米船三艘、盐船一艘，乘风疾进。又亲率数十敢死士卒为前锋，箭如雨下，辛谠等全然不顾，用巨斧砍断铁索，直接冲进泗州城。杜慆望见城下拼死奋战、杀进泗州的辛谠，急忙迎接。军民绝处逢生，欢声雷动，杜慆抓住辛谠的手，两人都哭泣不止。

辛谠从城上看到淮河上杀声震天，再次挺身而出，率敢死队拼力杀出，驾船猛力冲破敌阵，接应浙西军入城。泗州得了浙西这支生力军，城池得以巩固。辛谠再次率领四百名士兵杀出重围，前往润州向镇海军要粮食。

这次出城是辛谠最后一次冲出重围，也是最艰难的一次。庞勋军队知是辛谠又出，拼死也要阻挡他出城。辛谠率领这四百名士兵驾船出城，沿淮水东进，庞军水陆追击，夹岸攻击，辛谠等转战一百多里方才脱身。到润州向镇海

节度使杜审权要了米盐两万石，钱币三千缗(mín，一千钱称缗)，再次杀回泗州。庞勋军队拼力拦截辛谠，辛谠改乘小舟，乘风纵火，庞军大乱。

至此，泗州城中已是士兵粮食全都充足齐备，尤其是他们拥有战神一样的辛谠，他们相信世上没有辛谠办不到的事情，因而士气无比高涨，最终大败庞军，庞勋战死。

后来，辛谠功成身退，归隐江东。

（选自《新唐书》卷二百一十六，有改动）

铁血男儿　英雄本色——翟　兴

"杀"一声震天怒吼响彻在平原之上，随着这杀伐的口令，一股股血腥、凛冽的气息随之开腾，黑暗中从那一缕缕坚定、嗜血却又带兴奋的目光，影射而出的不是烧杀掠抢般的肆意，而是大仇得报，振奋而痛快的期盼。

冲在最前面的是一位手持大刀的武士，他就是南宋抗金名将翟(zhái)氏兄弟的老大——翟兴。

自小就练得一身好武艺的翟兴与翟进，一直以报效朝廷为梦想，而且在不断地努力打拼。一年前，翟兴与弟弟翟进起兵抗击贼寇，大胜而归，名声人振，并号称"大翟小翟。"

从那时起，翟兴就认识到他们兄弟二人终于有用武之地了，男儿的雄心壮志从此便一发不可收拾。不到半年时间，二人便建立起绝对威信，一次又一次地抗击了金兵的袭击。可是天有不测风云，就在二人受封不久后，一场针对翟氏兄弟的阴谋悄然袭来。

天阴沉得可怕，没有风，却让人感到压抑、恐慌。

时至晌午，翟兴便感到有点不对劲，若按平时无论有多么紧急的事情，外出巡逻的翟进都会在晌午之前回来，或者让随从带来信。可今天，都过了正午，却仍旧没有半点音讯。一丝不安的情绪涌上心头，随之便被他强压下去，想到习武至今，还会产生这种情绪，不由一笑。随即，喊来随从，拉出马来，刚跨上马，猛然从街道旁冲出一人，衣衫褴褛(lánlǔ)，并有不少血痕、刀伤，侍从

137

刚要上前将之擒拿,便听到翟兴喝到:"都别动手。"他翻身下马,躺在地上的赫然是他弟弟翟进的侍从翟武。他随之一惊,便问道:"你们的大人呢,我兄弟翟进呢?"只见这名侍从口吐鲜血,断断续续地说:"翟大人遇刺陨落了,杀他的人是翟大人的亲信杨进,只不过那只狗已被金兵收买,如今设下陷阱,将翟大人害死,我拼死逃出来,便是要来报信,求大人为我们报仇,我翟武定当……"还未说完,便见这位大汉又昏死过去。

这个消息无异于一颗重磅炸弹在翟兴心中爆炸。良久,翟兴愤怒而又伤心的嘶吼声响彻大地。他慢慢站起身来,眼中的凶意让人不敢直视,一股暴虐、凶狠的气息从他身中扩散而来,而后,翟兴低头喃喃说:"兄弟,走好,哥哥必将害你的人全部找到,为你报仇。"

很快,被他传令的所有步兵、轻骑全部集合完毕。翟兴命令道:"所有人给你们两天时间准备,两天后的深夜,在此地集合,轻骑改为步兵加入阵营,一律佩带大刀长枪,所有人不许穿战甲,穿上夜行衣,带足粮草和水,向金军进发,势必要拿下金兵的据点,不惜一切代价,届时,不需要过多的配合,各自为战,全力杀敌。"

"明白……"

此时,翟兴心中全是痛恨,眼中凶狠一闪而过,取而代之的是沉着、冷静,这次他改变以往的作战策略,偷袭敌方,本来这是行兵之大忌,但是我众敌寡,纵有再多不适,也避免不了金兵失败的定局。

天边,一抹光亮悄悄拭过远方。

胜利没有为翟兴带来一丝喜悦,因为杀害他弟弟的人逃走了,无奈,眼下没有丝毫线索,但他不甘心就这样让杀害弟弟的凶手逍遥法外。

作为一名将领,他没有将心中的不甘与愤怒渲染,不是不能,而是他懂得隐忍,事后,翟兴将翟进被害与大败金兵的消息上报朝廷,而他等来的不是来自朝廷的援助,而是给他加官晋爵。翟兴明白了,于是不再对朝廷抱有希望,看来,这仇只能靠自己报了。

一年后,愈战愈勇的翟兴,已成为令敌人闻风丧胆的"翟总管"。在一次与金兵交战中,偶然间,他从一个俘虏的口中得到杨进的下落后,便毅然带兵前

往鸣皋(gāo)山北部,不顾上级的反对,与自己的儿子翟琮(cóng)和一些乡兵来攻打这个叛徒。也许是害怕翟兴的缘故,本来有极大作战优势的杨进,毅然放弃了辎(zī)重,带兵向南逃走。可是翟兴给他逃走的机会么,答案是否定的。在奔逃中,杨进被翟兴所带领的将士用乱箭射死,而其他人则纷纷溃逃,西京就此平定。翟兴则老泪纵横,向天长叹:"兄弟,我为你报仇了,你安息吧!"

翟兴,用自己满腔的男儿热血,造就了一段不朽的神话传说,用鲜血浇灌了翟家永世不倒的大旗。精忠报国的忠义,奋勇杀敌的热血,是翟家人永不缺失的灵魂。他用铮铮傲骨向世人展示了翟家抗金的决心与信心。

虽是英豪,却终究躲不过命运的主宰,在一次拒绝刘强的诱降后,这位铁血男儿陨落了。

夜,犹是凄凉,却掩盖不了那猩红的血液飘洒。

风,犹是冷冽,却吹不走那决绝的厮杀怒吼。

(选自《宋史·列传第二百一十一》,有改动)

139

七、国士无双类侠客义士

仗义执言展雄才——鲁仲连

鲁仲连是齐国人,他善于出奇特、卓绝的谋略和计策,却不肯当官任职。

赵孝成王九年(前257年),秦王派白起打败赵国长平的军队四十多万,秦军乘胜向东包围了赵国国都邯郸。赵王恐惧,诸侯的救兵没有敢攻打秦军的。魏安釐(xī)王派将军晋鄙救援赵国,却畏惧秦国,停在荡阴不前进。魏王派客籍将军新垣(yuán)衍(yǎn)从小道进入邯郸,通过平原君对赵王说:"秦国急着包围邯郸的原因,是因为以前跟齐愍(mǐn)王争强称帝,不久又归还了帝号。现在齐国已经更加衰落,当今只有秦国称雄天下,这不是必定要贪图邯郸,他的用意是想再谋求称帝。赵国如果真的派使臣尊奉秦昭王为帝,秦国一定高兴,就会罢兵离开。"

平原君犹豫着,还没有决定。

这时鲁仲连恰好在赵国游历,正赶上秦军围赵,听说魏国将军想让赵国尊奉秦国为帝,就求见平原君说:"这件事将怎么办?"平原君说:"我怎么敢妄谈而造事!先前在外头死了四十万之众,现秦军深入又包围了邯郸,又不能使他们退却。魏王派将军新垣衍让赵国尊奉秦王为帝,现在那人还在这里。我怎么敢妄谈造事!"鲁仲连说:"我起初认为您是天下的贤明公子,我现在才知道您不是天下的贤明公子。魏国客人新垣衍在哪儿?我愿意替您责问他,让他回去。"

　　平原君说："我愿为你引见,让他见见你。"平原君就去见新垣衍说："齐国有个鲁仲连先生,现在那人在这儿,我愿意替你们介绍,让他和将军结交。"新垣衍说："我听说鲁仲连先生是齐国的高士。我是魏王臣子,奉命出使,负有职责,我不想见鲁仲连先生。"平原君说："我已经泄露了你在这里的消息,看来你只有出面见一下了。"新垣衍才答应。

　　鲁仲连见了新垣衍,并没有说话。新垣衍说："我看住在这座围城当中的,都是有求于平原君的;现在我看先生的相貌,并不是有求于平原君的人,为什么久留在这围城中不离开呢?"鲁仲连说："秦国是抛弃礼义而崇尚以斩获敌人首级多少来计功的国家,用权力役使士人,把百姓当做奴隶驱使。秦王要是肆意地称了帝,进而在天下执政,那么我只有投东海而死了,我不忍做它的臣民。我见将军的原因,是想来帮助赵国。"

　　新垣衍说："先生打算怎样帮助赵国呢?"鲁仲连说："我将要游说魏国和燕国来帮助它,至于齐国、楚国则本来就帮助赵国。"新垣衍说："对于燕国,就算我相信您的说法了;对于魏国,我就是魏国人,先生怎么能使魏国帮助赵国呢?"鲁仲连说："魏国只是没有看到秦国称帝的危害罢了,假使魏国看到秦国

鲁仲连

称帝的危害,那么一定会帮助赵国了。"

新垣衍说:"秦国称帝会怎么样呢?"鲁仲连说:"过去齐威王曾经讲仁义,率领天下诸侯朝拜周朝。周朝既贫又弱,诸侯没有朝拜的,单单齐国去朝拜了。过了一年多,周烈王去世,齐国奔丧晚了些,周朝恼怒,到齐国发讣(fù)告说:'这是天崩地裂的大事,连继位的天子都守丧睡在席子上,东方诸侯国的臣子田因齐却后到了,当斩。'齐威王勃然大怒说:'呸,你母亲还是个婢女呢!'终于被天下耻笑。他之所以在周烈王活着时朝拜周朝,死了就骂,确实是忍受不了他的苛求。当然那天子也本来如此,没有什么可奇怪的。"

新垣衍说:"先生难道没看到那些仆人吗?十个人跟着一个人,难道是他们力气不够、智力不行吗?是害怕主人。"鲁仲连说:"哎呀!魏国比起秦国好像仆人吧?"新垣衍说:"对。"鲁仲连说:"我可以使秦王烹煮魏王,做成肉酱。"新垣衍怏怏(yāng)不乐,说:"哼哼,先生的话也太过分!先生又怎么能使秦王烹煮魏王,做成肉酱呢?"

鲁仲连说:"过去九侯、鄂侯、文王,是纣王的三公。九侯有个女儿很美,献给了纣王,纣王认为很丑,把九侯剁成肉酱。鄂侯谏诤激烈,辩论犀利,所以纣王把鄂侯做成了肉干。文王听说了,叹了口气,所以被拘留在牖(yǒu)里的仓库一百天,想让他死。为什么和人家同样称王,最终却到了做成肉干、剁成肉酱的地步?齐愍王到鲁国去,夷维子替他掌鞭相随,他对鲁国人说:'你们将怎么接待我们君王?'鲁国人说:'我们将用十副太牢礼接待你们君王。'夷维子说:'你们这是拿什么礼节接待我们的君王?我们的君王,是天子。天子巡游,诸侯要避开正宫,交出锁匙,撩起衣襟,安排几桌,在堂下掌管膳食,天子吃完后,才能退下听理朝政。'鲁国人丢下锁匙,没有让他们进去。他们没能进到鲁国,改道要到薛国,向邹国借路。在这时,邹国国君死了,齐愍王想前去吊丧,夷维子对邹国的嗣(sì)君说:'天子吊丧,主人一定要将灵柩掉转来,移到坐南朝北的方向,这样天子再面南吊丧。'邹国的群臣说:'如果定要这样,我们将用剑自杀。'因此不敢去邹国。邹国、鲁国的大臣,在君主生前不能奉养,死后不能送冥衣冥财,可是想要在邹国、鲁国行使天子之礼,邹国、鲁国的大臣就不接纳他们。现在秦国是拥有万辆兵车的国家,魏国亦是拥有万辆兵车的国

家。秦魏两国都占据万辆兵车国家的地位,各自都有称王的名分,如果看到它一次仗打赢了,就想追随它称帝,这就是使三晋的大臣不如邹国、鲁国的仆人奴婢。况且秦国要是毫不罢休地称了帝,就要撤换诸侯的大臣。他将要撤了他觉得不贤的,换上他认为贤能的;撤了他恨的,换上他爱的。他又将派他的女子和花言巧语的姬妾做诸侯的嫔妃,住在魏国宫殿里,魏王怎能够安稳呢?将军又怎么得到从前的宠信呢?"

于是新垣衍站起来,拜了两拜谢罪说:"当初我以为先生是平常的人,我现在才知道先生是天下的高士。我请求离开,不敢再说让秦称帝了。"

秦国将军听说了,因此撤军五十里。正好魏公子无忌夺取了晋鄙的军队救援赵国,攻打秦军,秦军就领兵离去了。

这时平原君想加封鲁仲连,鲁仲连辞让了多次,终究不肯接受。平原君就摆下酒宴,饮酒欢畅时起身上前,用千金替鲁仲连祝寿。鲁仲连笑道:"对天下的士人来说最可贵的,是替人排忧解难、解决纠纷却不取分毫。假如收取酬劳,这是商人的事,我不忍心做。"就辞别平原君飘然而去。

(选自《史记·鲁仲连邹阳列传》,有改动)

143

志行高洁淡名利——袁 涣

袁涣,字曜(yào)卿,陈郡扶乐(今河南省周口市太康县西北)人。

袁涣的父亲袁滂,字公熙(xī),担任过东汉的司徒(官名,汉哀帝时,改丞相为大司徒,与大司马、大司空并列为"三公"),清心寡欲,从不揭别人的短处。受父亲的教育和影响,袁涣从小就表现出非同一般的节义情操。当时诸公子大多不守法度,依仗家势为所欲为,唯独袁涣一举一动必定遵从礼法。

陈郡郡守任命袁涣为功曹,后来又举荐给公府。在官吏考核中袁涣获得较高的等级,被授官谯县(故址在今山东省亳州市境内)县令,但袁涣未去上任。

刘备担任豫州(春秋战国时期一级行政域,管辖今河南东部和安徽北部一带)州牧(州牧,也就是各个州的行政长官),推荐袁涣为秀才。后来袁涣在江、淮间避难,被袁术所任用。袁术每次向袁涣咨询请教时,袁涣总是正气凛

然地论述自己的主张。袁术虽然辩驳不过,但是仍然敬重他,对他以礼相待。不久,吕布在阜陵(古地名,隶属扬州市)攻打袁术,袁涣随袁术一起迎战,被吕布扣留。

吕布和刘备原本和睦亲近,后来有了矛盾。吕布想让袁涣写信去大骂羞辱刘备,袁涣认为不能这样做。吕布再三强迫他,袁涣都不答应。吕布大怒,用刀剑威胁袁涣说:"做这件事就能活,不做这件事就得死。"袁涣脸色丝毫没有改变,笑着对吕布说:"我听说只有高尚的德行可以用来羞辱别人,没听说用污言秽语来羞辱别人的。假使他本来就是个君子,就不会以将军您的话为耻辱;假如他实在是个小人,就会用您的话来反骂,那么受辱的是您而不是他。再说我先前侍奉刘将军,就像今天侍奉您一样。假如我离开这里,有一天再来痛骂将军,行吗?"吕布自感惭愧而作罢。

曹操战败吕布以后,在吕布手下谋事的颍川大族陈群父子拜见曹操时,行跪拜大礼,而袁涣却只拱手而不跪拜。曹操赏赐部下车辆数乘,让他们随意掠取吕布军中物资,好多人都满载而归,唯独袁涣只取数百卷书和一些钱粮。众人听说后,极为惭愧。这两点更让曹操看重袁涣。

袁涣前后得到的赏赐非常多,但他全部散尽,家中没有余财,他也始终不过问自己的产业有多少。当时的人都佩服他的清廉。

袁 涣

曹丕称帝以后，听说了当年袁涣拒绝吕布的事情，问袁涣的弟弟袁敏：
"袁涣是勇敢呢，还是怯懦呢？"袁敏回答说："袁涣看上去貌似温和，但是当他
遇到大是大非的问题，处于危难之中时，即使是孟贲(bēn)和夏育(孟贲、夏育
是战国时有名的勇士)也比不过他。"这一番对话，是对袁涣这个人道德和勇
气的最佳评价。

(选自《三国志·魏书十一》，有改动)

清正高洁真名士——邴　原

邴(bǐng)原，字根矩，北海朱虚(今山东省临朐县东)人。年轻时和管宁都
以节操高尚著称，州府征召任用他，他都不去就职。黄巾军起义爆发后，邴原
便带领他的家人来到北海城内，居住在郁洲山中。

当时孔融任北海相，推举邴原。邴原认为黄巾军士气正盛，百姓生灵涂
炭，应当救民于水火，于是来到辽东(指辽河以东地区，今辽宁省的东部和南
部及吉林省的东南部地区，战国、秦、汉至南北朝设辽东郡)寻找机会。他和同
郡人刘政交好，二人都有勇有谋。

辽东太守公孙度想杀掉刘政，刘政逃脱了，公孙度就把他的家人都抓了
起来。公孙度告示各县："敢有隐藏刘政的人，和他同样治罪。"刘政前往投奔
邴原，邴原将他隐藏了一个多月。当时东莱(地名，山东省龙口市的古称)人太
史慈正好要回去，邴原趁机把刘政交给太史慈。刘政走后不久，邴原对公孙度
说："将军前些日子想杀掉刘政，是认为他是您的祸害。现在刘政已经离开，您
的祸害不就消除了吗？"公孙度说："是啊。"邴原说："您害怕刘政，是因为他有
智谋。现在刘政已经离开了，您的智谋将要得到运用了，还拘留着刘政的家人
做什么？不如赦免了他们，以免加深怨仇。"公孙度于是释放了刘政的家人。邴
原又资助刘政的家人一些钱财，使他们得以返回故乡。

邴原在辽东时，一年中前去归附他的有数百人之多，其中还有部分读书
人。他们在家中教授学业，书声琅琅(láng)，不绝于耳。

后来邴原回家，曹操征召他出任司空掾(属吏)。当时曹操疼爱的儿子曹

145

冲突然病逝,曹操伤心欲绝。正好邴原的女儿也在此时病死,曹操想要把自己的儿子和邴原的女儿合葬一处。邴原却推辞说:"合葬,不符合礼仪。我之所以自己到您这里存身,您之所以接待我,是因为我们能够信守古人训导的典章而不加更改。如果我听从您的命令,那么就显得平庸了,您会喜欢平庸的我吗?"曹操于是作罢,调邴原任代理丞相征事(汉官名,丞相属官)。

崔琰(yǎn)任东曹掾(汉制,丞相、太尉自辟掾吏分曹治事,有东曹掾),上奏章推举说:"征事邴原、议郎张范,都能保持德操高尚,志向和行为忠诚,清正高洁足以激励世人。他们坚守自己的志向,为国为民出力,他们就是人们所说的凤毛麟(lín)角,是国家的珍贵财富。如果推举任用他们,不行仁德的人就会远离。"于是曹操任命邴原代替凉茂担任五官将长史(官名,为郡府官,掌兵马)。

邴原是义士,更是名士,这就注定了他的一生都在权力的玩弄者之间打转,但即使如此,他也从未改变自己的志向。邴原升任五官长史,却经常紧闭家门,不办公事就绝不出门,如同他年少游学时为求识而戒酒一般。曹丕宴请宾客,问众人:"假如君主和父亲都得了急病,有一颗仙丹,但只能救一人,该救谁呢?"众人为了表现对曹丕的重视,纷纷说该救君主,只有邴原冷眼旁观,一语不发。曹丕高傲地挑衅道:"先生意下如何?"邴原一声暴喝:"当然是父亲!"众人都叹服不已。

三国名士,璨(càn)如群星,邴原从政不如诸葛亮、郭嘉,名气不如祢(mí)衡、孔融。但他却有自己独有的侠骨与豪情,在混浊的尘世间,他从不改变自己的节操,在三国这一乱世的确难能可贵。

(选自《三国志·魏书十一》,有改动)

富贵于我如浮云——管 宁

管宁,字幼安,北海郡朱虚(治在今山东省临朐县)人。在他十六岁时,父亲去世,他靠自己的能力给父亲办理了丧事。

他和华歆(xīn)关系很好,曾一起学习。有一次,他俩一块儿在菜地里锄草,管宁一锄下去,只见泥土中有一块黄金,他却不理会,继续锄他的草。不远

处的华歆赶紧丢下锄头奔了过来,拾起金块捧在手里仔细端详。管宁见他这个样子,不再说什么,只是暗暗地摇头。又有一次,他们两人坐在一张席子上读书,正看得入神,忽然外面沸腾起来,一片鼓乐之声,于是管宁和华歆就起身走到窗前去看究竟发生了什么事,原来是一位达官显贵乘车从这里经过。管宁很不以为然,又回到原处捧起书专心致志地读起来,就好像什么事都没有发生一样。华歆却不是这样,他嫌在屋里看不清楚,干脆连书也不读了,急急忙忙地跑到街上去跟着人群尾随车队细看。等到华歆回来以后,管宁就拿出刀子当着华歆的面把席子从中间割成两半,痛心而决绝地宣布:"我们两人的志向和情趣太不一样了。从今以后,我们就像这被割开的草席一样,再也不是朋友了。"

在天下都动荡的时候,管宁迁往辽东郡(中国古代郡级行政区,范围约在今天的辽宁省)。中原地区稍稍安定,寄居辽东的人都返回了,只有管宁安然不动,好像要在这里长住似的。管宁到辽东后,公孙度、公孙康、公孙恭先后赠送他财物,他都接受并收藏起来,直到后来西渡返回的时候,才全都封好又归还给他们。

黄初四年(223年),魏文帝曹丕诏令公卿推举节操高尚的人,司徒华歆推

管 宁

荐了管宁,于是管宁带着家眷渡海回到家乡。回来后,他在山坡上建起一座小楼,整日闭门攻读,勤奋著述。

魏文帝下诏任命管宁为太中大夫(官名,掌论议),他坚决推辞不接受,说自己老了,实在没什么才能,要求皇帝让他过闲淡的生活。

从黄初(魏文帝曹丕年号)年间直到青龙(魏明帝曹叡(ruì)的年号)年间,朝廷征召管宁的诏令多次下达,他每次都称病推辞。

有一次,朝廷下诏书询问青州刺史程喜:"管宁是故意坚持节操而使自己显得高尚呢,还是确实年老多病不能理政呢?"程喜上表说:"管宁有个族人管贡任州里的小吏,和管宁是邻居,我经常派他去探听管宁的消息。管贡说:'管宁经常戴着黑帽、穿着布衣布裙,出入家门能够自己挂着拐杖走,不需要别人扶持。四季的祭祀,总是自己亲自去做,换上衣服,戴上絮巾,穿上以前在辽东做的白布单衣,亲自敬奉祭品,跪拜行礼。管宁年少时就死了母亲,不记得母亲的相貌,祭祀时常常特地为母亲敬奉一杯酒,还伤心落泪。他的住宅离水边有七八十步,夏天他时常到水里洗澡,又常到园圃观看。我猜测管宁先后辞让的原因,是他想过隐逸的生活,加上年纪大了,智力衰退,因此想留在家乡,所以才对朝廷的征召谦让退避。这是管宁想要保全自己的志向和操行,并不是孤傲清高啊!"

管宁八十三岁去世,后人称他为一代高士,管宁故乡的人们为纪念他,褒扬他的高风亮节,特建管宁祠,筑管宁冢(zhǒng),邻近五个村无不将"管公"作为自己村子的名字。

(选自《三国志·魏书十一》,有改动)

高风亮节济世才——许 靖

许靖(jìng),字文休,汝南平舆(yú,平舆即今河南省平舆县)人,汉末元国时期名士,年轻时就为世人所知。

许靖抚恤乡邻,安排经营生计,赈(zhèn)济赡养亲友,都出于仁爱之心。孙策东渡长江征伐,人们都逃往交州(古地名,东汉交州治番禺,即今广州,辖

今两广及越南北部)躲避战乱,许靖自己坐在岸边,让船先运送跟随他的人走,亲疏众人都运走,他才跟在后面离开。当时看到的人没有不赞叹的。

到达交州后,交州太守士燮(xiè)非常尊敬许靖而给予厚待。陈国人袁徽(huī)也客居在交州,他给尚书令荀彧(yù)写信说:"许靖是有杰出才能的贤士,他的智谋才略完全可以筹划国家大事。自从流亡以来,他和很多士人相伴,每当遇到危难,常常是先人后己,和远近亲友同受饥寒。他为人们做出表率,仁慈宽厚富有同情心,都有可查验的事实,只是不能再一一细说罢了。"

巨鹿(今河北省平乡县境内)人张翔奉王命出使交州,乘机招纳许靖,想要和他盟誓立约,许靖拒绝了他。张翔怨恨许靖不和自己结交,找出许靖寄送的书信奏疏,全部都扔到了水中。

后来刘璋就派使者招请许靖,许靖来到蜀地。刘璋任命许靖为巴郡(在今天重庆市和四川省内)、广汉(今四川省广汉市)的太守。南阳人宋仲子在荆州给蜀郡太守王商写信说:"许靖风流倜傥(tìtǎng,洒脱,不拘束),人品出众,有治理当世的才能,您应该以他为楷模。"建安十六年(211年),许靖调到蜀郡任职。建安十九年(214年),刘备攻克蜀郡,任命许靖做左将军长史。刘备做汉中王,许靖任太傅(官名,位列三公,正一品位,处于专制统治者的核心位置,直接参与军国大事的拟定和决策,是皇帝统治四方的高级代言人)。等到刘备当

149

许　靖

了皇帝,对许靖说:"我继承大业,做统治万民的君主,日夜不安,担心国家不能治理安宁,百姓不能相互亲善,君臣父母夫妇兄弟朋友不和顺,你担任司徒,要尽心光大父义、母慈、兄友、弟恭、子孝这五种伦理道德,以宽和为本,不要懈(xiè)怠!"

许靖虽然年过七十,但喜爱和名人、才子交往,引见接纳后起人物,与之长谈而不知疲倦。丞相诸葛亮都对他很敬服。许靖在章武二年(222年)去世。

当初许靖像对待兄长一样侍奉颍川(今河南省禹州市)人陈纪,他和陈郡(今河南省周口市太康县一带)人袁涣、平原(今山东省禹城西南部)人华歆、东海(今山东省郯城西北)人王朗等友谊深厚。华歆、王朗和陈纪的儿子陈群,在魏国初年任公辅大臣,都给许靖写信,叙述情谊,情义诚挚。

(选自《三国志·蜀书八》,有改动)

言辞机变却张温——秦 宓

秦宓(mì),字子勅(chì),广汉绵竹(今四川省绵竹市)人。年轻时就很有才能学识,州府郡府征召他做官,他都推说有病不去应召。

刘备平定益州(现在四川省一带)后,广汉(今四川省广汉市)太守夏侯纂(zuǎn)聘请秦宓做师友祭酒(官名,汉制,郡守延揽郡内人才,养于府中,专事谋议,称为散吏,其地位相当于掾、史,地位最高者尊称为祭酒),兼任五官掾(官名,西汉设置,汉代郡太守自署属吏之一),称他为仲父(古代称父之次弟为"仲父",仲父一词自古乃是对管仲的尊称,此处乃用作比喻)。秦宓推说有病,在家中卧床不起。夏侯纂率领属下到他府上规劝他接受封号,他用记事的手板叩击脸颊,并说:"希望明府(对太守的尊称)您不要把仲父的名称施予小草一样的人。"并给他讲了一番大道理,夏侯纂迟疑很久,没有话说。

后来,刘备聘请秦宓担任从事祭酒(刺史、州牧的佐吏也称从事,祭酒乃从事之长)。刘备称帝后,准备东征讨伐东吴,秦宓上奏说:天时一定不利作战。因而被关入狱中幽禁起来,后来被用钱赎出。

建兴二年(224年),丞相诸葛亮兼任益州牧,选拔秦宓担任别驾(官名,为

州刺史的佐吏),接着又任命他为左中郎将(官名,统领皇帝的侍卫)、长水校尉。吴国派使节张温来访,蜀国的官员们都去给他送行钱别。大家都到齐了,而秦宓还没有来。诸葛亮几次派人去催请他,张温问:"他是什么人呢?"诸葛亮说:"是益州的学士。"等到秦宓来到,张温问他说:"您读书学习吗?"秦宓说:"五尺高的儿童都读书学习,何必问我呢!"张温又问说:"天有头吗?"秦宓说:"有的。"张温问:"天的头在哪个方向呢?"秦宓说:"在西方。《诗经》说'眷恋地回首西望'。由此推想,天的头在西方。"张温问:"天有耳朵吗?"秦宓说:"上天居于高处而听下方的声音,《诗经》说'鹤在深泽中鸣叫,声音传到天上',如果天没有耳朵,用什么去听呢?"张温问:"天有脚吗?"秦宓说:"有。《诗经》说'天的步伐艰难,他不再像以往',如果天没有脚,怎么去迈步呢?"张温问:"天有姓吗?"秦宓回答说:"有。"张温问:"姓什么?"秦宓说:"姓刘。"张温问:"你怎么知道的?"秦宓回答说:"天子姓刘,因此知道天姓刘。"张温又问:"太阳不是在东方出生的吗?"秦宓说:"太阳虽然出生在东方,却是落在西方。"秦宓回答问题就像是回声一样,随着提问应声答出,张温对他非常尊敬佩服。秦宓的言辞机变,每每如此,令人赞叹。

秦宓

后来秦宓升任大司农[官名,全国财政经济的主管官,后逐渐演变为专掌国家仓廪(lǐn)或劝课农桑之官],于建兴四年(226年)去世。

(选自《三国志·蜀书八》,有改动)

名士头悬司马门——王　豹

王豹,顺阳(今河南省淅川县)人。年少时便坦率耿直。魏晋时局混乱,各方征战不断,王豹起初被提拔为豫州(治所在今河南省淮阳县)别驾(官名,州刺史的佐吏)。

司马冏(jiǒng)做大司马时,很看重他,任命他为主簿。他尽心尽力,像前朝诸葛亮一样鞠躬尽瘁,尽职尽责。

当太平的日子来临时,司马冏变得骄横放纵起来。百姓无不私下议论,渐失民心。王豹甚为担忧,他知失去民心的危害,于是两次写信给司马冏,信中写道:"我听说正直的臣子,不念个人利害而忠直进谏,将会使君主安心时局稳定,社稷(代指国家。社,古代指土地之神;稷,指五谷之神。)保存。明公(对司马冏的尊称)虚心,礼贤下士,从善如流,但您从未听过逆耳之言。现在您平息祸乱,安国定家,希望长治久安,就应该敢于听取反面意见。前车之鉴不远,您亲眼见过。君子没有长远的考虑,必有近在眼前的祸患,有祸患才觉悟,恐怕后悔就来不及了。"在信中,王豹还分析了当时诸王的实力和齐王面临的形势。

齐王司马冏此时志得意满,哪能听进去王豹的忠言,他令人回复王豹说:"已得到你前后两封信,意思我都明白,你就不要再考虑这些了。"

王豹很失望,也很无奈,但他仍抱着一丝希望在家等待音信。恰巧一日,长沙王司马乂(yì)到司马冏的府上议事,在桌案上看见了王豹的信,司马乂对司马冏说:"这小子离间我们兄弟感情,为什么不处死他呢?"司马冏认为司马乂说的有道理,便依从了司马乂的话,于是他上奏皇帝状告王豹,说王豹作为大臣,不忠诚不顺从不仁义,请皇上下令在京都街上打死王豹示众。司马冏此番做法,正中长沙王司马乂下怀,这真是自毁长城,自断手臂呀!

　　王豹临刑时,突然仰天大笑,说:"我忠心为君,却落得如此下场,老天呀,怎这般不公平?"又对狱卒说:"把我的头悬挂在大司马门上,我要看士兵攻进他家。"

　　就这样,王豹被活活打死,暴尸街头。尽管众人都认为王豹冤枉,却没有人敢为他申冤。

　　不久,西晋王朝发生了"八王之乱",永宁二年(302年)十二月,长沙王司马乂围攻洛阳,与司马冏激战三日,司马冏大败,被擒斩首,暴尸三日,同党全都被灭了三族,死者有两千余人。也许,司马冏临死时才能想到王豹的一片忠心吧!

　　　　　　　　　　　　　　　　　(选自《晋书》卷八十九,有改动)

千秋功过任评说——程千里

　　唐天宝十四年(755年)十一月十日,当了四十二年太平皇帝、已经年过古稀的唐玄宗李隆基,在和贵妃杨玉环同游华清宫时突然听到了一个惊人的消息:平卢、范阳、河东三镇节度使安禄山起兵造反!号称二十万的叛军势如破竹,河北道诸州县望风而降,空前的大唐帝国正面临着它建立以来最大的危机。在安史之乱中,涌现出了无数忠义之士,程千里便是其中的代表人物,但他同时又是一位悲情人物。

　　程千里,京兆万年县(今陕西省西安市境内)人,身高一米八,高大魁梧,勇猛有力。在安史之乱之前,他就多次凭借战功,做官做到了安西(今甘肃省临潭县东)副都护。天宝十一年(752年),他被授予御史中丞(官名)。天宝十二年(753年),兼任北庭都护,充任安西、北庭节度使。突厥首领阿布思先率领部众归附唐朝,隶属于朔方军,唐玄宗为他改赐姓名叫做李献忠。李林甫统领朔方节度,任命李献忠为副将,之后又下诏,将李献忠部落转移,隶属幽州管辖。李献忠和安禄山素来不和,恐惧不敢奉诏,于是背叛朝廷逃回漠北,成为边关大患。唐玄宗听闻后对李献忠感到很愤怒,下令程千里率兵讨伐他。天宝十二年(753年)十一月,程千里的军队到达漠西,用书信告诉葛禄,命令他帮助朝

廷攻打李献忠。李献忠势单力孤，归降了葛禄的部落，葛禄将李献忠及其妻子儿女、帐下数千人都绑缚起来，交给程千里。天宝十三年(754年)三月，程千里在勤政楼献上俘虏李献忠，唐玄宗下令将其斩首。程千里凭借功绩被授予右金吾卫大将军同正(武官名)，仍然留任统领羽林军。

安史之乱发生后，朝廷任命程千里为河东节度副使、云中太守，命令他在河东招募兵士。天宝十五年(756年)正月，程千里被升迁为上党郡长史、特进、代理御史中丞，派兵守卫上党(今山西省长治市)。叛贼来攻城，多次被程千里击败，他凭借功勋多次升迁，直至开封府仪、礼部尚书，兼任御史大夫。

至德二年(757年)九月，安禄山手下部将蔡希德包围上党，并且凭借少量骑兵多次前来挑战。程千里看到对方兵马很少，命士兵打开城门，亲自率领一百个骑兵，想要生擒蔡希德。双方精锐骑兵交战激烈，眼看差一点就要生擒蔡希德时，蔡希德的援兵到了，程千里于是收兵回撤，不料护城河的吊桥坏了，他掉进了护城河里，反而被蔡希德俘获了。被俘前，程千里抬头告诉自己的骑兵说："这不是我作战的失误，这是天意啊！替我转告各位将士，军队可以没有统帅，城决不能丢失！"城中的将士们听到后都流下了眼泪，早晚严防死守，叛贼最终也没有攻下上党。程千里被押送到洛阳，安禄山之子安庆绪把他囚禁起来，并给他安排了伪职。等到安庆绪败走的时候，程千里被安庆绪的丞相严庄杀害。

这一年的十二月，皇上驾临丹凤楼大赦天下，其中说道："忠臣侍奉君主，只有杀身报国而不会叛变成为贰臣(指在前一个朝代做官，投降后一个朝代又做官的人)；烈士为国捐躯，即使死了也像活着一样。像李憕(chéng)、卢奕、袁履谦、张巡、许远、张介然、蒋清、庞坚这些人，马上追赠官职，寻访他们的子孙，加封他们的官爵，家中人口都多多给予抚恤。"程千里虽恪守气节，但终究因为被生擒到叛贼的朝廷，所以没有得到褒扬和追赠。

(选自《新唐书·列传第一百一十八》，有改动)

天地正气冲霄汉——颜杲卿

颜杲(gǎo)卿，是琅琊(lángyá)郡临沂(yí)县(今山东省临沂市)人。他性格刚强正直，富有才干。

唐玄宗天宝十四年(755年)，颜杲卿代理常山郡(今天河北省石家庄市附近)太守。当时安禄山任河北、河东采访使(官名，掌管检查刑狱和监察州县官吏)，常山郡在他管辖范围之内。安禄山发动范阳的军队奔袭长安，攻陷东都洛阳。颜杲卿担心叛军随后会侵犯潼关，危及国家安危，于是多方联络，救民于水火之中。

他的堂弟颜真卿担任平原郡(地名，管辖地区即现在山东省德州市陵县)太守，听说安禄山叛逆阴谋，就暗中培养效死之士，招抚豪门大族，做抵御逆贼的准备。到此时他派使者告诉颜杲卿，共同发动义兵，分兵夹击，切断逆贼的退路，以此来延缓敌人向西进犯的势头。

颜杲卿于是和长史(官名，刺史佐官)袁履(lǚ)谦等，谋划打开土门来对抗安禄山。当时安禄山派蒋钦凑、高邈(miǎo)率领五千士兵把守土门，蒋钦凑的军队隶属常山郡，高邈去幽州没有回来。颜杲卿派官吏去召蒋钦凑到郡里来

155

颜杲卿

议事，蒋钦凑来到，安排他住在驿馆中。适逢他喝酒大醉，颜杲卿就命令袁履谦和参军冯虔(qián)等人杀死蒋钦凑，袁履谦拿着蒋钦凑的头来见颜杲卿，大家全都为事情接近成功而高兴。

天宝十五年(756年)正月，史思明攻打常山郡。城中兵力太少，寡不敌众，御敌的装备都用光了，城池被敌人攻陷。颜杲卿、袁履谦被叛贼拘捕，送到东都。

安禄山见到颜杲卿，当面指责他说："过去我提拔重用你，我有什么事亏待了你，而你却背叛我呢？"颜杲卿瞪大眼睛回答说："我家世代是大唐的臣子，一向保持忠义。虽然是因你的推荐而任职，但是就应该跟你一起反叛吗？况且你本来是营州一个牧羊的胡人罢了，骗取天子的恩宠，才使你得到今天的地位，天子有什么事亏待了你而你却反叛呢？"安禄山非常愤怒，命人把他捆在桥柱上，割掉颜杲卿的舌头，颜杲卿仍大骂不止。安禄山于是命人把他杀了，直到断气时，颜杲卿仍不屈服。

乾元元年(758年)五月，唐肃宗李亨(唐朝的第九代皇帝)下诏说："颜杲卿被任命主管一方，立志要诛灭狂妄的叛贼，在局势艰难的时候，胸怀忠义之心。愤恨群凶而慷慨激昂，面临大节而奋发图谋，成就了这样的丰绩。正逢胡人(此处指安禄山、史思明)侵犯，敌人的气焰嚣张，但他毫不畏惧，血战到底，直到城池被敌寇攻陷。他人虽被杀害，但他的美名长存，使忠烈的美德得以彰显。仁者是否勇敢，在面临危难之际才能检验出来；大臣是否爱国，在国家危难的时刻就彰显出来了。为了表彰他守节而死的忠诚，追赠他为太子太保。"

(选自《旧唐书·颜杲卿传》，有改动)

不辱使命全节义——傅　察

傅察，字公晦，孟州济源(今河南省济源市)人。他从小就勤思敏学，十八岁的时候，就考取了进士，在当地小有名气。蔡京做宰相的时候，听说了他的名字，便想把女儿嫁给他，但傅察不答应。后来他被调为青州司法参军，在永平做了几年官后，入朝做了太常博士(官名，掌管教育)，再后来做过兵部和吏

部员外郎。

宋徽宗宣和七年(1125年)十月,傅察出使金国。那时候,金国将要违背盟约,宋朝却不知道。傅察到达燕地,听说金人入侵,有人几次劝说使臣不要再前往。傅察说:"受命出使的人,听说了灾难就停下了,如果像您这样,我哪里还有命啊!"

几天后,十几个金人骑兵进入驿馆,强迫他们上马。傅察感觉到有变化,所以不肯进入金国,说道:"过去派人来,到这里就停下了。"金人就换了他的牵马人,簇(cù)拥着他往东北方走去。走了大概几百里路,遇到了金国二太子斡(wò)离不。斡离不勒令他跪拜,傅察说:"我受的是大国的派遣,见到国主理应致敬。可如今是你们迎接的人把我胁迫到此地,又仅仅是见个太子,太子虽然尊贵,做臣子的应当遵守宾主的礼仪觐(jìn)见,但怎么能跪拜呢?"斡离不愤怒地说:"我发兵征讨宋朝,又怎么可能按照使者的身份来对待你呢?你必须舍弃你们国家的利益,帮助我们,不这样的话就得死!"傅察说:"我们国家的皇上圣明,和你们国家结盟并派遣信使往来。信使来往频繁,没有失去过德行。太子违背盟约,想干什么?我回去后,会将这些情况详细报告的。"斡离不冷笑一声,说道:"你想你还能回去吗?"话毕,左右的侍卫胁迫傅察跪拜,兵

傅 察

器如同林子里的树枝一样多,甚至有人想把他拉出去砍了。

经过一番折腾,那些士兵把他的衣服都弄乱了,可傅察的身板挺得更直,不顾他们的威胁,反复地辩论。斡离不说:"你今天不跪拜,改天就算你想拜了,也没机会了!"然后轻蔑地看了傅察一眼,就带领手下离开了。傅察知道免不了一死,就对手下人说:"我肯定会死,我父母平时很疼爱我,听说我的死讯一定会非常悲伤。如果你们能摆脱困境,求你们记住我的话,告诉我的父母,我是为国家而死的,这样可以稍稍减轻他们无穷的悲伤。"听了这番话,在场的人全哭了。

这天晚上,傅察就被害了,年仅三十七岁。

傅察从小爱学习,文采华丽,他对于权势利益不屑一顾,所以在京城朋友很多。他为道义而死,千古流芳。

(选自《宋史·列传第二百零五》,有改动)

深明大义叱叛贼——贾　循

唐开元年间,京兆华原(今陕西省耀县)的贾循颇有谋略,深受礼部尚书苏颋(tǐng)赏识。苏颋在唐玄宗面前说此人可以委以官职,唐玄宗让贾循守益州(今四川省一带)。后来,吐蕃(bō)军来袭,贾循组织军队在西山打败了吐蕃军,因此升任为静塞军营田使(官名),后又屡立战功,升任为范阳节度使。

唐天宝十四年(755年),安禄山反叛,委任贾循为范阳节度使留后,镇守幽州。贾循虽是安禄山的下属,但并不想做叛军,一直在寻找机会弃暗投明。他虽为叛军将领,但从不做对不起百姓的事,在他的管辖内人民安居乐业。

当时,由于安禄山起兵,范阳城内的一些市井无赖乘机作怪,在范阳城内胡作非为,其中有个街头恶霸叫陈阿什,此人在范阳城内欺凌百姓,肆意胡为,陈阿什的父亲是范阳城内的大户,陈阿什仗着父亲的势力,带领着自己家丁整天在街头欺男霸女,无恶不作,他吃饭喝酒从来不付钱,也没有人敢问他要钱,范阳城的百姓几乎都受过他的欺负,百姓对他深恶痛绝,但是没有人敢和他作对。

有一天，贾循正在巡街，正好碰到了陈阿什在街头调戏良家妇女，贾循上前阻止，大声呵斥道："大胆狂徒，竟敢在光天化日之下调戏良家妇女。"陈阿什听到有人骂他，怒火冲天，骂道："我做什么关你什么事，你可知道我是谁？我劝你快滚，否则休怪我不客气！"陈阿什和他的家丁摆起架势要打贾循，贾循道："竟不知在我的管辖内还有此等无赖，真是我的悲哀，今日我便拿你回衙门治罪。"陈阿什上前来要打贾循，可是交手没三两下就被贾循打倒在地，贾循的家丁也全被打倒在地，他们哪里知道面前这位正是范阳节度使贾循。贾循自小习武，他们一群乌合之众怎会是他的对手，陈阿什见打不过此人，便说："你等着，别让我再碰见你！"随后便跑了。贾循问了百姓，才知道此人是陈员外的儿子。

第二天，贾循带着捕快到陈府抓人，陈阿什这才知道昨天是节度使大人，后悔不已，但悔之晚矣。陈员外只好将他交给贾循，贾循将陈阿什装在囚车内游街示众，城内的百姓都向他投掷烂菜叶。人们都夸贾循是好父母官，敲锣打鼓表示对贾循的感谢，贾循在百姓心中的形象又高了许多。

安禄山起兵造反后，当时依附安禄山的只有六个郡。这时有个名叫马燧的人劝告贾循说："安禄山忘恩负义，举兵反叛，倒行逆施，虽然占据了洛阳，但终究会败亡。您如果能够杀掉不愿意归顺朝廷的将领，使范阳归顺朝廷，倾覆安禄山的巢穴，就等于建立了千古不朽的功勋。"贾循认为他说的对，但犹豫不决，其实归顺朝廷这事，也正是他心中所想，但是这里是安禄山的巢穴，他的亲信众多，如若起义，成功的概率很小，他想如何才能有更好的计策，所以犹豫着，一直没有行动。但是这件事被他的部将牛润客知道了，此人马上报告给了远在洛阳的安禄山，安禄山闻此消息，马上派部将韩朝阳去范阳。此时的安禄山可是热锅上的蚂蚁，自己后院起火，那可意味着自己苦心经营十几年的巢穴要完蛋了，安禄山命令韩朝阳要诛杀贾循三族。

韩朝阳来到范阳，此时的贾循还不知道大祸将至，以为韩朝阳并不知道此事，他还礼迎韩朝阳，而韩朝阳也装糊涂。当晚，贾循宴请韩朝阳，韩朝阳知道贾循不会对他下手，便去赴宴，在赴宴前他在贾循屋后的小树林埋伏了几个刀斧手。酒过三巡，韩朝阳对贾循说："安将军有秘密任务交付于你，请你跟我来。"贾循没有多想就跟韩朝阳去了屋后的小树林。走到小树林后,韩朝阳突然转过身对身后的贾循呵斥道:"大胆贾循,竟敢背叛安将军,今日便是你的死期。"言罢贾循身后立即跳出几个身材魁梧的男子将他绑住。贾循说:"韩将军,安禄山起兵造反,不得人心,必败无疑,将军弃暗投明吧!"韩朝阳说:"你休要胡说八道,我这就送你上路!"贾循仰天大叫:"我死不足惜,叛贼安禄山必将被碎尸万段!"说完后,韩朝阳一剑刺死了贾循。

一位英雄的生命就这样结束了,但贾循留给后世的却是深明大义、光明磊落的崇高形象。

(选自《新唐书·列传第一百一十七》,有改动)

状元御史保黎民——李 黼

安徽巢湖市东边有一个美丽的"半汤小镇",以温泉著名,泉水恒温五十五度,故名"半汤"。在半汤镇的西北有一个力寺村,因名刹古寺大力寺而得名,它是一支李氏宗族的繁衍栖息之地,风物宜人,民风纯朴,人杰地灵。

元成宗大德二年(1298年),在安徽亳(bó)州市利辛县半汤镇力寺村,一个名叫李黼(fǔ)的男孩出生了。他自幼聪明好学,泰定四年(1327年),李黼三十岁便荣获殿试第一名,元泰定帝也孙(蒙古语,谓九)铁木儿钦点他为状元。在中国封建社会一千三百多年的科举制度中,有名有姓的状元共五百九十九人,其中安徽占四十一人,李黼就是其中的一个。中状元之后,他被授予翰林院修撰(官名,掌修国史的官员。一般于殿试揭晓后,一甲第一名进士也就是状元,即授翰林院修撰),后不断升迁,官至宣文阁监书博士(官名,元代艺文监属官之一,掌品定书画,以朝臣学识渊博者充任),礼部侍郎。元朝末年,李黼出任江州路总管。

李黼生活的元朝末期,政治黑暗,吏治腐败,加之天灾深重,老百姓陷入水深火热之中。民族矛盾、阶级矛盾空前激化,终于爆发了大规模的农民起义。至正十一年(1351年)五月,刘福通在颍州起义,称红巾军。八月,徐寿辉在黄州麻城(今湖北省麻城市)起义,也以红巾为号,称江南红巾。九月,徐寿辉

攻占蕲(qí)水(今湖北省浠水县)及黄州路(今湖北省黄冈市)。十月,徐寿辉称帝,以蕲水为都城,国号天完,建元治平。起义军又在长江北岸建造船只,积蓄战斗力,准备攻打江州(今江西省九江市)。

江州居于蕲水下游,是长江东、西要冲之地。徐寿辉的军队行进很快,不久攻下武昌等长江中游一带,直逼江西。李黼知道大战即将来临,积极备战。他率军民加固城墙,疏浚壕沟,修理器械,征募士兵,分守各要害部位。至正十一年(1351年)十二月,李黼上书江西行省,陈述江州攻守的计策,请求各省屯兵江北阻止起义军冲破要塞,使长江天险为我独有。行省未予理睬,李黼绝望地叹道:"我不知道自己会死在哪里!"于是横下一条心,杀牛犒劳将士,以忠义激发士气。

至正十二年(1352年),农民军横渡长江,势如破竹,驻守在江边的元军不战而退,溃不成军。威顺王宽彻普化与其他大臣弃城而逃,武昌、瑞昌也相继失守,江西大震。当时只有黄梅县主簿伊苏特穆尔积极响应李黼。李黼大喜,就与他歃(shà)血为盟。盟誓未毕,红巾军前锋已经到达,李黼急忙命令乡兵截断敌军归路。仓促之间又见乡兵没有记号,李黼就命士卒以墨涂面,带领出战,追出六十里,斩首二万余人。

李黼凯旋,料想敌军一定会从水上进攻,就对左右说:"贼兵陆路进攻失利,必定由水路再来。"随即用长木桩数千支,装上尖尖的铁锥,安放在沿岸水中,称为"七星桩",阻挡敌船。果然,几天后,西南风急,红巾军乘战船数千艘,扬帆顺流鼓噪而来,战船遇到木桩,被铁锥刺入,动弹不得。李黼带领将士出击,一声令下,火翎箭齐射,敌船着火,红巾军兵士跳入江中逃生,淹死无数。江西行省上报李黼功劳,朝廷任命他担任江西行省参政,兼江州、南康等路军民都总管,并准许他可以根据情况随机应变做事,而无需事事上报朝廷。

此时红巾军士气正盛,西自湖南、湖北,东至淮河流域,已经大部分被农民起义军占领。李黼虽然一时获胜,但江州一地,寡不敌众,形势已经非常危急。

这一日,徐寿辉大将邹普胜又带领大军前来攻城,攻势异常猛烈。江州城里的分省平章政事图沁布哈见此情形,吓破了胆,竟然偷偷出城逃走了。李黼

161

则带领士卒,登城迎战,誓不投降。忽闻红巾军已到甘棠湖,西门起火,李黼赶到西门,冒死杀退了敌人。红巾军见西门难攻,转攻东门,李黼又率军赶到东门。最终,东门被攻破,李黼组织巷战,终被围困。李黼自知不敌,挥剑怒斥道:"杀我好了,不要杀城中的百姓!"于是被乱箭射杀,时年五十五岁。

李黼的侄子李秉昭随李黼在江洲。敌军攻城的时候,李黼对李秉昭说:"我以死报国,城存我存,城亡我亡,你不要留在此地。"李秉昭也是少年英雄,哭泣道:"是死是生我都跟随着叔父你!"于是一同遇难。

李黼遇难后,郡中百姓哭声震天,自发准备棺木将其葬于江州城东门外。李黼死后一个多月,朝廷对他的任命才下达,追赠李黼为揽忠秉义效节功臣、资德大夫、淮南江北等处行中书省左丞、上护军,追封陇西郡公,谥"忠文";下诏立庙于江州,赐"崇烈"匾额。

李黼作为一介书生,在国家危难、城破人亡之际,他奋不顾身,浴血奋战,并大喝:"杀我好了,不要杀城中的百姓!"虽被乱箭射杀,落马阵亡,但他的爱民如子、他的英勇壮烈,感天动地,名垂青史。

（选自《元史》卷一百九十四,有改动）

千古奇丐办义学——武 训

武训,生于清道光十八年(1838年),堂邑(今山东省聊城市西)人,原名武七,亦称武豆沫。清政府为嘉奖其兴办教育之功,取"垂训于世"之意,替他改名武训。

武训七岁丧父,求学不得,靠乞讨为生。十四岁后,他多次离家当佣工,屡屡受到欺侮,雇主甚至因为他是文盲而用假账欺骗他,谎说三年工钱早已支完。武训争辩,反被诬为"讹(é)赖",遭到毒打,气得口吐白沫,不食不语,病倒三日。吃尽文盲苦头的武训决心行乞兴学。

咸丰九年(1859年),二十一岁的武训开始行乞集资。他手执铜勺,肩背褡裢,烂衣遮体,四处乞讨,其足迹遍及山东、河北、河南、江苏等地。他将讨得的较好衣食卖掉换钱,而自己只吃粗劣、发霉的食物和菜根、地瓜蒂等。他边吃

边唱道："吃杂物,能当饭,省钱修个义学院。"在行乞的同时,他还拣收破烂、搓麻绳缠线,边搓麻绳边唱道："拾线头,缠线蛋,一心修个义学院;缠线蛋,接线头,修个义学不犯愁。"他还经常给人打短工,并随时编出歌谣唱给主人听。当给人家推磨拉碾时,他就学着牲口的叫声唱道："不用车拉不用套,不用干土垫磨道。"另外,他还为人做媒人,当邮差,以获谢礼;表演竖鼎、打车轮、学蝎子爬、给人做马骑等,甚至吃蛇蝎、吞砖瓦,来博取赏钱;他还将自己的发辫剪掉,只在额角上留一小辫,以兑换金钱和招徕施舍。

同治七年(1868年),武训将分家所得的三亩地变卖,加上历年行乞积蓄,共二百一十余吊,全部交给别人代存生息,而后置田收租。他唱道："我积钱,我买田,修个义学为贫寒。"

光绪十二年(1886年),武训已置田二百三十亩,积资三千八百余吊,决定创建义学。光绪十四年(1888年),他花钱四千余吊,在柳林镇东门外建起第一所义学,取名"崇贤义塾"。他亲自跪请有学问的进士、举人任教,跪求贫寒人家送子上学。当年招生五十余名,分蒙班和经班,不收学费,办学经费从武训置办的学田中支出。

每逢开学时,武训先拜教师,次拜学生。置宴招待教师,请当地绅士相陪,而自己站立门外,专候磕头进菜,待宴罢吃些残渣剩羹就回去了。平时,他常来义塾探视,对勤于教事的塾师,叩跪感谢;对一时懒惰的塾师,跪求警觉;对贪玩、不认真学习的学生,下跪泣劝道："读书不用功,回家无脸见父兄。"在武训的感召下,义塾师生无不严守学规,努力上进。

光绪十六年(1890年),武训又在今属临清市的杨二庄兴办了第二所义学。光绪二十二年(1896年),武训又靠行乞积蓄,并求得临清官绅资助,用资三千吊于临清御史巷办起第三所义学,取名"御史巷义塾"(今山东省示范化学校临清"武训实验小学")。

武训一心一意兴办义学,为免妻室之累,一生不娶妻、不置家。有人劝他娶妻,他唱道："不娶妻,不生子,修个义学才无私。"其兄长亲友多次求取资助,他毫不理会,唱道："不顾亲,不顾故,义学我修好几处。"山东巡抚张曜(yào)闻知武训义行,特地召见,并下令免征义学田钱粮和徭役,另捐银二百

163

两,同时奏请光绪帝颁以"乐善好施"匾额。清廷授以"义学正"名号,赏穿黄马褂。武训名声由此大振。

光绪二十二年(1896年)四月二十三日,武训在琅琅书声中含笑病逝于临清御史巷义塾,终年五十九岁。师生哭声震天,市民闻讯泪下,自动送殡者达万余人。他死后,山东巡抚袁树勋奏准"宣付国史馆立传",建忠义专祠。光绪二十九年(1903年),武训祠堂开始营建,当时仅仅三间。民国二十六年(1937年),时任山东教育厅长何思源拨款重建。1997年,全国最大的民营企业——四川希望集团董事长刘永行先生捐资四十万元,重修武训祠。祠堂为歇山式砖木结构,阔五间,进深三间,飞檐高挑,肃穆庄严。在祠前建有百米碑廊,碑刻二十六块;在祠右前方建有高歌台,又名"嘤鸣台";在祠左前方建有武训魂亭,亭额"武训魂"是著名学者季羡林题写。

清朝末年生活在社会最底层的一个乞丐,靠着乞讨敛钱,经过三十多年的不懈努力,修建起了三处义学,购置学田三百余亩,积累办学资金达万贯之多,这无论是在中国还是在世界教育史上都是绝无仅有的事情。武训的业绩受到世人的敬仰,武训的义举受到后人的效仿,全国出现了多所以武训命名的学校,原堂邑县也曾一度将改称武训县。冯玉祥将军称颂他是"千古奇丐"。

武训是中国近代群众办学的先驱者,享誉中外的贫民教育家、慈善家。将武训先生尊为国士,乃是对其兴办教育之功的最佳褒扬。

八、节义千秋类侠客义士

大义大孝　大智大勇——彭　修

彭修(xiū),字子阳,会稽郡毗(pí)陵(今江苏省常州市)人。

东汉建武十年(35年),彭修十五岁时,他的父亲任郡吏。有一次,适逢父亲休假日,彭修与父亲从郡衙一道回家,在途中遇上盗贼拦道抢劫、索要钱财。彭修在被困之际,趁着盗贼看他年幼,疏忽大意没有绑缚,突然跃起,一手拔出佩刀,一手勒住盗贼头目的颈部喊道:"我的父亲如果受辱,我就要和你们拼命,我不怕死,难道你们也不怕死吗?"盗贼头目见彭修虽然年幼但是人义大孝、大智大勇,面对众敌毫无怯色,日后定成大器,便对众贼寇喊道:"这个少年是忠义之士,不要再逼迫他们了。"然后向彭修父子抱拳致歉,一起离开了。由此,彭修忠义之举便被四乡相传,他也因之闻名遐迩。

建武十四年(39年),彭修十九岁,他凭借少年时壮举,担任了会稽郡功曹。当时任都尉的宰晁(cháo)任代理太守,时逢吴县狱吏犯了一点小过错,太守宰晁就准备将其斩首示众,以树立自己的威信。担任郡吏主簿的钟离意,极力反复争谏、拒不执行。宰晁由此发怒,当场捕押钟离意,要与犯错的狱吏一同发落,其他郡吏均不敢再行劝谏。

正当钟离意危在旦夕的时候,唯有彭修,虽位卑但耿直,推开大门直接进来,跪在中庭对宰晁说:"太守对主簿大发雷霆,请问,他犯了什么罪过?"宰晁说:"他受命三天,拒不执行,不听我的命令就是不忠,这难道不是罪过吗?"彭

165

修又据理力争："从前任座当面斥责魏文侯的过失,朱云用手拉断了大殿的栏杆,要不是有贤明的君主,怎么能够出现忠臣?现在令人高兴的是您是贤明的君主,主簿是忠臣。"宰晁听后顿悟,马上明白彭修死谏的道理,自己也知道这样发落狱吏和钟离意确为不妥,于是赦免了钟离意和狱吏。正是有了彭修的这一次死谏,才使得钟离意在显宗皇帝即位后能伴君、拜相、辅佐朝政,成为一代名臣。

彭修的忠烈和死谏成为佳话,在郡乡各地传颂。

不久匪寇张子林率几百人作乱,会稽郡守举荐彭修为吴县令,并一同率领兵丁征讨匪寇。郡守和彭修同驾车马在前,不料中匪寇伏击,贼人望见车马,竞相向他们射箭,飞箭像雨一样密集,彭修见状,跃身蔽住郡守,用身体挡住飞箭,中箭身亡,而太守性命得以保全。匪寇平日都知道彭修有恩德信义,并且诚服于心,今天不知道他和太守同车前来而中箭身亡,悔之已晚。于是张子林杀了用弩射死彭修的那个同伙,说:"我们是为了彭君而降,不是为太守所服啊!"然后匪寇有的主动归降,有的逃散,一场战乱就此避免。

后人有诗赞曰:

> 少年救父惊盗匪,智勇忠孝传乡里。
>
> 据理死谏撼宰晁,成就名臣钟离意。
>
> 舍身挡矢蔽太守,恩信大义息匪事。
>
> 三救义举人称颂,忠烈捐躯垂青史。

(选自《后汉书·独行列传》,有改动)

忠肝义胆　果断坚毅——刘　沈

刘沈,字道真,是燕国蓟(jì,今北京城西南)人,世代为北州有名的家族。刘沈年轻时便在州郡做官。他爱好广泛,喜欢学习古人的典籍,被太保(官名,监护与辅弼国君之官)卫瓘(guàn)征用为掾,代理本州岛的大中正(魏齐王曹芳时,司马懿(yì)执政,于中正之外,在州置大中正,任区别人才之职)。他忠实地信奉儒家和道家学说,爱惜人才,推荐霍原担任二品官吏,还为张华申冤昭

雪,奏章写得文采斐然、中心明确、格调高雅,被当时人称赞。

齐王司马冏辅佐治理政事时,刘沈被推荐为左长史(官名,掌兵马),升任侍中。

当时李流在蜀地叛乱,皇帝下诏令刘沈以侍中、假节(jiǎjié,汉末与魏晋南北朝时,掌地方军政的官往往加假节的称号,假节能够杀犯军令者)的身份,统领益州刺史罗尚、梁州刺史许雄等去讨伐李流。行军路过长安,河间王司马颙(yóng)强留刘沈做军司,派席薳(wěi)代替他。后来刘沈代理雍(yōng)州(一般是指现在陕西省中部北部、甘肃省大部、青海省的东北部和宁夏回族自治区一带地方)刺史。到张昌作乱(农民起义)时,皇帝下诏命令司马颙派遣刘沈领兵一万五千人,从蓝田关出发去征讨张昌,司马颙不接受皇诏,于是,刘沈就自己领兵到了蓝田。后来,司马颙又强行夺走他的军权。

长沙王司马乂(yì)命令刘沈带四百个武士返回雍州。张方(西晋名将,为司马颙前锋)已逼近京都,国家的军队屡次失败。王瑚(hú)、祖逖(tì)对司马乂说:"刘沈忠肝义胆,果断坚毅,雍州兵力足够用来遏制河间王,应该启奏皇上下诏给刘沈,让他发兵袭击司马颙,司马颙窘急,必定召回张方救自己。"司马乂接受了。刘沈接受诏书在四境迅速传布檄(xí)文,集合七郡兵众和守防诸军、御敌兵士一万多人,以安定太守卫博、新平太守张光、安定功曹皇甫澹(dàn)为先锋,袭击长安。司马颙当时停留在郑县的高平亭,为的是声援东军,听说刘沈起兵,于是回到渭城镇守,派督护虞夔(Yúkuí)率领步兵、骑兵一万余人在好峙迎战刘沈。开战,虞夔军队大败,司马颙非常惊惧,退入长安,果然紧急召回张方。

刘沈渡过渭水扎营,司马颙每次派兵出战,都失利。刘沈乘胜攻击,令皇甫澹、卫博带精兵五千,从长安门攻入,奋力作战直抵司马颙帐下。但刘沈大军来迟,司马颙部下见皇甫澹(dàn)等没有后继援兵,士气倍增。冯翊太守张辅率众兵援救司马颙,阻击皇甫澹的军队,卫博父子都战死了,皇甫澹也被生擒。司马颙钦佩皇甫澹的壮勇,准备留他活命,皇甫澹并不屈服,于是被杀。刘沈的军队就败退了。

刘沈率其余的士卒在原来的营地驻防。张方派遣他手下的大将敦伟夜间

袭营,刘沈的军队溃败。刘沈与麾下一百多人向南撤退,被陈仓县令捉住。刘沈对司马颙说:"知己朋友的眷顾轻,侍奉君主的节义重,我不能违背君王的诏令,瞻前顾后来苟且保全性命。起兵的时候,我已经预料到一定会死。五马分尸的刑罚,也如同吃荠菜一样甜美。"慷慨陈词,见到的人都为他哀痛。司马颙大怒,鞭打之后腰斩了刘沈。

有识之士因司马颙冒犯皇上、残害忠义之士,都盼他早日灭亡。光熙元年(306年),司马颙心腹相继战死,自己也如瓮中之鳖(biē),困于孤城之内。到这一年的十二月,司马颙被南阳王司马模派大将梁臣在新安(今安徽省徽州市祁门县境内)途中杀死。

(选自《晋书》卷八十九,有改动)

九死不悔　节义千秋——夏侯端

夏侯端,寿州寿春人。他原来在隋朝做官,唐高祖李渊还没有显贵时就已经和他熟悉。夏侯端暗中提醒李渊要早早做好谋划,于是李渊带领手下起义。而当时夏侯端在河东,被当地官吏捕抓,并被押送到京城长安入狱。后来李渊带领起义军,经过多年征战,终于攻破京都长安,释放了夏侯端,并提拔他做了秘书监(官名,掌管典司图籍)。

李密投降后,函谷关以东的土地没有归属。朝廷就任命夏侯端做大将军,担任河南道招慰使(官名,负责招抚),驻扎在谯州。他宣布了朝廷的文告,二十多个州都愿意归附,只有汴州和亳州向王世充投降了,这样他返回长安的路就被切断了。

夏侯端被困在沼泽中,粮食快吃完了,而他的两千多士兵仍然跟随着他。夏侯端杀了马匹犒劳士兵,流着泪说:"我身奉王命,必须持节自守。你们都有妻儿老小,不必效仿我。长期困在这里,难免一死。请你们砍下我的头献给贼人,你们一定会得到荣华富贵的。"

士兵们泪如雨下,说:"夏侯公不是什么皇室宗亲,为了忠义却要牺牲自己。我们虽然地位卑微,但都有良心,怎么能害了夏侯公,去求得自己的私利

呢？"

夏侯端也哭着说："既然你们不忍心杀我，我就自刎。"说着，他拔剑准备自刎，却被士兵死死抱住。于是夏侯端放下剑和大家在沼泽地中艰难地行走，他们既要忍受饥饿的折磨，还要对付王世充军队的追杀。五天后，跟随夏侯端的士兵只剩下三十多人了。一路上，夏侯端与众人向东走，只能在路上捡拾野豆子充饥，但无论睡觉时还是在前进时，他始终手持着作为使臣信物的旌节。

当时，王世充也派人想用官职收买夏侯端。夏侯端当着王世充使者的面，烧了王世充的诏书，怒斥道："我是天子的使节，怎么能接受贼人的官职？除非杀了我！"

他取下旌节上的旄节(古代使臣所持的符节，用做信物)藏在怀里，把刀插在节竿上，披荆斩棘，昼夜兼程，一路上吃尽苦头，终于返回长安。随行的士兵有的被虎狼吃掉，有的坠崖溺水身亡，活着的只有二十多人，个个鬓发脱落，全没有人样。

夏侯端觐(jìn)见李渊，丝毫不提一路的辛苦，只是抱憾自己没有完成使命。李渊又让他做了秘书监。

后来夏侯端出京任梓州刺史。在当地，他看到百姓生活困难，就把自己的俸禄散发给孤苦穷困的百姓，救助他们，让他们渡过难关。当地百姓都十分爱戴他。

贞观元年(627年)夏侯端去世。《新唐书》将夏侯端列为"忠义"之首。

(选自《旧唐书·列传第一百三十七》，有改动)

金枪老祖　忠义无双——夏鲁奇

唐僖(xī)宗中和二年(882年)，山东青州有一户人家。此时家里人声鼎沸，忙得不亦乐乎，随着一声清脆的哭声，一个男婴呱(gū)呱坠地。人们议论纷纷，说这孩子将来必定大有作为，他父亲便给他起名为夏鲁奇。

夏鲁奇自幼好武，练就了一身过硬的本领，尤其擅长使枪。成年后便在后梁的宣武军中任军校。夏鲁奇为人忠勇，看不惯主将欺上瞒下的抢功行为和

目中无人的傲慢态度,两人之间渐生矛盾。最后,无法容身的夏鲁奇仰天大笑出门而去,投奔了当时还是晋王的李存勖(后唐庄宗,五代时期后唐政权的建立者)。

李存勖热情款待了夏鲁奇,并任命他为护卫指挥使。这天壤之别的待遇让夏鲁奇深受感动,便决定死心塌地跟着李存勖。

不久,夏鲁奇奉命跟随周大将军攻打幽州,夏鲁奇与幽州守将单廷珪、元行钦展开激烈搏斗,三人大战几百回合仍不分胜负,导致双方士兵都放下手中兵器观看。在攻克幽州战中,夏鲁奇立功最多。

梁将刘鄩(xún)在魏县西南葭(jiā)芦(今甘肃省武都县东南)中设下埋伏万余人,重重包围李存勖。四面喊杀声大起,夏鲁奇与王门关、乌德儿等将领奋勇决战,从早上到傍晚,一直坚持到李存审率兵赶到才突围。夏鲁奇持枪携剑,独自捍卫李存勖,杀死一百多人。乌德儿等被擒,夏鲁奇浑身受伤。从此李存勖更看重夏鲁奇,赐姓名为李绍奇,任命他为磁州刺史。不久,李存勖攻取后梁首都中都一战,夏鲁奇生擒后梁大将王彦章。灭后梁后,夏鲁奇因功被授予郑州防御史,不断升迁,历任河阳节度使、忠武军节度使、同平章事(属差遣

夏鲁奇

性质,本身并无品级,任此职者必另兼职事官衔)。

夏鲁奇为人忠义,深通政道,扶民有术,深得百姓爱戴。孟州的老百姓连续五天挡住车子去路,请求他留下。后来,还是明宗李嗣源命令中使又下诏书,夏鲁奇才得以离开。后唐明宗李嗣源继位后,因讨伐荆南,任夏鲁奇为副招讨使,让他改回原名。不久,李嗣源准备讨伐抗命的两川,便调夏鲁奇镇守遂州。夏鲁奇到位后,训练士兵,整修城墙。两川节度使(剑南东川节度使董璋与剑南西川节度使孟知祥)闻讯后准备联合攻打夏鲁奇。

长兴元年(930年),李嗣源正式下诏讨伐西川。九月,西川节度使孟知祥抢先对夏鲁奇动手,率大军三万攻打遂州。十月,李仁矩包围遂州,夏鲁奇登城固守,孟知祥派人修筑长城,把遂州围起来,情急之下夏鲁奇命康文通出战。谁料贪生怕死的康文通见对方人多势众,为了保命,竟置自己的国家和人民于九霄之外,向孟知祥俯首称臣。

夏鲁奇被困,情急之下向朝廷求救,可皇帝派来的大军被孟知祥拦截在剑门关外,无法前去救援。

长兴二年(931年)一月,李仁矩包围遂州,夏鲁奇登城固守,可最终因寡不敌众,城被攻破。夏鲁奇誓死不降,自刎而死,时年四十九岁。孟知祥进城后将他厚葬,李嗣源闻讯也恸哭不已,下令厚待他的家人,追赠其为太师、齐国公。

夏鲁奇的事迹被后人神化,在后世的戏曲、鼓词、评书、小说等艺术形式中,夏鲁奇先为将领,后来隐遁,成为半人半神的"金枪老祖"。人如其名,夏鲁奇终为齐鲁大地一位奇才,名留青史。

(选自《新五代史》卷三十三,有改动)

大宋英烈　保节殉国——刘　韐

在密如繁星的中国历史名人当中,抗金名将岳飞算得上是个让人耳熟能详的家喻户晓的人物,可是,同样是抗金名将而且还起岳飞于微末的刘韐(gé)却鲜为人知。

　　刘韐出生于崇安县(今福建省武夷山市),字仲偃。北宋绍圣元年(1094年)考中进士,不久便担任江西丰城县尉,上任后,当地发生大灾荒,饥民遍野。他想方设法去当地各个富裕之家,深入动员他们拿出积蓄的粮食,救助灾民。第二年当地就很快恢复了生产,他为百姓排忧解难,深得当地人民的拥护。当时,熙河(今甘肃省临洮县)军队主帅王厚知道刘韐的为人和能力,特招他做经略司幕僚,后来,由于他办事得力,才能出众,被升为陕西平货司(武官名)。

　　一上任,他的军队管辖地就发生了饥荒。这个地方是有少数民族居住的地方,不比江西丰城,用老办法救灾,恐怕行不通。当他了解到这里的亲王酋长有粮食,就与酋长商量,拿军队的金银和布帛同酋长换粮食。经过再三商量,说服了酋长,又一次解救了灾民。此后,年轻的刘韐升任为陕西转运使、中大夫集英殿修撰(官名)。

　　军事统帅刘法,与西夏入侵军队作战,不幸殉难。西夏军队得意不已,转向进逼甘肃,朝廷选将刻不容缓,刘韐已有知名度,就被选为出使延安代理帅职。到了延安,他着手探听西夏军队的兵力部署,进攻路线,研究对策。他决定避开敌军的前头精锐部队,制定出奇制胜的战略计划。他的进击方法弄得对方无所适从,各路部队被刘韐打得抱头鼠窜,只得向宋朝俯首称臣,答应定期向宋朝纳贡。

　　刘韐知道西夏有诈,做好了充分准备。果然不出所料,西夏又伺机进攻,可是,他们的奸计被刘韐识破,西夏从此被慑(shè)服。这是宋朝著名的一次保卫战,宋朝暂得安宁。刘韐边境保卫战有功,升为徽猷阁待制(官名)。

　　谁知,蔡京再次入朝当宰相,刘韐对奸臣误国深恶痛绝,便请求担任地方官。获准后,离京赴任越州(今浙江省绍兴市)知府。

　　靖康元年(1126年),金兵违背与宋朝联合攻打契丹的约定,反而极力组织力量围攻宋朝的真定城。金兵兵强马壮,锐不可当,宋朝只能被动守城。这时朝廷又想到刘韐,叫他镇守真定。他分析了敌我的军事力量,便邀来弟弟和长子,共同研究作战计划。大家一致认为,正面出击,必定损失很大,只有赶制锐箭强弩迎敌,才有胜算。战斗开始,金兵一再变换手法,企图引宋军出阵,但

刘韐决不上当,每次都以密箭射杀金兵,金兵无法靠近城池,却被射得死伤无数,筋疲力尽,最后以退兵了事。真定守卫战得胜,刘韐被升为资政殿大学士。

金兵又转头攻打山西太原,那里宋军势单力薄,不久,太原被攻陷。朝廷再一次想到刘韐,由他出任宣抚副使,组织兵力收复失地。他在辽州招兵四万,与解潜、析可求约定同时进攻太原,但是解潜、析可求兵败,未能出兵,刘韐只得派贾琼从代州出击金兵的背后,自己正面进攻,两面夹攻,收复了五台。这是刘韐的最后一次卫国激战,也是他军事生涯的结束。

收复五台后,刘韐调任京城任重要的四壁守卫使,但宰相唐恪相信巫师郭京,说可以用法术制敌,仓促命令刘韐出兵攻打金兵。刘韐痛斥郭京,结果得罪唐恪,被免去职务。"靖康之变"后,京城陷落,刘韐又被调到禁中护驾。宋朝廷割地赔款,向金人屈膝求和,刘韐被迫出使与金人议和。金人知道刘韐是良将,派仆射(官名)韩正出面劝降,还答应只要刘韐归顺,就任命他当仆射。刘韐慨然写下遗书:"国破圣迁,主忧臣辱,主辱臣死",便沐浴更衣,悬梁殉国。时为建炎元年(1127年),他的儿子刘子羽扶着灵柩,将这位名将运回闽北崇安安葬。

173

(选自《宋史·列传第二百零五》,有改动)

同心誓守　视死如归——朱　昭

青海省门源回族自治县克图古城,东、西、南三面都是悬崖,只有北面留有一个城门,是一座瓮城。城垣依照地形呈三角形,又被称为"克图三角古城"。三角相犄(jī,相向,对立),若三面受敌,可以各挡一面;若一方受敌,两方可作支援,呼应灵便,既省兵、又利于防守。

据史书记载,宋朝军队在崇宁三年(1104年)进入河湟谷地,克图古城随即纳入宋朝的管辖范围。次年,西夏攻占门源,将此城据为所有。政和五年(1115年)宋朝战将刘法率兵再次收复此地,并大量屯兵驻守,最多时达到了三万人。宋朝因此赐名"震威城",以示对西夏的威慑。北宋末年,在这座古城上演了一幕可歌可泣的英雄故事,这位英雄就是朱昭。

朱昭,字彦明,府谷(今陕西省府谷县)人。他凭着自己的能力和功业,逐步升任至秉义郎(官名,宋徽宗时定武臣官阶五十三阶,第四十六阶为秉义郎,以代替旧官制的西头供奉官,是皇帝的从官)的官职,他韬(tāo)光养晦,在官场上从不表现出来自己有什么特立独行的地方。

宣和(1119—1125年,宋徽宗的最后一个年号)末年,他担任震威城兵马监押(武官名),同时主持城中政务。金兵大举入侵,西夏军乘机攻下黄河以北的全部城镇。震威府距离府州只有三百里,势力十分孤立。朱昭带领全城老幼绕城固守,以抵御敌人攻击的力量。

朱昭招募精锐的士兵一千多人,和他们商定:"敌人若知道了城中的虚实,就会攻击我们。如果我们出其不意先去攻击敌人,可以一鼓作气把他们消灭。"于是趁着夜晚从城墙上放士兵下去,逼近西夏军的营地,敌人果然十分惊慌,城里官兵乘机大声叫喊,奋勇杀敌,杀死和俘获了很多敌人。

西夏军用鹅梯(一种攻城工具,类似于云梯)准备登上城墙,但是城上的飞箭好像雨一样向他们射去,使得西夏军没法登城,但西夏军攻势却日夜不停。

西夏军的首领思齐穿着铠(kǎi)甲来到城前,以毡盾挡住自己,邀请朱昭出来议事。朱昭穿着平时的衣服登上城墙,披着衣服问道:"你是什么人,如此不光彩(指思齐用毡盾挡住自己)。想见我,我在这里,你有什么事?"思齐拿着盾牌上前,诉说宋朝的失信行为,说道:"大金约我夹攻京师,定下盟约,若灭宋朝,便以黄河为界,共分宋朝疆土;麟州(今陕西省北部)诸州县都已经归我所有,太原早晚被我攻下,你凭什么不投降呢?"朱昭回答说:"皇上知道朝中奸臣误国,已经毫无保留地改正过错,将皇位传到自己的皇族手中。现在皇上的政治纲领已经焕(huàn)然一新,只有你还不知道吗?"于是拿出徽宗禅位给钦宗的诏书当众宣读。众人十分惊讶地望着朱昭,全都佩服他的雄辩能力。

当时,宋朝在北方的城池已大多沦陷,很多宋朝官员都已经投降敌国。随西夏军来的朱昭的旧相识来到阵前劝降朱昭道:"现在大宋天下已经完了,你的忠心有谁知道?"朱昭怒喝他说:"你们这些人背弃正义,苟且偷生,与猪狗无异,还敢来诱我投降?我朱昭宁死不降!"于是拿起弓箭去射他们,众人都被

吓走了。

　　震威城被围困了四日,城墙有很多地方都毁坏了,朱昭用计谋来防御敌人的进攻,虽然管用,但却再也等不来支援的军队。此时军中已有人跟敌人暗中勾结,对敌人说:"朱昭与他的部下都杀了自己的家人,将要出战,人虽然少,但全都不怕死。"敌人十分害怕,不敢继续强攻,于是就利诱守城的兵士,登上了城。

　　朱昭带领众人在城里的街巷迎战,从晚上到早上,尸体遍布大街小巷。朱昭骑着马越过城墙的缺口,马却坠入了护城河。贼人高声欢呼说:"可以捉到朱将军了!"一拥而上,想将他生擒。朱昭瞪着两眼,手持宝剑,贼人竟无一个敢上前。最终,敌人乱箭齐发,朱昭中箭而死,死时年仅四十六岁。

　　家贫见孝子,国难识忠臣。朱昭的千秋节义令后人敬仰。

(选自《宋史·列传第二百五》,有改动)

忠君爱国　至死不屈——赵　令

　　在战乱连连的宋朝后期,少数民族的势力不断强大,宋朝国力大衰、军事实力也日益减弱。这时就涌现了一批以赵令为代表的为国捐躯的英雄。

　　建炎初年(1127年),赵构刚在南方称帝。赵令领兵驻守武昌,他尽职尽责,使百姓安居乐业,被人民所称颂。反贼阎谨攻打黄州,城破后,放纵部下抢劫一番后离开。赵令率兵渡过长江,平定了叛乱并驻扎在黄州,安抚黄州百姓。黄州百姓这才安定了下来,李纲把这件事上报给皇帝赵构,皇帝提拔他管理黄州,赏赐给他现在的名字——赵令。

　　不久,赵令奉旨修城墙,仅六个月就完工了。乱贼张遇从城下经过,要赵令出城。赵令仔细思量之后认为不能拒绝,于是出城去会张遇。和张遇一起喝酒,他一口喝干,说:"我知道我喝此酒后必死无疑,希望你不要杀害士兵和百姓。"张遇惊讶地说:"我先拿这杯酒试一试你,其实并非毒酒。"于是取出毒酒扔到地上,带领士兵走了。

　　不几天,丁进、李成领兵相继到达,赵令带领士兵把他们全部打败了,但

叛国将领孔彦舟又带兵围攻黄州城。赵令认为军队接连打仗太累,就让民兵守城六日,让军队休整一下。果然,六日之后,敌弱我强,黄州之围便解除了。

建炎三年(1129年),赵令离开官场。不久,赵构又下诏起用他。金人攻打黄州(今湖北省黄冈市)时,赵令亲自上阵,终因寡不敌众,在第二天早上被攻破。金人打算招降他,赵令破口大骂,坚决不投降。金人又斟酒给他喝,他挥手不肯喝,金人又将战袍给他穿,他却说:"我怎么能够服从你们呢?"金人说:"赵令你何必坚守而不肯服从呢?你要好好考虑一下,日后高官厚禄随便你挑。"赵令站在那里,冷冷一笑,说:"我堂堂天朝官员,岂能向你们屈膝投降,你们别做白日梦了!"

金人不肯罢休,又说:"宋朝两位皇帝都在我们手里,你又怎敢不降?"赵令怒目而视,大喝一声说:"你们这群狗,先皇倘若不听信谣言,怎么会落到你们手里?你们别得意忘形,你们迟早会失败的。"金人大怒,问道:"你跪不跪?"赵令随即回答说:"我要跪拜也应该跪拜祖宗,怎么能跪拜你们这些猪狗不如的东西呢?"

金人立刻将赵令拖出去,吊起来打,他被打得满脸血肉模糊,但仍然骂不绝口,最终被金人杀害了。

黄州百姓建庙立碑,歌颂赵令的英明才干、体恤百姓、忠君爱国和英勇不屈的精神,最后在碑上写道:建炎三年赵令英勇赴死。

(选自《宋史·列传第二百零六》,有改动)

为国捐躯 慷慨赴死——何 充

"天下兴亡,匹夫有责。"这是著名爱国学者顾炎武的一句名言。多少年来,这句话一直激励着无数炎黄子孙,为中华之崛起而前仆后继。

古往今来,为国捐躯慷慨赴死者不胜枚举,每每听到他们舍生取义的传奇故事,我们总是为他们置生死于度外的大义凛(lín)然和豪气所震撼。在宋代,就有这样一家人,他们个个忠君爱国,令人钦佩。

何充,汉州德阳(今四川省德阳市)人。他任黎州通判(官名,通判是兼行

政与监察于一身的官吏），掌管州事，为人清廉，政绩卓著，广受百姓爱戴。金人攻打大宋时，他镇守邛崃（Qiónglái），亲自督战，誓与邛崃共存亡。

　　但是，因为兵力悬殊，敌军攻破邛崃，何充不愿成为阶下囚，便自刺数刀，但未能死去。敌军大帅知道何充是有才之人，希望能为他所用，耐心劝降道："如果你能投降，定有享不尽的荣华富贵。"何充义正词严地回答道："我何家世代拿着大宋王朝的俸禄，保家卫国是天职。我为国家而亡，心甘情愿。"于是敌军大帅将其监禁起来，想要他改变主意。

　　敌军设宴庆功，围坐在一起，有说有笑。敌军大帅对着不远处带着镣铐、十分狼狈的何充喊道："如果你此时投降，便可与我们一起喝酒吃肉，从此共享荣华。"何充一动也不动，闭眼轻轻答道："我只求一死。"敌军大帅只好作罢。

　　过了几天，敌军大帅来到何充处，想要按照金人的样子将他的头发辫起来，何充拒绝了，并说："我宁可失去性命，也不愿辫发。"大帅又要他张榜召集民众，他回答道："我乃黎州通判，黎州百姓就是我的儿女，我怎么可能让你们

何　充

肆意地去杀害我的百姓呢?我必然不会做这样的事。"敌军大帅又赐给他美酒佳酿、牛羊百头,他始终拒而不受。这样过了几天后,他眼看敌军不肯放过他,软硬兼施想要他归附金朝,他索性滴水不尽、粒米不食,一心求死。敌军知道此事勉强不得,准备凌迟处死何充,而敌军大帅钦佩何充的义气和忠诚,说:"此人乃大宋一条好汉,忠君爱国,志向高洁,一定要保留全尸,以表达我对他的尊敬。"于是才对他施了斩刑。

何充的妻子陈氏,是位性格刚烈的奇女子。在金人关押何充期间,她每天都带着家人在敌营前大骂,骂他们挑起战争、祸国殃民。敌军大帅终于沉不住气,向她问道:"你这样做却是为何?"陈氏说:"我与丈夫同心同德,如今丈夫已亡,我只愿速死,决不苟且偷生。"她向东行了三拜九叩之礼,坚定地说道:"我们夫妇二人为保家卫国而死,无愧于朝廷,无愧于百姓。"于是敌军用石头击杀了她。

何充父母听到儿子儿媳的死讯后,痛不欲生。亲戚们都劝解他们节哀顺变,何充的父亲却说:"我的儿子儿媳不愿做亡国贱俘,舍生取义,是多么勇敢啊!我们老两口也应该像他们一样,只求以死明志,怎能苟活于世?"于是一家人均以身殉国。

(选自《宋史·列传第二百零八》,有改动)

杀身殉国　节义夫妇——赵卯发

赵卯(mǎo)发,字汉卿,昌州(今重庆境内)人。淳祐(yòu)十年(1250年)中举,先后做了遂宁府司户、潼川签判和宣城宰,为人一向以气节著称。仕宦期间,曾因言论被罢免。到了咸淳七年(1271年),又被起用为彭泽司。

咸淳十年(1274年),赵卯发做了池州通判。当时正值贼兵大举渡江入侵,池州守官王启宗弃城逃跑,于是赵卯发接管了州内事务,修缮防御工事、囤积粮草,为御敌做准备。宋朝兵败返回,沿途不断抢掠百姓,赵卯发抓捕了十几人就地正法,兵士们才安定下来。

第二年的正月,贼兵已到李王河地区,都统张林多次劝说赵卯发投降,赵

卯发义愤填膺,瞪着张林,气得说不出话来。有人问起修身之道,赵卯发说:"忠义便是修身之道,除此之外并不是我们做臣子的能妄加评论的。"张林带兵外出巡江,暗中归降敌人,回来后表面上帮助赵卯发守城,暗中控制了守兵五百多人。赵卯发知道城池守不住了,就置办了酒宴与亲人相聚,打算作最后的告别。他对妻子雍(yōng)氏说:"城马上就要破了,我作为守臣不能离开,你先走吧!"雍氏说:"你是朝廷任命的官吏,我是你命定的妻子,你做忠臣,我能不做忠妇吗?"赵卯发笑了:"这岂是妇人女子可做到的!"雍氏正色道:"我请求先于你死去。"赵卯发又笑了。第二天,赵卯发将家中财物全都赠给了弟侄,仆人和婢女也全都遣返回家。

二月,贼兵到达池州。赵卯发早晨起来,伏案写下十六个大字:"君不可叛,城不可降,夫妻同死,节义成双。"又作了一首诗与兄弟作别,和雍氏着盛装双双在从容堂上吊死。

当时修建从容堂时,赵卯发说:"可以凭借此从容行事,就叫从容堂吧!"赵卯发领着客人来到堂中,指着牌匾上的题字说:"我必将死于这里。"客人问原因,他回答道:"古人说'慷慨杀身易,从容就义难',这便是我死去的兆示啊!"

赵卯发死后,张林打开城门投降元军。大元的丞相伯颜进入城内,问道:"太守在哪里?"左右的人无言以对。进入堂中看到那一幕,众人皆叹息。于是伯颜命人准备棺木将夫妻二人装殓,合葬在府衙(yá)后的花园中,祭奠后离去。

赵卯发用自己的生命,对"忠义"作出了最完美的诠释。

(选自《宋史·列传第二百零九》,有改动)

名重古今　义重千秋——密　佑

夕阳马上就要沉入地平线下,那血色的残阳铺满大地,满地的鲜血,应和着这如血的残阳。一具具还留有温热的尸体横七竖八地堆在地上,这残酷的战争已经带走了太多太多。可是,大家还是一次次地冲锋,为了国家而奋力杀敌,纵使失去生命也毫不畏惧。

在一堆人马中间，一个将军手持双刀，奋力地挥舞，他的眼中布满血丝。现在的他还在顽强地做着最后的斗争。他明白，这些敌人太强大，但他更明白，这些敌人太残忍。但，为了国，为了家，为了自己的信仰，更为了自己身上流淌着的华夏血脉，他已将生死置之度外，只求多多杀敌，报效国家。这里，是他最后战斗的地方龙马坪；他，就是密佑。

密佑从小就显示出了他不同寻常的一面。聪明伶俐的他，能用很短的时间就将老师布置的功课背诵完。稍长大之后，密佑便能写一些简单的诗词文章了，虽然没有当年骆宾王那样出众的文采，但是相较其他孩子而言，他还是十分优秀的。

如果不出什么意外，密佑会一步步地走上一条读书人的常规道路：参加科举考试、中榜、做官，在朝廷度过一生后，退休回家安度晚年。尽管当时的南宋朝廷在经济方面十分强大，但在军事方面却和北宋差不多——处处挨打。至于南宋的灭亡，大家都心知肚明是迟早的事情，可谁都不会也不敢说出来。密佑的父母都是普通百姓，在他们看来，国家什么时候灭亡并不重要，反正只要不是在他们这时候灭亡就行了。而他们现在也将所有的希望全部寄托于密佑，希望能在自己有生之年看到儿子官服加身。

日子一天天地过去，密佑也和父母所期望的一样，成功考取功名，进入朝廷。当朝中的一些人想拉密佑下水时，密佑耿直的性格使他与众臣之间格格不入。渐渐地，其他官员开始排挤他，密佑的日子越来越难熬。

一天上朝，边关报急，朝中大臣们激烈地讨论着对策。这时的密佑静静地站在一旁，看着一群纸上谈兵的大臣们冷笑。入朝后没能实现报国理想的失望，处处被人算计的愤怒同时涌上心头，他慷慨陈词，主动请缨领兵抗敌。

"嗖——"一只飞羽插入了密佑的身体。密佑挥动着手中的双刀，体力渐渐不支。"突围！"密佑对周围仅剩的数十人喊道。万军之中，密佑的军队杀出了一条血路。眼看就要过桥，怎奈时运不济，断桥前，密佑被俘。

监狱里，密佑仍然不肯屈服，骂声不断。元朝认为密佑是个人才，想让江西制置使黄万石劝降密佑，结果招来密佑的破口大骂。后来，元朝让密佑的儿子去劝降他，密佑看到儿子来到监狱，眼神里闪过一丝慌乱，但很快就平静下

来。"父亲,"儿子缓缓开口道,"我知道您是爱国的,但是请您想想,如果您死了,我该怎么办呢?"密佑看着自己的儿子,怒吼道:"密都统的儿子,即使在街头行乞要饭,又有谁不怜惜关照呢?"密佑这次下定决心要以身殉国。最终,元朝也失去了耐心,杀了密佑。

(选自《宋史·列传第二百零九》,有改动)

誓死守城　流芳千古——李　芾

南宋端平元年(1234年),我国北方蒙古统治者灭金南下,把矛头指向南宋。从此,宋朝和蒙古统治者之间展开了长期的战争。德祐元年(1275年),元朝右丞相阿里海牙攻下了江陵(今湖北省荆州市),他抽出兵力戍守常德,然后集中力量进攻潭州(今湖南省长沙市)。

出任潭州知州兼湖南路安抚使的是衡阳士子李芾(fú)。当时,湖北许多郡县都已归附元朝,李芾许多好友劝他不要上任,李芾不为所动,决心以身许国。上任前李芾的一个女儿刚刚病逝,李芾悲恸(tòng)欲绝,但想到自己身负重任,遂挥泪前行。当时有人劝他说,如今北路各州郡皆已失陷,你为何还要赴任。李芾答道:"只因我李芾世代蒙受国恩,如今虽然处在国事废弃的非常时期,可我还想着能够报国。现在朝廷任用我,我应该把生命奉献给国家。"

德祐元年七月,李芾到达潭州,当时兵力皆已外调,潭州城内人心惶惶,危如累卵。李芾临时募兵,勉强招满了三千人,然后说服了当地的一些土豪参加战斗。同时又从湖北、四川等地调来一批援军,李芾集合这些军力准备与元兵决一死战。这时,元朝右丞相阿里海牙已经攻下江陵,他抽出一部分兵力戍守常德,然后集中力量进攻潭州。李芾派大将於兴带兵迎敌,不幸於兴中箭身亡。

同年九月,元兵兵临城下,李芾带领士兵严防死守。没有武器,即用废箭重新加上羽毛再用;没有粮食,抓鼠虫充饥;没有盐,烧盐席,用灰煮之。如此又苦苦坚持了一个月,援军依然未至。十月,宋军几乎弹尽粮绝,李芾每日以忠义勉励他的将士,率领宋军坚持抵抗。当时宋军死伤无数,战士们仍然登城

奋力死战，元军时不时地派人来劝降，李芾杀掉使者，决定以身殉国。十二月，潭州城形势更加危急，一些士兵哭着问李芾："形势如此危急，我们死不足惜，但是百姓怎么办呢？"李芾担心此言动摇军心，遂佯装大怒，说道："国家平时之所以优厚地对待你们，就是为了今日啊！你们务必死守，再有动摇军心的立即正法。"

李芾的言行感召了将士百姓。除夕夜，与李芾一起守城的长沙人尹谷听说元兵登城，南宋许多大将均率家属以死报国，于是他回家闭户召集全家老小坐在一处自焚，旁人来救时，却见尹谷一家人正襟(jīn)危坐在烈焰之中，共赴火海。李芾听说此事后长叹一声，手书"尽忠"二字，誓与长沙城共存亡。

当晚潭州城破，李芾召来一心腹名叫沈忠，对他说："我已经竭尽全力，按理说应当死了，我的家人也不可做了俘虏，受到侮辱，你把他们全部杀了，然后杀了我"。沈忠伏在地上磕头说："我绝对不能这样做。"在李芾万般恳求下，沈忠最终含泪应允。李芾便取酒让自己的家人喝醉，然后命令沈忠将他一家老小全部杀死，然后自刎身亡。沈忠一把火将李芾的官府焚烧后，回家杀了妻子，自己也回来投入火海，自焚身亡。

李芾殉难的消息传出，全城百姓官兵自杀殉国者非常多，岳麓书院的几百学生在潭州保卫战中英勇无畏，城破后也大多以身殉国；与李芾一同协力困守潭州城的官兵，城破后跳水自尽；长沙城的百姓也誓死不为元军俘虏，大多全家自尽。史书记载，城中水井中都满是自杀者的尸体，在林中自缢(yì)而死的人比比皆是。

潭州军民死守三月，让元兵伤亡惨重，阿里海牙大怒，准备屠城报复。当时正在潭州的宁乡人欧道获悉后，不顾自身安危一人前往元兵大营准备说服阿里海牙放弃屠城。有人劝他，他说道："我一人受死算得了什么？如果能使全城百姓免于杀戮，那不是更好吗？"最终阿里海牙感于欧道的勇气，放弃了屠城，保全了长沙这座千年古城。

激烈而悲壮的潭州保卫战虽然失败了，但是李芾率领长沙军民死守潭州的壮举，表现了崇高的民族气节，在长沙灿烂辉煌的历史上写下了不朽的一页。

明成化年间,人们为了纪念李芾,在他殉难的熊湘阁修建了李忠节公祠。大学士李东阳为此作记,还在《长沙竹枝词》里称颂李芾的气节:"马殷宫前江水流,定王台下暮云收。有井犹名贾太傅,无人不祭李潭州。"李芾一心为国为民的高尚品德和事迹不仅为时人称颂,而且流芳千秋。

(选自《宋史·列传第二百零九》,有改动)

忠义宽厚　勇武过人——石抹元毅

石抹元毅,本名神思,金代咸平府(今辽宁省开原市)人。身任吏部令史(官名,属官),后调任为景州宁津县县令。

石抹元毅自小习武,练得一身好武艺,加之父亲的忠良教育,立誓要报效国家。当时景州大盗猖獗(jué),青天白日里也敢恣意劫盗,百姓叫苦不迭(dié),石抹元毅用武力征讨他们,盗贼们惧怕他,也就渐渐散了。

石抹元毅被升为大理知法,他刚直不阿,从不偏袒(tǎn)任何人。上任途中,他还一路检查监狱里的囚犯的刑事,他不希望在自己做官时有人被冤枉,也不希望有罪犯被放过。

宋金对峙,宋朝送来岁币,企图维持和平的稳定局面,经手的官员们照例都会留下些岁币作为私人物品,可石抹元毅却什么都不留。明昌[金章宗完颜璟(jǐng)年号]初年,鉴于他的清廉和正直,被召为大名(今河北省东南部)等路(行政区域名称)提刑判官,后来还做了汾阳军节度副使。当时多地乱党积聚,肆意剽掠,朝廷无可奈何,派出很多人都不能平定盗贼,盗贼们依旧猖獗,于是朝廷命石抹元毅抓捕他们,贼寇听说是石抹元毅在抓他们,吓得落荒而逃,不见踪影。石抹元毅却不放过他们,把他们通通绳之以法。从此该地区变得安定了许多。

后石抹元毅又升官做同知武胜军节度使事(官名),一次郡中有杀人的事,屡次审问,犯人都不伏法,于是石抹元毅提审犯人,只审问了几句,犯人便伏法了,此后所有邪恶之士都不敢与石抹元毅抗衡。就这样过了好多年,石抹元毅因他的震慑力将所在郡治理得井井有条。

有一次，石抹元毅在黄河边走着，突然发现黄河北边的土地大多贫瘠，可农民还要上赋，他们的负担很重，生活困难，而朝廷又偏偏下了命令以相地法收赋。石抹元毅心系百姓，要为他们减轻负担，于是就想出了以三壤法（一种征税法）代替相地法，百姓们都从中获利，减轻了负担。从此以后，百姓更加爱戴他，拥护他，而石抹元毅也更加尽心尽力地为百姓办事。

可惜好景不长，没过多久，边境告急。此时的边疆粮食、牲畜都快没了，在这种情势危急的时刻，石抹元毅义不容辞去了边关。边关的将士们早已饿得有气无力，于是石抹元毅到了边境的第一件事就是寻找粮草。石抹元毅带了吏卒三十余人出州添置军饷，谁曾想运气极差，一出去就碰到了敌人，自己只有三十余人，而对方却是浩浩荡荡的队伍，部下劝他回去，可石抹元毅就是不肯，说："我家祖祖辈辈守着边疆，遇见敌人就跑，这不是忠良之士应该做的事，我们跑了之后，那百姓怎么办？民不聊生，百姓的日子怎么过？就算是自己苟全了性命，今后又有何颜面回到朝廷呢？"说罢便驾着战马举起弓箭射向了敌人。部下们见到将军英勇赴死的勇气和英姿，也都被他的忠心打动，纷纷上马，争先作战，为之效死。一瞬间，尘土四扬，厮杀声，叫喊声，响彻大地。

石抹元毅极力作战，百发百中，敌人四散逃窜，但很快又重新积聚起来，杀向石抹元毅这边。石抹元毅毫不胆怯，愈战愈勇，可是他毕竟是血肉之躯，加上不间断的作战，最终寡不敌众，战死沙场，时年四十七岁。

不久，石抹元毅战死的事传回都城，皇帝听闻此事，也钦佩他的勇气，为他深深哀悼，并追赠他为信武将军。百姓们听闻此事，纷纷哀悼，纪念这位处处为他们着想的好官。

石抹元毅生性宽厚，武勇过人，每次读书看到忠义之事，都会嗟叹羡慕，也正因为这样，他才会临死时毫不畏惧。

（选自《金史》卷一百二十一，有改动）

坚贞不二 视死如归——张 春

张春，字景和、泰宇，明代同州（今陕西省渭南市大荔县城关镇南七村）

人,明万历(明神宗朱翊钧年号)庚子年(1600年)举人,天启(明熹宗朱由校的年号)年间进士。初任山东堂邑县令,因政绩卓著,升任刑部主事官、永平兵备道、太仆寺少卿、监军兵备道等职。他为人刚正,善于谋略,运筹有方。

明朝与后金(清朝初朝,清建国于1616年,初称后金,1636年始改国号为清)的对峙与斗争,始于后金天命三年(1618年),止于清顺治元年(1644年)四月清军入关。在这一时期,为数不少的明军将领成为后金的俘虏。这些将领被俘后,大部分归降了后金,其中包括蓟(jì)辽总督洪承畴。但同时也有些将领不为利诱,宁死不降,张春就是这些忠臣将士中最令人钦佩的一个。

明天启二年(1622年),辽东、辽西全部失守,朝臣紧急商议,急需一员戍边大将。朝廷于是提升张春为山东佥(qiān)事,永平、燕建二路的兵备道(官名,各省重要地方设整饬兵备的道员)。关外难民云集,张春筹划有方,百姓为此减轻不少困苦。

明天启七年(1627年),北方哈剌(là)慎部首领汪烧饼带领他的部众到桃林口刺探宝藏,张春指挥守军擒获三个人。汪烧饼叫开关门愿意接受惩罚,发誓再也不敢背叛大明。明崇祯元年(1628年),兵部尚书王在晋被流言迷惑,弹劾张春喜好杀人。张春写出揭帖辩驳,关内的百姓也为他诉冤。王在晋又诬告他勾结宦官克扣粮饷。于是朝廷革除了张春官职,卜狱治罪。后来,司法官查实张春被告发的罪行没有证据,于是释放了他。

明崇祯三年(1630年)正月,永平失守,朝廷起用张春担任永平军事参谋。张春说:"我已经把自己交给这座城池,丝毫不敢有所懈怠。只是一定要做些对边疆有益的事情,这是我诚挚的忠心,也是我应尽的职责啊!"他说,军事机密不可泄露,请求皇帝召见,当面陈述用兵策略。进殿对答后,明思宗朱由检多次称好,升他任参政。不久他偕同众将收复了永平等城,按功劳加官太仆少卿,仍然掌管兵备的事务。永平在兵火之后街巷破败,张春尽心安抚,百姓更加感激他。

明崇祯四年(1631年)八月,清兵包围了大凌河新城,明思宗命令张春监督总兵吴襄、宋伟的部队飞驰救援。他担任先锋于九月二十四日渡过小凌河,三天以后军队驻扎在离城十五里的长山。清兵用两万铁骑来迎战,张春的大

营被冲破,总兵吴襄败逃,随后几路大军相继败北,张春又将溃败的士卒重新收编建立大营。当时风起,张春下令用火攻,然后风向突然逆转,士卒被烧死了很多。两军再次激战,宋伟也力量不支败逃,最终,张春等三十三人被俘。

兵败被俘的明军将领大部分被皇太极下令杀掉,仅留下张春等八人。当被俘的各官押到皇太极帐中时,其余七人皆依次跪拜,唯独张春不跪,瞪目怒骂,大呼"快快杀我!"。当晚,皇太极派人给张春赐宴,并且不再提劝降的事。张春说:"我死意已决,为国家尽忠而死,死得其所。你们国家想要巩固基业,千秋百代,应当停止战争,休养生息,哪里有每天打仗的道理呢?"于是坚决求死,绝食两天。转而抱定"姑且不死来侦查他们的变化"的主意,于第三天开始进食。以后每日三餐皇太极都亲自过问并亲自赐餐,但张春对此并不领情。

十一月份,皇太极率领讨伐明朝的军队凯旋,军队到了距离沈阳四十里的蒲河时,留守的各官前来迎接,被俘虏的各官也是依次叩见,独有张春不拜。在众目睽睽之下,皇太极竟然出人意外地让张春坐在贝勒莽古尔泰身旁,给了张春至高无上的礼遇。此后,张春被皇太极留养在与皇宫仅有一墙之隔的三官庙。

三官庙院落不大,在清时却名气不小。明军蓟辽总督洪承畴在松山战役中被俘后,也被羁(jī)押在此,后来投降。张春在三官庙度过了十余个春秋,一直穿着汉人的衣服,也不剃头。当投降的清朝汉官去看他时,张春撕裂衣服发誓道:"呔!你们这些人认真看一下我的脖子还在不在?头发可曾断过一根?"当投降了清朝且被封了王的孔有德给他送去牛羊时,张春断然拒绝。

张春被俘六年后的一天,皇太极亲自去三官庙探视,预先叫侍从进去察看。侍从入室后,张春正襟危坐没有还礼,随后涌进的卫士环立在张春周围,向他问候,张春仍然不予理睬,因而激起众怒。士卒们骂道:"皇帝到了,你还傲慢什么?"于是抓住他的衣襟,拔出剑来要杀张春,张春突然站起来,昂首怒目,迎着剑锋,不为所动。皇太极立刻赶上前去,笑道:"我只是姑且试一试你罢了!"张春愈是这样,皇太极愈是敬重他。

皇太极为什么要这样对待一个誓死不降的明朝战俘呢?原来皇太极当时正集中力量安顿内部,积蓄力量。在对明朝的关系上则实行战和两手,积极推

行同明朝和谈的政策。张春自己也说过，之所以自己苟延残喘八年，只是为了同皇太极讲和。张春还给皇太极上过一篇一千多字的信札，表述了十八点想法，中心意思仍然是敦促皇太极与明朝议和。

明朝曾经派过议和大臣，张春认为明朝主动遣使前来议和，是个难得的机会，是二十年来未有的。现在一旦明朝皇帝厌倦了战乱，也是后金可汗（皇太极）齐天之福，普天下的百姓再造之日。他清楚地知道，若论武力，明朝无法和皇太极抗衡，只有议和才是最好选择。在羁留沈阳的十余年间，为后金与明朝议和之事竭尽了心力，正如他自己所说："一息尚存，一丝缝隙的光明不曾泯灭，我死不瞑目的正是这件事。"这也正是皇太极所需要的。但他忠心于大明，也做好了准备，那就是一旦议和理想不成，他将誓死不降，以身殉国。

住三官庙期间，张春每天早晚都要用黄纸写一张"大明太仆寺少卿张春不敢忘君父，天地神明鉴之"的字幅，甚至在庙中坐卧都要朝向明朝所在的西方。在与皇太极及其臣僚接触时，仍是以明朝大臣的身份，从不卑躬屈节。身为政治家的皇太极对张春的这些"无礼"言行并不计较，反而对他誓死效忠明朝的气节很是钦佩，当悟出张春的这种行为是因"读书明理"所致，皇太极还特意传旨，命令八旗兴办学校，培养子弟读书，以造就忠君爱国的人才。而对于张春仍是优礼如初。

就这样，张春在三官庙中度过了近十年的时光。其间他也曾几次为后金写过与明朝议和的文书，但因崇祯皇帝始终以天朝大国自居，不顾现实，拒绝与清平等对话，使张春的这些努力也付之东流。

清崇德五年（1640年），清军围攻锦州，清入关的最后一次大战役——松锦之战揭开了序幕。眼见使明清议和的心愿已成泡影，张春彻底绝望了，他觉得自己再没有活下去的必要，应当以身殉国了。这一年的十二月十三日，年已七十六岁的张春在三官庙中绝食四日，停止了呼吸。

值得一提的是，清朝的皇帝对这位明朝的忠臣表现得十分宽容，皇太极对他的死十分惋惜，命人按张春生前的志愿，将其埋葬在明辽东都司所在地辽阳，与他的生前好友白喇嘛（lǎ·ma）之墓相邻。清康熙三年（1664年），张春之子经赴京恳请皇帝批准，将他父亲的遗骸起出运回陕西老家安葬，也算是为他找到了更合心愿的归宿。

张春在三官庙居住时曾作《不二歌》诗一首,据传死后在他的衣领中发现,被后世视为表达他忠贞气节的述志之作。诗中有"风疾草自劲,岁寒松欲苍""千秋有定案,遗臭与传芳"等诗句,表明他坚贞不二、视死如归的心志。

(选自《明史·列传第一百七十九》,有改动)